2022中国年度精短散文

葛一敏　主编

漓江出版社
·桂林·

图书在版编目（CIP）数据

2022 中国年度精短散文 / 葛一敏主编 .-- 桂林：漓江出版社，2023.3

ISBN 978-7-5407-9385-2

Ⅰ. ① 2… Ⅱ. ①葛… Ⅲ. ①散文集—中国—当代 Ⅳ. ① I267

中国国家版本馆 CIP 数据核字（2023）第 031667 号

2022 ZHONGGUO NIANDU JINGDUAN SANWEN

2022 中国年度精短散文

葛一敏　主编

出版人：刘迪才

责任编辑：刘红果

书籍设计：石绍康

责任监印：张璐

出版发行：漓江出版社有限公司

社址：广西桂林市南环路 22 号　邮编：541002

发行电话：010-85891290　0773-2582200

邮购热线：0773-2582200

网址：www.lijiangbooks.com

微信公众号：lijiangpress

印制：香河县闻泰印刷包装有限公司

［河北省廊坊市香河县安平镇二街　邮编：065402］

开本：690 mm × 1000 mm　1/16

印张：16.75　字数：241 千字

版次：2023 年 3 月第 1 版

印次：2023 年 3 月第 1 次印刷

书号：ISBN 978-7-5407-9385-2

定价：42.00 元

目 录

contents

清风犁破三千纸

旧公路上的阳光

稿边笔记

稿边笔记

贾平凹

十余年前的一个夜晚，我到华山下的小县城里去见一个人。月下敲门，檐前有宿鸟扑棱棱飞出；主人咿呀迎入，相坐于极粗糙的白木凳上，那走扇的门便不再严合了。吊于我们头顶间的是一颗灯泡，用报纸遮了长罩，光就把房间分割成几个棱角，于是我看见他的脸半明半暗，他也看见我的脸半暗半明。旁边是水壶在烧响，长鸣如蟋蟀，倏忽白雾蒸腾，听得一声轻咳，方看到墙角床上的狼藉物件堆中拥坐着一位女人，女人面白若月，一直在那里安卧如猫。

数年后，又于小县城来看此人，院门挂锁，不得谋面。斜看墙头探出的杏枝，想那眉间有痣的男人和脸面白净的女人，怅怅往城西去，临街的楼玻璃上正有轮嫩红的太阳，往前走，每一扇玻璃上都印一个，欣喜看到了日落之迹，恰恰这人从矮矮的古石桥上走来，照例那女人厮随，却有一子如小狗一般牵着了。这人在指点桥下吃草的小羊，说羊好乖，那儿子就说："我长大了，也去吃草！"

又是数年，这人开始写散文了。他写散文并不是他的职业，所以他没有把生活作为事业的感觉；产量是太少，一月有一篇，或者数月有一篇，没有以束集手榴弹的轰炸而浪得虚名。但他有壮悲而奇艳的经历，自用不着看别人的书及借意衍文，他满腹饱学并未见到卖弄而沦为迂腐，一个才情洋洋的人却也不敢滥于轻佻来。他为人淡泊所以活得并不乏累，文作得寂寞因此与艺术日益亲近。

这人就是匡燮。

活得淡泊，方能平和，平和乃致远，这不仅是做人的一种心性，更是一种感应自然宇宙的态度。它不是消极的人生，而是人生的自由之境。匡燮流徙新疆，又客居山野小县，随地而居，居而安神，他方能识得戈壁空寂的天上许久许久才有了一只鹰，却小到了一个粒儿，地也是空寂的，许久许久才有了一个人，也小到了一个粒儿；方能听懂嘉峪关的夜夜撞关的燕山啼鸣；方能从游人去青海鸟岛观鸟中看出是探监，发感出鸟逃离着人，人追逐着鸟，人鸟皆累的喟叹；方能在一片夕阳或一丛蕙草或一个随脚踢开的石子上如读无字碑一样读出万千内容。人与自然接近，媒介就是淡泊，接近了，才可完满一个人的文格，才可在形而上的基础上建构自己的意象世界。那么，寂寞则是作文的一条途径了。这途径明明白白地摆着，许多人一心想当文学家，却总不愿在这条路上走，那有什么办法呢？诚然虚名可以浪得，但成名并不一定成功是如此地无情。匡燮默默地写他的文章，文章自有心血在，却不偏要学魏晋人将自身弄得艺术化，也不刻意去做贾岛。写作是他人生的一种爱好，是淡泊之心绪的释放，所以他能潜心地吸收借鉴中外所有成果，训练散文的各种形式。

淡泊可能不是文人的专有，寂寞却常常被文人占有，但一心占有则适得其反，便成为一种矫饰，一种做作，一种另一类的“贵族气”。大言者不语，只要真正寂寞，那便孤独，孤独则是文学的价值啊。

我并不是说匡燮已修炼成文学上的“真人”，但起码，他在这些方面真是比更多的人高明得多。他并不是取得大成功的人，却从他的文章中，尤其后来的文章中，他是愈来愈多地写出了人生的一些况味，而一个文人一生中又能说出几句使人不忘的话语呢？正于此，他这部书稿不断增删续写了许多年，一开始就要我能写个序来，我迟迟未写，正是一直慢慢地琢磨着他这个人慢慢地嚼他的文。现在我向他说这些话，这些话也是在提醒我自己，从他的身上文中我知道了我的长处和更多的短处。

我写到这里，忽然想起一个寓言来，说是一个樵夫入山，见两个童子下棋，便在一旁观局而忘了砍柴。一童子递给他一枚枣核吃，吃之便不觉饥。后，童子说："你来此已久，为何不回家？" 这樵夫去取斧，只见斧柄已烂，急忙回家，门前石桥尚在而人事全非。

但愿这个寓言将成为我们文人今后弄文的总序。

选自《美文》2022 年第 11 期

散文七宗

王鼎钧

杨牧教授把中国近代散文归为七类，每一类都有一个创始立型的人，这七位前贤是：周作人——小品；夏丏尊——记述；许地山——寓言；徐志摩——抒情；林语堂——议论；胡适——说理；鲁迅——杂文。他为此编了一部《中国近代散文选》。

夏丏尊

对夏丏尊先生我印象深刻，看到他的名字，想到《文心》和《爱的教育》对我的影响。他家境清寒，三次辍学，终身没有一张文凭，二十一岁就就业赚钱，我青少年时期的坎坷和他近似。杨牧教授说，中国近代散文中的“记述”一脉由夏氏承先启后，各种选集都收了他的《白马湖之冬》。

说到记述，夏先生记述他同时代的几个人物，写丰子恺，写弘一大师，那才是文以人传、人以文传。且看他写的《鲁迅翁杂忆》，他曾和迅翁在一所学校里同事，那时迅翁还没有用“鲁迅”做笔名，他说他俩服务的那所学校聘请了一些日本人做教员，需要有人把日文的教材译成中文。他写迅翁翻译教材的时候，用“也”代表女阴，用“了”代表男阳，用“系”代表精子。他写迅翁对他说过，当年学医，曾经解剖年轻女子和儿童的尸体，心中不忍。这时的周树人先生还没有“横眉冷对千夫指”，令人乐于亲近，不失为一条珍贵的史料。夏先生又写迅翁只有一件廉价的长衫，由端午穿到重阳，又写睡前必定吸烟吃糕，意到笔随，显出散文之所以为“散”。

周作人

夏丏尊先生的名气并不是很大，没想到把他列为中国近代散文的七位宗师之一，说到周作人先生，那就是众望所归了。周先生的学问了不起，不知为什么，未曾以皇皇巨著像冯友兰先生那样以哲学名家，或是像顾颉刚先生以史学名家，留在散文这一行，以“小品”受我辈膜拜。学问大的人下笔总是旁征博引，周先生常常引用我们没见过的书，从中找出我们需要的趣味。

周先生对散文提出两大主张，一、美文，二、人的文学。他似乎不喜欢雄辩渊博的论著，所以始终没说清楚，好在有人响应补充，有人以不同的术语引进相似的说法，今天我们可以印证，“美文”指形式，“人的文学”指内容。美文之美不是美丽，是美学，人的文学不是人欲，是人性。古人说，读了《出师表》不流泪的，不是忠臣；读了《陈情表》不流泪的，不是孝子。为什么会流泪呢，因为它发自人性，触动人性。天下教忠教孝的文章多矣，为什么要拿这两表说事儿呢，因为两表达到美学上的要求，是艺术品。长话短说，可供欣赏的散文，内容见性情，形式有美感。

放下理论读作品，周先生写《水里的东西》，有一篇谈溺死鬼，淹死的人的鬼魂一直留在他淹死的地方，不能离开，要想转世投胎，得先“讨替代”，拉一个人下水淹死，让那个人的鬼魂代替他。溺死鬼常用的办法是幻化为一种物件浮在水面，引诱人弯下腰捞取，他在水中趁势一拉。他常常变成一种儿童玩具，让小孩子上当短命，所以水乡传说中的溺死鬼往往是一群儿童，三五成群，一被惊动就跳下水去，犹如一群青蛙。

博学的周作人先生除了写乡野传说，还写到日本的河童，文字干净明亮，行文舒展自如，风格庄重闲适，这些都属于“形式美”。至于内容，孟子说“恻隐之心，人皆有之”，周先生对河边同一地点不断有人淹死，笔端没有温度，为什么也大受欢迎呢？我有一个解释：溺死鬼找替身云云根本是无稽之谈，难怪他写得既不恐怖，也不悲惨，“本来无一物”嘛！周先生谈溺死鬼，有破除迷信的作用，应该高举为无神论的上乘文学。无神论者不要禁止谈鬼神，要任凭周作人这样的作家去谈鬼神，使人感觉并没有鬼神。

林语堂

都说周作人先生喜欢在小品文中引用许多名著名言名人逸事，其实林语堂先生也是，两位前贤读书多，记忆力又强，一旦提笔为文，天上地下冒出来一群灵魂自动帮忙，“读书破万卷，下笔如有神”，或许可以如此解释。王勃作《滕王阁序》，句句是典，当众一挥而就，读者觉得不是进了滕王阁，好像进了图书馆，这也是一道风景。

谈散文欣赏，我们不用强调林氏的渊博，应该推荐他的幽默。众所周知，他是中国幽默的发起人。论幽默，他有理论：“幽默家沉浸于突然触发的常识或智机，它们以闪电般的速度显示我们的观念与现实的矛盾。这样使许多问题变得简单。”

他是怎样“沉浸于突然触发的常识或智机”的呢？他说：“世界大同的理想生活，就是住在英国的乡村，屋子安装有美国的水电煤气等管子，有个中国厨子，有个日本太太，再有个法国的情妇。”他说“派遣五六个世界上最优秀的幽默家，去参加一个国际会议，给予他们全权代表的权力”，世界上就不会有战争。他为这个幽默代表团拟了一个很长的名单，太长了，有些读者觉得并不幽默。多数人认为幽默要有警句。林先生晚年住在台北，有一所学校请他在毕业典礼中演讲，那天有多位政界学界商界的名人出席，个个发表长篇大论，林先生上台说：“讲演要像女人的裙子，越短越好。”这是警句，全场大乐。报纸报道典礼经过，用这句话做标题。曾几何时，那天达官贵人经世济民的高论一概不传，林先生的“越短越好”独存。

林先生说庄子也幽默，孔子也幽默。庄子梦见化蝶，不知道是庄周化蝶，还是蝶化庄周；马克·吐温说，他的母亲怀的是双胞胎，临盆生产的时候，其中一个胎儿淹死了，他不知道淹死的是他，还是他哥哥。这在马克·吐温是幽默，庄子因此也幽默吗？孔子说“无可无不可”，大庙里两个和尚起了争执，甲僧向方丈告状，方丈说你说的对。乙僧也到方丈座前诉苦，方丈也说你说的对。丙僧得知情由，向方丈质疑，甲僧乙僧各执一词，师父应该明辨是非曲直，怎可认为他们都是对的？方丈说，你说的也对。世人都说方丈幽默，孔子也因此幽默吗？林先生这种广泛的幽默论，很多人跟不上。

读者大众希望幽默大师开口闭口都是警句，别忘了林氏幽默是从英国文学的熏陶中提炼出来，幽默是一种修养，在平淡中形成，这种幽默往往是一种独尝的异味，未必哄堂大乐。我们现在常说幽默感，这个“感”字有讲究，你我要有能力发现幽默，享用幽默，“感”是“我”锐敏的回应。“两山排闼送青来”，我怎么看不到，“于无声处听惊雷”，我怎么听不见，答案是主观的条件不足，幽默也是如此。

林先生认为庄子幽默，孔子幽默，连韩非都幽默。这么说，老子也幽默，他骑青牛出函谷关，守关的官吏一定要他留下著述再走，他用一大堆含义模糊的句子随手组合，让你进入迷宫，让后人视同秘典。林先生认为陶渊明也幽默，陶公作诗数落他的五个孩子，长子懒惰，次子不肯读书，老三老四是双胞胎，到了十三岁还不识字，最后这个小儿子九岁了，整天只知道找梨子找栗子吃。于是陶公说，既然老天爷这样安排了，我还是喝酒吧！这么说，迅翁也幽默，他有一首诗写失恋，“我”在女朋友那里接二连三碰钉子，百思不解，最后，“不知何故兮，由她去吧”！

徐志摩

接着读下去，见到徐志摩先生。徐氏的才气，跟周氏林氏的学识形成对比，他不管古人看见什么，重要的是自己看见什么，不论古人有什么感受，重要的是自己有什么感受。他写翡冷翠，翡冷翠是什么地方？Florence，也译成佛罗伦萨，欧洲文艺复兴的发源地，在艺术、建筑、绘画、音乐、宗教各方面产生许多大师，留下许多古迹，后世更有源源不绝的论述，徐氏的《翡冷翠山居闲话》，1600 字，竟只引用了前人一句话。他写康桥，康桥是什么地方？Cambridge，也译为剑桥，英国最古老的大学城，多少世界名人跟这里有渊源，牛顿，达尔文，拜伦，罗素，徐志摩自己也曾在这里留学。他写康桥，5800 字，几乎没有使用引号！他强调的是，啊，我那甜蜜的孤独！他游天目山，看和尚，游契诃夫的墓园，想生死，所谓墓园只剩一块石碑，他也写了 2800 字，不抄书，完全自出胸臆。

徐氏散文的光彩夺目在描写风景。这样的风景描写，在周作人、夏丏尊、林语堂诸位大师的文集中是找不到的，许地山先生也没有这样的文笔。到了现代，文评家一再指出，散文和小说中的风景描写越来越少了！

许地山

许地山先生是台湾人，对日抗战发生以前就名满全国，我十岁，他大概四十岁，语文教科书里选了他的文章。那时，台湾和东北都被日军占领，内地各省若有祖居台湾的和祖居东北的作家，都受到文坛特别的重视，我们小读者也对他们特别景仰。许先生常用“落华生”做笔名，“华”是古写的“花”，落花生是小孩子爱吃的东西，“落华生”的意义就丰富了，除了是植物，还是在我们大中华落地生根的一个人，许先生如此命名，可见他对中国语文的敏感，欣赏文学作品的人也该有这种敏感。

散文多半“意念单调，语言直接”，许先生不同，他常常在散文里说故事，有时候甚至就用散文写故事。这样的作品你拿它当小说，略嫌不足，说它是散文，又觉得有余。当年并没有人特别称赞这种写法，后来，我是说 20 世纪 60

年代、70年代，我和一些散文作家吸收了小说的技巧，给作品一个新的面貌，修改了散文的定义。这是散文的发展，文评家照例要给新生事物寻找源头，找来找去找到了许地山，于是许先生的排名在朱自清、郁达夫之前，位列七宗之一。

请看许氏的《读〈芝兰与茉莉〉因而想及我的祖母》。

文章开端“我”正研究唐代佛教在西域衰灭的原因，对琐碎的考证觉得厌倦。接着是从邮箱中发现《芝兰与茉莉》，开宗第一句便是“祖母真爱我”！“我”因此想起祖母。先发一段议论：他说西洋文学取材多以“我”和“我的女人或男子”为主，属于横的、夫妇的；中华人取材多以“我”和“我的父母或子女”为主，属于纵的、亲子的。中国作家叙事直贯，有始有终，原原本本，自自然然地说下来。这“说来话长”的特性——和拔丝山药一样地甜热而黏——可以在一切作品里找出来。

议论之后，接着写起“我的祖母”来。那是一个很长的故事，旧日大家庭凭着“七出”的条文，拆散年轻人的婚姻，那个受害的女子回到娘家没有再嫁，戒了烟，吃长斋，原来的丈夫也没有再娶，两人有时还可以秘密见面，由陪嫁的丫头在中间传递消息。后来女子生了重病，死前叮嘱原来的丈夫和陪房的丫头结婚，这个陪房的丫头就是“我的祖母”。全文约八千字，祖母的故事占了六千，许老前辈能知能行，果然原原本本、自自然然地说下来，和拔丝山药一样地甜热而黏。他这个写法可以说是用散文拖着一个故事，当年是散文的别裁。

鲁迅与胡适

现在应该谈到鲁迅和胡适了，这两位大师名气太大，几乎用不着介绍。读者的程度不同，背景不同，性情不同，各人心里有自己的胡适，自己的鲁迅，“千江有水千江月”，每个月亮不一样，也教人不知道怎样介绍。

提起迅翁，不免首先想到杂文。杂文本是散文的一支，繁殖膨胀，独立门户。散文也是“大圈圈里头一个小圈圈，小圈圈里头一个黄圈圈”。迅翁那些摆满了书架的杂文，是大圈圈里的散文，夹在杂文文集里的薄薄一册《野草》，是黄圈圈里的散文。欣赏迅翁的散文，首先要高举《野草》，讨论《野草》。

以《野草》中最短的一篇《墓碣文》为例，迅翁把他内心深处的郁结，幻化成一个梦境，把读者的心神曳入他的梦中。梦是阴暗的，犹不足，出现了坟墓，暗夜，荒野，孤坟凄凉，犹不足，坟墓裂开，出现尸体。尸体可怕，犹不足，尸体裂开，出现心脏，犹不足，尸体居然自己吃自己的心脏。迅翁使用短句，句与句之间跳跃衔接，摇荡读者的灵魂。迅翁使用文言，用他们所谓的“死语言”散布腐败绝望的气氛。这种“幻化”就是艺术化，散文七宗之中，唯有迅翁做得到，也只是《野草》薄薄一本中寥寥几篇，它的欣赏价值超出杂文多多。但丁《神曲》写地狱，《地藏王菩萨本愿经》也写地狱，也许是因为经过翻译的缘故，艺术性有逊迅翁一筹。迅翁何以有此禀赋，可幸，既有此禀赋又何以不能尽其用，可惜。

至于杂文，那是另一回事。杂文是匕首，是骑兵，写杂文是为了战斗，而胜利是战争的唯一目的，当年信誓旦旦，今日言犹在耳。迅翁被人称为“杂文专家”，运笔如用兵，忽奇忽正，奇多于正，果然百战百胜。战争是有后遗症的，反战人士曾一一列举，我不抄引比附。此事别有天地，一言难尽，万言难尽，有人主张谈散文欣赏与杂文分割，我也赞成。

胡适先生的风格，可以用他的《读经平议》来显示。读经，主张中小学的学生读四书五经，政界领袖求治心切，认为汉唐盛世的孩子们都读经，因此，教孩子们读经可以出现盛世，似乎言之成理。胡先生写《读经平议》告诉他们并不是这个样子。第一，看标题，他不用驳斥，不用纠谬，不说自己是正论，他用平议，心平气和，就事论事。第二，他先引用傅斯年先生反对读经的意见，不贪人之功，不掠人之美，别人说过了，而且说得很好，他让那人先说。第三，他提出自己的反对意见，别人还没有想到，可能只有他想到，他说得更好。最后，第四，文章结尾，他用温和的口吻劝那些“主张让孩子们读经”的人自己先读几处经文，不是回马一枪，而是在起身离座时拍拍肩膀，然后各自回家，互不相顾。他行文大开大合，汪洋澎湃，欣赏此一风格可参阅他其他的文章，如《不朽——我的宗教观》。

这两位老先生都有信念，有主张，有恒心，有文采，两老没说过闲话，人家是三句话不离本行，这两位前贤是句句念兹在兹。人家写小说，编剧本，他俩写散文，直截了当，暮鼓晨钟，甚至没有抒情，没有风景描写，可以算是近代文坛之奇观。两人作品内容风格大异，鲁迅如凿井，胡适如开河；胡适如讲学，鲁迅如用兵。读鲁迅如临火山口，读胡适如出三峡。那年代中国读书人的思想不归于胡，即归于鲁，及其末也，双方行动对立对决。“既生瑜，何生亮！”论文学欣赏，既要生鲁迅，也要生胡适，如天气有晴有雨，四季有夏有冬，行路有舟有车，双手有左有右。

每一本文学史都说，中国近代散文受晚明小品的影响很大，晚明小品“独抒性灵，不拘格套”，使当时的文学革命家如归故乡。乘兴为文，兴尽即止，作品趋向小巧，张潮一语道破：“文章乃案头之山水，山水乃大地之文章。”固然盆景也是艺术，然而参天大木呢？宣德香炉也是艺术，然而毛公鼎呢？印章也是艺术，然而泰山石刻呢？流觞曲水也是艺术，然而大江东去呢？晚明小品解放了中国近代散文，也局限了中国近代散文。

散文七宗之中，迅翁和胡博士是超出晚明小品局限的两个人。

选自《南方周末》2022年2月10日，原题《近代散文的七位宗师》

与友书

陈世旭

致一位青年作家

犹豫再三，还是决定给你泼这瓢冷水。之前你告诉我有个中篇会在一个大刊物发表，我很是高兴——客居外地，听到老家的晚辈同行取得好成绩，很是提神。但没有想到我读到之后的看法会这样负面。

直接说吧，你这个中篇我很不喜欢，甚至想建议你不要发表，至少不要在那个有重要影响的刊物上发表。辉煌的舞台可以展示一个天才，也可以毁掉一个尚不成熟的天才。对我们一般的写作者而言，就更要注意尽可能地避免展览自己的不成熟。这其实是我写作一辈子最深的痛。

依我看，这稿子最大的问题是设计和编造的痕迹太过明显。小说当然都是设计和编造出来的，但设计和编造的目的却是逼真。好的小说把虚构的故事说得跟真事一样，而蹩脚的小说则把真事说得像虚构的故事。很显然，你并不熟悉你写出的这些人物，以及他们的生活。或者你有所接触有所了解，却在写作时为了事先设定的目标背离了那些实实在在的可信可感的真实生活的脉息和温度。小说的语言、文字、叙述、描写，看起来都有新意，有年轻和前卫气息，但小说里的人物、形象、性格、心理，想要表达的社会、人生意义或者是无意义，都处在一片朦胧的雾气中，尤其被许多不必要的炫知、炫技的笔墨障碍，让人（或者仅仅是让我）不得清爽，不得要领——我不知该怎样表达这种感觉——有点像摄影没有找准焦距，照片不清晰，也就没有了视觉冲击。

你在创作谈里说到你要努力让自己由“狭窄”转为“宽阔”。有追求固然是好的，可宽阔还是狭窄是必须转换的吗？对小说的优劣来说，这其实是一个伪命题。“小女人”就一定不如贴胸毛的“大男人”？“小男人”就一定不如咋咋呼呼的“女汉子”？写作的核心价值是你写得是否精彩，是你描写的小女人小男人或女汉子大男人是否真是那么回事，是你揭示的生活本质是否被广泛认同。眼界和胸怀宽或窄的作家都写出过好作品。美国女诗人狄金森的生活和写作的内容都够狭隘了，但谁能否定她的文学存在？艺术永远是求异的，绝对排斥标准化。作家个人的成功是写出了可以与别人相区别的特点，表达技术上则是把自己熟悉擅长的叙述方式尽最大可能发挥到最佳状态。最强烈的内心感受和最切实的个人经验，永远是写作者最可依赖的靠山。

一个写作者是应该有点偏执的，不受或少受这样那样的“标准”和流行时尚的影响。有个我曾经非常钦佩的作家，乡土小说写得那叫一个扎实精彩，后来去大学深造，回来写“魔幻现实主义”了，却再也没有超过先前影响的作品发表，让人不禁想起邯郸学步的故事。

你读了很多书，我远不如你，你提到的那些作家作品我都闻所未闻，我能做的只是提醒你切忌轻易臧否。不要像现在网上的有些文章，说起中国外国的大师和经典，轻佻刻薄，就像说他们家的抹布，谁也不在他们眼里。你千万别沾上那样的轻狂气。你崇拜托尔斯泰，对卡夫卡不以为然，作为一种阅读感受，这无所谓对错。但作为一种价值判断，就有点轻率了。卡夫卡和托尔斯泰我们都只能仰望。对我们来说，他们是相互无可替代的高峰，你我都只有仰望的份儿。

“走向世界”，我理解就是必须有世界意义。中国传统小说的渊源，是“街谈巷语，道听途说者之所造也”，再后来有传奇、笔记，勾栏瓦肆的话本，明清章回小说，《红楼梦》到顶了。延续到今天虽有所谓的“成人童话”，还有铺天盖地的网络传奇，但那只是一种趣味读物，与纯粹意义的文学无关了。“五四”以后，大量的西方小说经由翻译涌入，造就了现当代小说。不敢说它们都可以从欧美作家作品那里找到蓝本，但我看过的都让我得到这种印象。这样说不是要贬低现当代小说，恰恰相反，是要说明这种变化是一次历史的飞跃。这飞跃表明，一种古老的文化只有接受现代文明的洗礼并融入其中，才有焕发新生命的希望。

中国的作家艺术家无疑是有才华的，看看楚辞、汉赋、唐诗、宋词就知道了，但个人的想象力和创造力最终还是消弭于种种文学之外的诉求。比较而言，原生态的中国民间艺术，反而实实在在，淳朴动人。那么天真纯粹的人性，那么活蹦乱跳的乡土智慧，没有任何名义的高等文化染指。

托尔斯泰的经验和博大，谁也不能复制。他写作的意义已经超越了文学，远不是我们可以企及的。虽说是取法乎上得乎其中，但我觉得，就你现在的写作来说，不妨关注一下周围的、与你年龄相近的优秀作家。偶然在手机上看到几位青年作家的短篇，其叙述的沉稳、文字的干净、情绪的节制，直让我五体投地。这样的小说，对你生活经验的开掘和写作表现应该会有直接的启发，毕竟这样的作家就在当下，就在身边。

上面说的并不完全符合你的实际，我不过借这个机会表达我的一些看法和某种心情。我从中也很悲哀地看到了我自己——写作缺乏生活的质感，对大师的生吞活剥或妄加非议，急于发表不成熟的平庸作品以支撑自己的文学存在，等等，是我长期以来一直在努力解决却没能解决的问题。在我，这是才情所限，已不可能有所作为了。在你，还有的是上升的空间。你先天的灵气比你父亲和我都强，这是你可以秉持的信心所在。

我说话本来就直率，加之你父亲在世时与我的友好，我更不会虚与委蛇地说违心话。因为望之殷，所以语之切，相信你的理解力和承受力。我不一定说得对，很怕误导了你。写作是见智见仁的，我的看法与那个刊物的看法出入那么大，也许是我太偏执了。提供你做参考吧。评论我这次就不写了。把那些话公开发表出来，对你显然没有任何好处。

你很纯正，这是最让我欣慰的地方。缺乏自信，正是这纯正的一种表现。你面对的文学生态与我刚走上文学道路时已有天壤之别，文学从社会瞩目的位置走到极度的边缘化。对有些人这可能是一种沮丧，对有些人则可能是一种纯粹。像你这样潜心其中的人反而可以获得一种独特的心灵享受。你在文坛的阅历渐渐多了，保持一定的不自信，某种程度是好事。在这个以自我张扬为主流价值的时态中，总要有几个人还知道敬畏，知道世上尚有“羞耻”二字在。写作是语言文字的竞赛，是构造描绘的竞赛，是才情表达的竞赛，但最终是人性品质的竞赛。

真心希望我的这些陈词滥调不致让你的信心和锐气受到挫伤。你一直以来，心无旁骛，潜心写作，这是我很为你也为你父亲高兴的。以我一生的经验，写作很难说是一种好职业，它对一个人的心理和生存能力常常是一种挑战。但随着岁月的增加，人是会磨炼出来的。不要急，不要跟风，不必追求数量，不必追求走红，扎扎实实写自己的感受，尽力把每个作品都敲打得结结实实，给自己一种可靠的寄托、一种平静的慰藉，是完全做得到的。只要坚持，一定会有轻松的那一天。

致一位老友

见你微信发来的短句“现实碾压小说，商家碾压作家”，形容文学今日的惨状，颇感慨。遥想当年，兄在大学纵论文学，兄之文章见诸课本，是怎样地神采飞扬。与今日的视文学若敝屣，判若两人。

刚巧前两天，一位与我同辈的外省同行，也在微信上讥诮而今根本就没人读小说，办刊物、写小说纯属犯傻。我同样想起他的当年，获全国小说奖，从一个乡镇调入省城，进而从政。不料偃旗息鼓多年，却听说他已经改行书画，将齐白石做了目标。在世人只认名气、不认笔墨的当下，我不由替他捏着一把汗。

恕我直言，我有一点为你们难过。一位同行转述过作家韩少功的笑谈：许多骂作家的多是想当作家没有当成的人。写作作为一种智慧劳动，不是谁轻贱就轻贱得了的。以无视、贬低甚至咒骂来代偿失落，其实让人怜悯。以一个老友的直觉，我深知你们对文学其实深怀着痴心，或是环境变化，另有诱惑；或是心力脆弱，不耐辛苦；或是才华所限，无力再搏，无论如何，如果还能写、写得出，你们都是断不会这样带着恨意鄙视以至抛弃文学的，这样的恨——跟男女之恨完全类似——乃是一种爱。

有许多无论成就和人品我都很尊敬的同行，他们在上了岁数之后，都最大限度地摆脱了名利的羁绊，对文坛上的各种热闹处之淡然。我很敬重他们。写作其实只是一种内心抒发的需求，与别人无关。可以获取功利，也可以完全无关功利。只要自己决意，谁能左右？最根本的是与生命力相关。写作能力某种程度上是荷尔蒙水准的一个指数。法国作家雨果在八十岁的时候写出了他一生最重要的著作，同时拥有充分的情感生活，就是一个鲜明的例证。

一生行将过去，落幕的时候就要到了。我常常站在高楼的阳台看落日：静穆，温暖，安详，从容。那是我最欣赏的境界。退休那年，我写了《告别大楼》，许多朋友看了，给我电话，说很难过。但那不是我的原意。“大楼”是比喻一度担任的公职，不是文学。我的原意是像庄子一样获得生命的超脱。退休后我移居岭南，一面是为照顾儿子的家，一面也是想要摆脱原来的人文环境。在那之后，除了极少的知己，我删除了绝大多数电话和微信。人生很短暂，就怕入了迷局，退一步海阔天空。讲不清的理，不讲了；听了不舒服的话，不听了；见了会不高兴的人，不见了；改变不了的事，不操心了；有名人要人的场合，不没羞没臊往前凑了；该晚辈出头露面的地方，不老当益壮挤在中间了。再也不必上班下班，不必赶车赶飞机，东奔西跑四处流窜了。前几天微信给朋友几首打油诗，其中“马嘶萧萧车辚辚，争先恐后起红尘。江山风月无常主，有闲便是福中人”，有的朋友赞同，有的朋友觉得是出于无奈，显见各人的志趣。在我看来，决定幸福感的是自主的程度。一个人能衣食无忧，只做自己喜欢的事，还瞎忙什么呢？

岭南这边，人品极好的挚友去世，让我觉得失去了一座城市。平时我更愿意宅在家里忙家务、爬格子。有位朋友提醒我，埋在家务里会消磨意志。我暗自高兴。因为在我这里，家务恰恰就是写作过程的一部分，虽不可能有大作为，至少不易老年痴呆。

将近十年前，参加完中国作协的会议，我私下告知几位走得近的朋友，这是我最后一次来京了，今后能见则见，不能见，念想也是一种见，只要是朋友，在哪都是比邻。活到现在的年纪，特别明白了古人讲的知进退，应该逐渐归于内心，最终归于虚无。这不是所谓超脱，而是一种自我保护——努力让自己保持心情的平静。

头天傍晚我穿过宾馆大堂回房，中国作协副主席高洪波、刘恒和其他几个作家路过，顺便喊上我，去看望在京住院治癌症的张贤亮——他写过很轰动的小说，又很有经济头脑，无论在文坛还是社会上，知名度都很高。返回的车上大家很多感慨。我说了一句自以为会让人印象深刻的话：

人应该学会死亡。

就是要学会平静地面对和走向必能到来的虚无。只有真正看轻死亡，人生才是圆满的。

这辈子见到过不少人在大限将至前，求生的欲望格外强烈：没条件的不惜倾家荡产，遍寻各种民间偏方，遍尝各种匪夷所思的腐臭糜烂；有条件的则一掷千金，国内国外的所有“特效”药物、“靶向”疗法、“最新”成果，一概照单全收，放疗，化疗，切割，换血，换器官，浑身插满管子，支离破碎，百孔千疮，直至气绝。

很清楚地记得一首写死亡的诗，只有两句：太阳要下山了，谁也挽留不住。人生就是一个过程，诞生，成长，壮大，衰老，终于结束。就像一块石头，从地上捡起，不管抛多么远多么高，在空中划了一道抛物线，最后还是落到地上。整个过程可以延缓，却不可以逆反，也没有必要逆反。事实上每一个阶段都各有尊严。追求“逆龄”“冻龄”乃至相信种种“回春术”，只能是一种智商的缺憾。而在死神来临的最后时刻，保持离别的优雅和庄严，可以说是人生最后也最大的一个课题。

儒讲虽死犹生，释讲死是往生，西教讲麦子落地才能结出果实，都给死赋予了精神的意义。我更欣赏的是道家讲的道法自然："死生，命也，其有夜旦之常，天也。"(《大宗师》)"方生方死，方死方生。"(《齐物论》)"生者，假借也。假之而生生者，尘垢也。死生为昼夜。"(《至乐》)"古之真人，不知说生，不知恶死；其出不欣，其入不距；翛然而往，翛然而来而已矣。"(《大宗师》)妻子死了鼓盆而歌，最能说明庄子对待死亡态度。在他看来：生死就像四季运行，妻子顺应了自然，我若哭泣，是不明白生死的道理。的确，作为生命，死就是彻底回到物质本质。对于我们常人，不过就是一缕青烟、一把粉末而已。

庄子应该是我国最早关心死亡问题的思想家，他对死的态度是坦荡的，其视野和思维空间非凡地开阔。以理智的方式将人生的种种困扰置之度外，使心灵不受干扰，庄子称之为"心斋""坐忘"(《大宗师》)。这种深刻的自然观，让我非常喜欢。

但比较起来，我更喜欢对待死亡的民间智慧。电视上看到一群骑单车旅行的老人，兴致勃勃。记者问他们这样热衷锻炼所为何来，其中一位朗声笑道：

活得长，死得快。

这样一种通透豁达的快乐，让人心生敬重：

"活得长"是健康的精彩的有质量的"长"；"死得快"是戛然而止、干脆利落，不给自己、给家人、给社会带来任何拖累麻烦的"快"。所谓"久病床前无孝子"，其实是一种自私的毫无意义的哀叹。

我不懂鬼神，也不是任何宗教的信徒。我相信依靠自己的智慧足够解脱自己的所有精神困扰。人们花一辈子逃避死亡：地上百味，精挑细拣；天下众美，唯愿独享；树碑立传，聚财藏宝；养生保健，美容整形；执迷科学，奇思妙想；烧香拜佛，炼丹寻仙……然而，我们对死亡了解多少？苦过也甜过，累过也闲过，哭过也笑过，付出过也收获过，痛苦过也幸福过，这就够了。生是人，死是鬼，"鬼"者"归"也，用不着伤感，也用不着留恋。死亡，乃是尘世送给人生的最后一个礼物，当它到来的时候，最好的姿态是欣然接受。

我希望我这番话会是一剂药，给你们一些激发，有所振作。当然，如果精力实在衰弱了，那就听其自然，该失去的就让它失去，待之以平常心，放下纠结，远避烦恼，颐养天年。只要身心健康，就是福气。

选自《人民文学》2021年第12期

饮食五帖

王祥夫

笋帖

竹笋要想做得好吃，第一要义就是要油大。上海老牌子的梅林罐头油焖笋，笋几乎都浸在油里，家里人吃这个罐头，向来是先把笋吃掉，然后用里边的笋油炖豆腐，是一点点都不浪费。笋一旦被掘离泥土，隔一两日便会发麻，须用开水焯一下。至于苦笋，既有著名的《苦笋帖》，相信古时就有人喜欢它，一如现在有人喜嗜苦瓜。笋除了苦，尚有酸，桂林酸笋的味道给人的印象亦是深刻。吃米粉，若是没了酸笋，味道便会大打折扣。身为诗人、画家的谷主告诉我，桂林的酸笋又叫“吊笋”，而到底是哪一个“吊”字，尚有待考证。乙未年我在北京，国祥请我吃他从家里带来的竹笋，是在新昌的家里做好了用大罐头瓶装到北京，据说是只用水煮，当然要有油，味道是极其鲜美。承他美意送我两罐头瓶，带回家来。家里人吃了都说鲜，因为好吃，竟至不舍得吃，原计划放在冰箱里慢慢吃，想不到后来竟然坏掉大半瓶。国祥家住新昌那边的山上，是遍山的好竹好茶，他虽把竹笋与茶看得很贱，但若论懂它，我想起码是我的朋友里边没有人能够超过他。我画竹笋，他看了就开玩笑说：“笋簖头画成皇冠了，足见待遇。”玩笑话归玩笑话，但你对北方人说“笋簖头”，恐怕是十个人倒有九个不会懂。年前南方作家陶群力寄来上好的笋子，是那种小笋，只有拳头大，论其形便不是画上的那样，却是国祥所说的那种，笋簖头还在，是两头尖跷跷，必得在根部切一刀再剥剥它才会像皇冠。而画家笔下的竹笋无一例外大致都是剥过切过的那种，如果照实画来两头尖尖，一是不好看，二是有时候会让看画的人弄不清这是什么东西。群力于隆冬从南方往我这里寄一箱冬笋来，却正好碰上北方的寒流天气，气温忽然低到零下二十四度，那竹笋在路上便早已冻得像石头，但拿来做菜，味道却不变，可见竹笋是可以冷冻而致远的。又问南方的朋友，亦说是可以把竹笋放在冰箱里冷冻，但不能把笋衣剥去，临吃的时候再剥，会保存很长时间。现在天气又转暖，露台上和屋顶上的雪都化得滴滴答答，却又发愁群力寄来的竹笋消化不了怎么办。所以现在是天天在吃竹笋，用贵州和湖南的腊肉炒笋丝笋片，味道真是好，剩下的准备放在冰箱里慢慢吃。

说到冬笋，其实除了吃就是吃，原没什么好说的。著名的天目笋就是用来当零食吃的，味道很美。一长条笋，腌了晒，晒了腌，然后盘在一起，以之喝茶最好，但如果用来下酒却未必好。天目笋现在的做法很多，而最好的就是那种腌过晒过，半干不干的，既有嚼头又有滋味。把这种笋用水泡了，切很小的丁做素包子，味道真是好。但这个包子南方人做出的滋味要比北方的好，北方人不善于吃笋是因为北方既无竹而又无笋。

关于竹笋，其实要说的话没有多少，而最后想说的一句是鲁迅先生曾用竹笋打过很不雅的比方，他说竹笋“挺然翘然”，像极男性的生殖器。这样的比方，说实话，是不大像，首先是太尖，足见这只能算是鲁迅先生的个人感受。

玉米帖

今年春天的时候，我在南边露台的红陶花盆里种了几棵玉米，却只长上来一株。玉米长上来，才知道玉米的叶子竟然是对生的。虽然小的时候曾经看到过地里大片大片的玉米，也曾在玉米地里钻来钻去地捉迷藏，但竟然忘了它的叶子是对生的。凡是植物，对生的叶子都不太好入画，所以一旦画的时候还必得让叶子错落有致才会好看。好在玉米地里的玉米总是你挨我我挨你地长在一起，叶子自然会互相披纷交错，不像我种在阳台花盆里的玉米，只一株，标本样天天立在那里，想必它会颇感孤单。植物有这种感觉吗？植物毕竟不是动物，但谁又敢说它们没有这种感觉？画家里边，喜欢大笔披纷地画玉米的，白石老人算是第一人。他画的玉米棒子，总是被剥开的，露出里边的子房。如不这样画，会好看吗？而如果是地里的玉米，早早就被人们把子房外边的那几层薄薄的绿皮剥开，真还不知道它们还会不会继续生长。艺术就是艺术，为了好看，且让它们被剥开。

今天早上一起来画玉米，忽然想起当年顿顿饭都是玉米的往事，玉米发糕、玉米饼子、玉米糁子粥。玉米据说是明代才从外边传到中国本土的，以玉米作为主食是墨西哥土著们的事，想想也真是难为他们。玉米好吃吗？你不能说它难吃，但顿顿都是它，你就会受不了。有被玉米吃怕的，据说一看到玉米胃里就会吐酸水。我虽不太喜欢吃玉米，但街上有卖新鲜的嫩玉米，总是忍不住要买几穗回来煮上吃，或者在街头买一穗烤熟的嫩玉米，一边走一边吃，味道可以说是十分地好。

今年种在阳台花盆里的玉米到了秋天不知能不能结出棒子来，而我真希望它能结个棒子给我看。明年，除了玉米我还打算再种几株高粱。画家之中，喜欢画高粱的还真不知道有谁。画家杨春华那年来我这里，看到了郊外成片成片的高粱。刚刚下过雨，一坡一坡的高粱叶子绿到发黑，高粱穗子的颜色红到发紫，她便一时高兴到大叫。之后便画了几株高粱给我，勾线用色都极其恣肆，还用了金，那幅《高粱图》真是漂亮得很。

白石老人画没画过高粱？也许画过，但在我，起码是没见过。文学作品里经常有人把玉米地和高粱地形容为“青纱帐”，我却觉得一点都不像。什么是青纱帐？青纱帐又是什么？我不知道，我以为高粱地玉米地就是高粱地和玉米地，不知为什么，我很讨厌这种形容。

玉米里边，最好看的要数那种“花玉米”，就是不吃，摆在案头上亦可以算是清供，玉米粒黄紫相间，真是好看。

元宝帖

今年的年对我来说过得是特别有趣味：一是把自己过去的旧文编了一下；二是前不久种下的水仙才有一指半高就长出了花蕾；三是一个月前供在案头的香橼居然有两个，不但是颜色金黄，而且香气愈加扑烈。香橼的香气与佛手不一样，怎么不一样我说不出来，如果有机会可以对比着好好闻一下，但年头岁尾在案头供几个佛手和香橼确实是一件很好的事情。若是在各种花卉你登场罢我登场的夏天，那香气根本就不会让人们感到有多么好，而在大雪纷飞的数九天便不一样了。今年南方多雪而北方才下了一两场，而且下得也没什么成绩可言，才一币厚便马上匆匆化掉。让人感觉北方已经不再是北方。我从小就喜欢在大雪中散步，当然要戴好帽子，光戴帽子还不行，最好再围上一条围巾，不要让雪灌到脖子里。我想林冲在风雪草料场用花枪挑着个酒葫芦的时候，也一定是戴了帽子围了围巾的，如果不这样，雪就不再有什么趣味可谈，只能缩头缩脑在纷纷的大雪里显得很狼狈。所以说下大雪的日子里，必须要有一顶帽子，一条围巾。

今年的冬天，北方虽然没下过几场可以算得上数的雪，但年还是到了。因为初一找出了旧文《压岁》，既说压岁，当然免不了要说压岁钱，自己看看有趣，也算是古人的献芹之意，便把文章拿出来给朋友们看，也便忽然想起了小时候家大人给的那种小小的小金锞子，照例是银鎏金，也不值几个钱，但就是好玩。清代的那种金锞子和金元宝不是一回事，我的那三个小金锞子一个是梅花形，上镌着三个字“岁寒友”；一个是小元宝状，上镌着四个字“及第千金”；另一个不知被谁在上边钻了一个孔，想必是打算穿根绳戴着玩，上边的字是“勤且敬”，唯这个金锞子家大人说好，说做人要勤快，家大人的这话也只说过那么一次我便记住了。记忆中那上边的孔像是家大人钻的，尔后穿了一条细绳，但我从来都没有挂过它。我小时候过年最怕穿新衣，母亲大人把新衣拿来让我穿，我亦是生气，直到现在，过年的时候，我从来都不会簇新的一个人出现在人们面前。

再说到金锞子，过大年的时候，家大人会把金锞子拿出来给我们，亦像是一种仪式，过后必会收起，用母亲的话说是“我替你们收着”，金锞子没什么好玩，但还记得小时候家大人说这几个是谁的，那几个又是谁的，而后来，那三个金锞子便算是我的私房。但几次的搬家，不知道把它放在了哪里，忽然想起，却再也找不到。昨晚就又找了一下，因为怎么也找不到，忽然就觉出金锞子的好来，金烁烁的满是民间的喜气。

古时候把金锞子叫作“金瓜子”，可见其小，即使是我们现在给晚辈发压岁钱，也不会一下子给几万，压岁钱不在多，也只是个意思。再说到金锞子，《红楼梦》第四十二回写到某某：“说着便抽系子，掏出两个笔锭如意的锞子来……”第七回中又有两个“状元及第”的小金锞子出现，这些金锞子都不大，都是当作小物件送给晚辈们的见面礼，并不只是过年才会拿出来的什么稀罕物件。金锞子虽小，可以小到瓜子那么大，但和金元宝还不是一回事。金元宝沉甸甸的再压手也只能是一种货币，而金锞子有艺术的成分在里边。今天已经是大年初二，天还没亮，远远近近已经有人在放爆竹，虽然稀稀落落。天亮后，我也许会再找一找，如果找到我的小金锞子，倒可以让别人看一看，毕竟，现在的金店不再做这种东西，即使做出来也没过去的喜气好看。在我的眼里，古人做什么都好，人家说我是复古派，我倒亦是喜欢。就像是，怎么说呢，我觉得穿着棉袍坐在那里喝茶最好，如果让我穿了西服坐在那里正襟危坐地去品茶，我会很不舒服，再好的茶也会像是马上就没了滋味。

油条帖

从小到大，最常吃的早餐就是油条和豆浆。一碗豆浆，两根油条，再来一小碟老咸菜，这个早餐就打发了。各种的油炸食物里，要说油条怎么个好还不能一下子说清，油条要吃刚刚出锅的，嚼上去会“吱喳”有声，盖因为其脆，而里边又是松软的。有人喜欢一手持油条一手持筷子，把油条在豆浆里浸浸吃吃，再就一点点咸菜丝，这种吃法有点委屈油条，油条就是要吃那种口感。油条有特殊的香气，其实是明矾的味道，做油条离不开明矾，离开了明矾就不蓬松。一般来说，北方的油条要比南方的油条好一些，南方许多地方的油条只堪称之为油棍儿，既细且硬，拿在手里不像个东西，而这次去泉州，吃早餐的时候却看见了好油条，既粗且大，便不免一连吃了许多根，就豆腐脑，很香。一般来说，吃油条都要到早点摊子上去，在家里炸油条，不是没有，但很少，首先要支一口比较大的锅，还要放许多的油，很不方便。汪曾祺先生说他会用油条做一道菜，就是把吃剩下的油条切段，里边塞那么点馅子下锅再炸，炸好便吃，又脆又好。而这道菜实在是家常，几乎是人人都会做，只要肯做，但切成段的油条里最好塞鸡蛋和韭菜做的那种馅子。做这个馅子不能用素油，素油很难使馅子团在一起，最好用猪油炒鸡蛋，炒好了鸡蛋再把切好的韭菜拌进去，因为猪油的缘故，这样拌出来的馅子会抱成团，才好塞到油条里边去。一段一段的油条塞好馅子后还要在面糊里拖一下，面糊不能太稠，做这种面糊的时候要打颗鸡蛋在里边，拖了面糊的油条下锅炸才不至于把里边的馅子给炸出来，这个菜味道说不上太好，但也不错，吃的时候照例“吱喳”有声，很是热闹。有见喝皮蛋粥的，把油条切碎放在粥里，味道也不错。而如果喝那种白粥，把油条一小段一小段地放粥里完全泡软了，是另外一个味儿，也不能说错。

油条在中国，是极为普及的食品，一般都用来做早餐，中午饭和晚餐吃油条的就很少，但不是没有。油条之所以叫作油条，是因为它就是那么一条，既经油炸，便被称为油条，这本不难理解，但在中国民间，有句接近骂人的话就是“老油条”，常见一个人骂另一个人：“你这个老油条！你这个老油条！”而如果细细地分析起来，谁也说不好“老油条”这三个字是什么意思。一种解释是油条炸老了，又黑又硬，再一种解释呢——好像根本就不可能会有另一种解释。而相对而言，既有老就有嫩，如果说老油条不好解释，而嫩油条这一说法就更站不住脚，有些中国话，是只可意会不可言传。

早上起来，我如果去跑步，便一定要吃油条，还一定要刚出锅的，在锅边守着，等它热腾腾地现炸出来，再要一碗豆腐脑或白粥，当然还要有一小碟咸菜丝，黑乎乎的那种，俗称“棺材板”。就这样的吃法，几乎天天如此，多少年下来，居然还没有吃腻。长时间不吃，还会想念，还会觉得不自在。

想念油条，这像什么话！

豆面帖

晋陕两地偏爱面食由来已久，用来吃面条儿的碗也大，民间窑烧的那种蓝花大碗，大小几乎像个小盆子。端这样大的碗一只手不行，要用两只手。以这样的大碗吃面，我想会把上海和广州那边的食客吓坏。上海的葱油面好吃，但碗太小，吃两碗不够，再来两碗好像还不够，但不好再要，怕把旁边的人吓坏。说到吃面条，要想尽兴最好去晋陕，人手一只大碗，谁也别笑话谁，挑面喝汤，此起彼伏，山呼海啸！

我小时候在家里吃面条，家大人总是说：“小点声，小点声，别呼噜！”但直到现在，我都不会一点点声音都不出而把一碗面条吃完，尤其是吃豆面的时候，我就更不会斯文。为什么？因为豆面香！各种的粮食里边，最香的就是豆面。北京小吃之“驴打滚”，外边粘的那一层就是豆面，这豆面最好是先炒后磨，有异香。如果把“驴打滚”外边粘的那层豆面换成芝麻盐，虽说芝麻要比豆子香，但味道却完全不是那回事！吃“驴打滚”而蘸豆面最好用黄豆，绿豆就不行。绿豆可以做绿豆糕，夏天吃了可以下火，小时候每年夏天母亲都会给我吃几回绿豆糕，甜甜的，干干的，噎嗓子噎嗓子的，虽然好像比不上其他点心，但也不错。绿豆还可以做绿豆粉丝，而在山西，是不吃绿豆粉丝的，纯粹的山药粉丝要比绿豆粉丝更好，这是绿豆。而吃面条却非要用扁豆不可，最好的野扁豆颗粒很小，大小刚好和子弹屁股后边的引火儿那么大，既扁且又不平整，这样的扁豆磨出的面最香。豆面和白面不一样，豆面最好的吃法是上抿床抿，豆面要和得很稀，上抿床抿成一个一个小蝌蚪的样子，滑溜好吃。我个人的习惯是喜欢喝豆面汤，民间有句话是："豆面汤，十里香！"豆面除了吃面条，蒸馒头也大好，豆面里掺一小半儿白面，蒸出来的馒头没有不开花儿的，颜色虽然不那么白，但真是香，是一种特殊的香。我现在十分想念豆面馒头，但就是吃不到。小时候，我总是嚷嚷着要吃豆面馒头。那时候吃早饭，把一个豆面馒头放在炉子上烤，烤得黄黄的，味道就更香，这必定是冬天。如果外边凑巧下着雪，捧着一个这样的豆面馒头，一边吃一边守着火炉读一本书，多好。

选自《广州文艺》2022 年第 1 期

王铁匠和叉（外一篇）

冯　杰

北中原生活区域内，负责“铁部”的有两个铁匠：孙铁匠孙炳臣，王铁匠王打铁。

孙铁匠一辈子只铸造鏊子，有专业精神，以不变应万变，一辈子起于鏊子落于鏊子，要不是节外生枝，他靠鏊子照样过一辈子。王铁匠铸造的则种类全面，是个多面手，主要锻打农具，为北中原一年四季离不了的日常铁器。铁镰、铁锹、铲子、锄头、镢头，还包括村里妇女们上吊的铁钩子。据说，胡半仙的挖耳勺还是王铁匠细心奉献的。

王铁匠走起路身上带着铁梨花，我二大爷说小鬼都不敢近他身。这是他一辈子打光棍的主要原因。他有一个绝活一直没有对外人说，有一年二大爷喝多了“冰堂春”酒失神后，一如在梦幻里，才神秘地告诉我。

河两岸人家都知道王铁匠最会打铁叉，他打的铁叉是十齿的，十齿就有点吊诡了，因为平常铁叉有三齿、四齿、六齿，十齿铁叉麦场或日常出粪根本使用不上。二大爷说，天蓬元帅猪八戒也顶多使用九齿钉耙。那么十齿铁叉干啥？二大爷没说，这时卖了个关子。

问我，你说叉啥？

旱地扎鳖？

叉江山！二大爷自己回答。

江山能叉住吗？叉尿布还差不多。

牛叉吧，二大爷骂一句，哈哈大笑。

王铁匠是滑台谢家庄人，他爷爷曾经和李文成一块玩，加入并经营过白莲教。李文成在教会里称“李四木匠”。王铁匠他爷就叫“王四铁匠”。白莲教在嘉庆年间失事后，他爷爷躲避在辉县太行山里，游走民间打铁明志，等待有一天复出，临死前传下来这一个打铁秘籍。

传到了王铁匠这一辈，依然打铁。有人在谢家庄他家见过一次，他打铁时夜里铁花泛着蓝光。

那时菏泽还属直隶省，黄河对岸菏泽地区一直干旱，连续干旱五年，年年闹蝗灾。关于天气预报专业的话题，我平时看央视《天气预报》，每次说到河南，主持人爱说一句——“受黄河上空一低压槽的影响”，我理解是因为有一道低压槽，丰沛的雨水才过不去，所以才干旱。至于啥叫“低压槽”，黄河两岸恐怕没几个人真懂。

也许只有我二大爷知道，在“低压槽”里，王铁匠才会“飞叉定云”。

这不免扯远。二大爷解释说，在古代，只有李淳风、袁天罡这一类的少数几个人才会玩“飞叉定云”。

二大爷回忆说，也该他目睹。那一天，东方还没有鱼肚白的时候，二大爷早早起来要拾粪，他洗脸漱口，开栅出门。却有更早者，他见王铁匠走到村口西地那片高岗之上，稳稳站定。不一会儿，西边天空飘浮过来一团黑云，镶嵌着一道金边，饱吸墨浆、轮廓鲜明的乌云有点诡异。

一场大雨就要飘过河去。

说时迟那时快，骤风乍起，挥手之间，一道铁影掠过。他用十齿铁叉把西北方的那一片乌云牢牢钉在上面，乌云不动，那一道金边管控着丰沛的雨水，铁叉不动，天上的雨水就不动。

菏泽那一年四季干旱。县志上载：“天大旱，薰热难当，墙壁炎如火灼，由于自然原因，人多渴死饿死。县有十五个乡出现大批农民非正常死亡。”

到了这年冬天，踩着黄河水，或坐着木船，黄河对岸络绎不绝来了许多要饭人，像蝗虫。东明一位打“莲花落”的说得更绝：“天旱得很，全县出门望去，十里地就长了一株玉蜀黍。那一株玉蜀黍竟然是铁杆子，老天爷铁定了，你说能不旱？”

王铁匠死了。多年后，我过浮桥到黄河对岸菏泽市东明县，参加一个民间组织的“国际庄子研讨会”。几年来，山东东明和河南民权一直在争“庄子故里”。山东人能邀请我这个河南人参加研讨会，说明山东人学术胸怀博大。

我看到庄子隐藏在云端，掀开一角发笑。

会后听到菏泽教授孟凡祥先生讲起来那一年老家干旱，我深深吸一口凉气，不敢说北中原往事，担心泄密，说出来还怕学者指责我是小说家玄言，玄而又玄，绝非实话。

心想，要是他们当年知道旱灾是王铁匠用十齿铁叉钉住乌云的缘故，菏泽人还不恼死他，肯定会用铁叉扎死他，像旱地扎鳖一样。

张木匠的鼠

后来，村里能拿得出手的木匠越来越少。

父亲请来的木匠是大张、小张。木匠关系上属于父子俩。我平时喊大张叫“张师傅”，小张就不喊了。后生小张只负责打下手。

张师傅真名叫张九万。我爸说，这名字听起来像有很多钱。

北中原请木匠有个规矩，一日三餐，师傅喝不喝酒每顿都要上一瓶，以示尊重。

但是大张是真喝，每次吃饭要上酒，最多喝半瓶。父亲担心喝多误事，实践证明，喝酒后大张的刨子刨木头刨得更平整，活做得更细发。有次大张喝得高兴，开始讲名字来历。“张九万”这名字独特，我父亲原先一直不好意思问，我更轮不上。

张师傅带着酒气，说他爹正在村里打麻将，输了一天，家中唯一一头驴也输掉了，正赌得上头，家中报喜，生一男孩，要让起一个名字。他手摸一牌，恰好是自摸，高叫“九万”。门口报信人马上回去了，说这孩子叫了九万。

我爸说，不知道底细还以为你家可有钱哪!

同来做工的小木匠和我年纪差不多，我想这小张的真名不会再叫“麻将”“牌九”之类吧。果然，小木匠大名叫张国民，他父亲起这个名字是希望国富民强。这名字是一个通俗得放到人群里会马上淹没的符号。

我父亲一向敬重手艺人，对张木匠也不例外，每顿保证上酒，剩下半瓶下次断不会上，换上一整瓶。

请木匠前，父亲听扎顶棚的老田说张木匠手艺高超。有一年，生产队里粮库的老鼠猖獗，鼠药不管用，大队支书说要考验他，问木匠会治老鼠吗，张木匠用木头雕刻了一只木猫模板，涂上墨汁，印在纸上，再把这些纸猫贴在粮仓四周墙上，居然比真猫还管用。恍惚之中，十里之外的老鼠都能看到猫的画像，从滑县到长垣，异地之鼠都不断在鼠须上传递惊恐的消息。

上官村有一家闹鼠，主人赶集买了许多鼠药也治不住，听到传说后，散集后就到张木匠家购买了一张纸猫。

我后来学画画，开始临齐白石的螃蟹和虾，有时也印在纸上，还知道齐白石也是木匠出身，会木工雕花。假如当年陪张木匠吃饭那时，我知道这一信息，肯定会问他知道“大写意”否。

张木匠干完大件临走前天，给我雕刻了一条黄河鲤鱼，竟能把四条鱼须雕出来，我挂在了床头。我半夜起来撒尿，看见它的鳞在动。

节选自《天涯》2022 年第 5 期

网

李青松

网上有悬疑，网上有聚散，网上有生死。

蜘蛛网，是几何与物理的混合物。常见的有圆网、横网、长条网、漏斗网、三角网、华盖网、不规则网。猎物落在网上，立即被粘住。被粘住的猎物都会本能地挣扎几下，一挣扎就会使网发生颤动，此时，饥肠辘辘的蜘蛛收到信号，便嗖嗖窜过来，开始用钳子收拾猎物，并享用饕餮美餐了。

法布尔说，蜘蛛不是昆虫。蜘蛛就是蜘蛛。自然之妙，在于天不重与——能走者夺其翼，善飞者减其指，有角者无上齿，丰后者无前足——可谓天道不使物有兼焉也。蜘蛛善造网，故无翅，不能翔——这是遗憾呢，还是本该如此呢？

蜘蛛是食肉动物。食昆虫，也食自己的同类，哪怕是自己的亲生骨肉。蜘蛛生命中的头一件大事就是要远离家庭。否则，它就会被吞食。蜘蛛体态异端，面目狰狞，头和胸都有坚硬的铠甲，是其他昆虫的长矛无法刺破的。它有八只眼睛，八只爪子，眼睛周围有尖锐的毛刺，防止敌方袭击，爪子如同龙爪，长且抓劲儿狠，捕猎如探囊取物。嘴巴上装备了一把钳子，咔咔，钳住的猎物，骨头必被钳断。它的腿部末端尤其强壮，比它体形和力量超大的敌方，它也不惧。它会瞬间喷出毒液和麻醉剂，令其窒息。

蜘蛛的生存与繁衍全靠那张网。那张网是爱巢、食堂、库房，也是陷阱、猎场、屠宰场。蜘蛛多将网造在暗处，那是一些不被注意，或者是容易疏忽的角落。于是，那些莽撞的赤脚昆虫，那些行事草率过于自信的飞蛾，那些涉世不深、阅历浅薄，甚至有些吊儿郎当的蜻蜓和蝴蝶，就成了网上的猎物。

可以说，所有的猎物都是自投罗网的。蜘蛛从不用诱饵诱惑，不使美人计，也不用挖空心思使出什么别的计谋。那张网就设在那里。有时候，一天有二三十只猎物哐当哐当投到网上。有时候，十天半月网上不见一物，空空荡荡。

那张网就那么安静地悬挂着，以时间静待一切。

蜘蛛网无所不在。森林里，草丛中，谷仓间，屋檐之下，残垣豁口，老屋角落，废弃矿场的犄角旮旯，总之，一切容易疏忽的地方，都有可能有一张或者若干张蜘蛛网布设在那里。人在森林或者荒野中行走，经常被蜘蛛网罩住脸，弄得面上手上黏糊糊的，狼狈不堪。

与其说网是蜘蛛的生存智慧，毋宁说网是蜘蛛的艺术作品。蜘蛛造网的本领绝对是与生俱来的。造网的过程即是艺术创作的过程——蜘蛛总是竭尽全力，尽善尽美。丝，全在它的肚子里。一张网造完到底需要多少丝呢？没人说得清。造网时，它先固定一端，再固定另一端，然后将线拉紧。经线如此，纬线亦如此。如果造的是圆网，那一定是带有辐线的。辐线并不杂乱无章，而是均匀排列。相邻的辐线相交时所构成的夹角都是相等的。一张圆网，一般有 42 条辐线。无论是经线纬线，还是辐线，均自带黏性，有东西触之，必粘之。

蜘蛛每天都要抽出新丝去造网或者修补网。

为了使得网的某个部位更结实，抑或是更有美感，蜘蛛会别出心裁加固一个或者几个“保险带”。那些“保险带”有的像英文字母，有的像阿拉伯数字。然而，蜘蛛的这一习性却鲜为人知。

蜘蛛的另一个天性——喜欢倒置，即头朝下，腹部和脚爪朝上才觉得舒服。（蝙蝠睡觉时也是倒置着，把自己挂在树上。）如果把它置于某个容器中，它不会在容器的底部老老实实卧着。不消半个时辰，回头打开容器盖子时就会发现，容器里除了空气，竟然什么也没有。怎么回事？蜘蛛会脱身术吗？把盖子翻过来看看——蜘蛛在盖子的背面静静地倒置着呢。

早年间，老北京的天桥艺人变戏法，就有这项——“金蛛脱壳”。道具：一张桌子，一个黑瓷罐。黑瓷罐置于桌面上。噹噹噹！铜锣响起，穿长褂艺人出场。第一步，艺人拿起桌子上的黑瓷罐让人看，里面空空的。第二步，将一只蜘蛛放进黑瓷罐里，盖上盖子。第三步，将黑瓷罐拿在手里，摁住盖子晃几晃。然后，将黑瓷罐置于桌子上。艺人绕场一周。第四步，打开盖子（盖子置于桌上），让人看黑瓷罐里面，又是空空的。用长褂的袖子在黑瓷罐里刷几刷，再让人看，里面还是空空的。其实，秘密就在那盖子底下呢，但盖子底下是不会暴露出来让人看的。

蜘蛛的四肢瘦削如柴，唯有肚子永远鼓鼓的。蜘蛛的消化系统具有惊人的能力，它可以把昆虫身内之物溶为液体，然后吸食。蜘蛛饱食一次，可以半个月不用进食，生命体能一点不减。它看起来大腹便便，实际上，那里不仅仅是食袋，更是丝囊。丝囊里的丝，似乎从来就没有穷尽过，需要多少就能抽出多少。

从一株树上到另一株树上怎么过去呢?

蜘蛛首先观察风向与风力，然后择机向对面树上抛出一根丝。在风的作用下，那根细丝的一端，飘忽不定，缥缥缈缈。忽然，突的一下，就缠绕到了对面的树枝上。这边，蜘蛛把端头拉紧，并迅速固定在树枝上。接着，它沿着那根细细的丝，唰——！就像溜索一样滑过去了。

如果它想纵身跳下悬崖，也不用担心摔死。它只要抛出一根丝线，那个丝线就会飘飘然然，起到降落伞的作用，使它缓缓着地，安然无恙。

蛛丝具有防腐功能。远远看去，有的蜘蛛网上偶尔有滴里当啷的坠物，随风摆动。那些东西，可不是可有可无的——那是进食剩余的猎物。只有深谋远虑的蜘蛛才会居安思危，积累存货。蜘蛛用蛛丝把猎物一层一层裹起来，挂在网上，留待捕不到猎物时食用。

事实上，蜘蛛并非自然界的山贼草寇，也不是手段毒辣专干坏事的恶魔。蜘蛛是重要的标志性生物。蜘蛛及蜘蛛网存在的空间，说明其生态尚未被污染——土壤、水域、草木、空气是安全的。在那张网上，或许，还能看到人与自然关系的另外一些有价值的信息。

蜘蛛是生态链条上的重要一环，它可以控制某些害虫数量，防止其数量暴增，而导致疫情或者灾害发生。从而，使得农田和森林生态系统处于稳定和平衡状态。在这个意义上说，蜘蛛具有控制器的作用。

蜘蛛形象，若“喜”字。在民间，蜘蛛被视为吉祥物，被称为亲客、喜子、喜母。旧时，民居门首、窗框，或者房梁上出现蜘蛛活动的踪影，有“望喜”之意——暗示着近期家里将有喜事发生，或者婚姻之喜，或者进学之喜，或者晋升之喜，或者出乎意料的天降之喜。或许，这只是民间的一种朴素愿望吧。因为根本无法验证，民间的那些喜事与蜘蛛之间到底有什么必然联系。然而，无论怎样，蜘蛛带给人的，毕竟是喜悦和欢愉。

蜘蛛网之外，也是一张网。那是一张闭上眼睛能看见，睁开眼睛看不见的网。人在网上，日月错位，乾坤颠倒。没有方向，没有尽头。在虚幻和喧嚣的表象下，在速度与空间的矛盾中，人人不可避免地感到了迷茫、不安、凶险、焦虑、孤独、陌生、谎言、欺骗和恐慌的无所不在。因之网，固有的观念和逻辑枯萎凋零；因之网，旧有的生活方式分崩离析。人，置于网上轻易就忘记了自己的起因和传统，甚至对从前的自己也丧失了记忆。

网——社会。

网——自然。

网——你们他们我们。

选自《文学报》2022 年 3 月 3 日

街面儿

侯 磊

街面儿，北京话，指大街地面以上的活动区域。狭义也算上两边的房子，即整个“凹”字形当中的空间，广义是街道、社区、公共领域、街面儿人关系的总和，是在大街上活动的人构成了街面儿。中国自古没有广场和社区的概念，但有街面儿。

北京城谨按《周礼》，九经九纬，经涂九轨，左祖右社，前朝后市，造出了这座八臂哪吒城。城内街道平直且宽阔，少部分是斜街，大部分是正南正北的通衢土道。无风三尺土，雨天一街泥。皇帝要去天坛、先农坛和清西陵，走永定门、广安门的路才是两条石路，后在东总布胡同修了第一条马路。路上车毂击，人肩摩，连衽成帷，举袂成幕，挥汗成雨，这是两千年前的临淄，同是一百年前的北京。一大溜铺面房的是商业街，街旁地下有地沟用来排水，分明沟和暗沟，一些河道穿插在胡同街巷之间，北京是件大褂，绣着层层的团龙与暗花。

夏日街头洗浴的大象，冬日冻河上的冰车，游赏春山的过客，穿过一个个牌楼、赶着去护城河或坛根儿喊嗓儿的票友，赶去上学的学生，摇着串铃的游方郎中……小女孩在卖花儿，老娘儿们在拉皮条，纨绔子弟在街面上赛马，车把式在赶大车……在职的与致仕的大人，邮差解差，土匪灾民，送水的淘粪的，雇驴的赶脚的，捡破烂的缝穷的，换取灯儿换肥子儿的，镖师与趟子手，杠夫与窝脖儿，送餐伙计与小报记者，乞讨的卖唱的，租书下棋、修脚剃头、打狗卖油、王八戏子吹鼓手、夜里用长杆点路灯的（路灯是煤油的）……茅房、粪厂、水井、街灯，估衣庄与冥衣铺，人力的休息所与瞭望火警的警钟台，乃至黄赌毒，跳神扶鸾，风水阴阳……擦皮鞋的、洋车上坡时推车的、给人蹭油儿的、卖半空儿的（多是三毛那样的流浪儿）……街面儿人奔忙于市场之上，活跃于市井之中，各有各的型儿，各掌各的范儿，没重样儿的。

如果你带着一种介乎于雅俗之间的平民趣味，你会发现街面儿上的一切或悲或喜，多少都是有人情的。老北京的街面儿是一幅幅《清明上河图》，值得给它写本《东京梦华录》。

鱼有鱼的道，虾米有虾米的道。你方唱罢我登场，一起来赶这场活人大戏。

最街面儿的地方

街面儿是集市也是江湖。本身是个暴力空间，天津、上海、武汉、重庆等码头文化盛行之处，街上更是五方杂处，比戏园子里还热闹。江湖人不完全遵守儒家社会的规则，游走于违法犯罪的边缘，有的就是犯罪。顶可恶的三样，是偷、抢、骗。最没良心的还有《茶馆》里刘麻子那样的人贩子，其结局也如人所愿——“当初，我爸爸就是由这儿绑出去的……绑出去，就在马路中间，磕喳一刀！”（小刘麻子语）

北京最为街面儿的地方，在八九十年代，是天桥、前门、北京站。

天桥是街面儿上撂地艺人的自留地。宝三儿的跤场，连阔如的评书，一直持续到 60 年代。父亲自幼从北城的家中到天桥听评书，两毛钱一位，看门的看演出快结束了，再一看门口还有几个孩子：“得啦，给五分钱都进去吧。”80 年代还有不少天桥老艺人活跃于舞台，他们是最珍贵的见证人，但人们不觉得。

前门楼子下最嚣张的，是蹬三轮的板儿爷，以及专拉拢外地人的各种摊贩、小旅馆、野导游。他们北京口音最不纯正，说话最为江湖，骂人也最脏，最污染北京的形象。三轮平板儿车是运货的，车板儿上往往用麻绳、自行车内胎等来捆货物。他们任何买卖都带着博弈，遍地是坑，人人都得精明，否则就吃亏上当。买卖上不明码标价的，漫天要价，就地还钱；明码标价的，暗中也有各种说辞。当地的野导游带旅游团逛八大胡同时说：“你看，这就是当年的妓院。”

再用手一指胡同里的老太太："那就是当年的妓女。"马上有人从门里冲出来："我×你妈，那是我妈。别让我看见你，看见一回打你一回……"

北京站是各种势力盘踞之处，遍地是拉客的黑车、黑三轮和小公共，混杂着各地的乞丐、上访者与流窜犯。夏天热的时候，整个站前广场上都睡满了候车的人，和医院的急诊病房一样，远远望去像一片难民营。这里曾有个乞丐叫墩子，他很胖，但只有一只胳膊而没有腿，是小时候被火车轧的，有人给他做了个大皮褥子垫在身下。他的头发有一二尺长，每天靠乞讨为生，但那一只手就那么抱着孩子。他捡了两个弃婴，就这么抱着渐渐养大了。

看　客

街面儿上新鲜事多，闲人多。遍地是广告、照片和新闻纸，那根本不够看的，街面儿上但凡有什么响动，有轨电车的当当声刚过，不一会儿又呜里哇啦——娶亲接新娘子啦，打着响尺撒着纸钱啦，耍着狮子、踩着高跷走会啦……"哎，这是怎么茬儿？"——立刻围了个里三层外三层。街上有撞车的打架的，游行的出殡的，即便是拉洋车的人跑得又快又稳当，也有闲人跟着喝彩。哪怕是一个卖爆米花、卖大挂山里红的，甚至旗人吃大饽饽，干脆就是狗咬狗，都能让十五个人围着看半拉月。赶上菜市口砍人，那可算过了节了。犯人喝了断头酒摔了豁牙瓷碗，高喊着二十年以后，又是一条好汉，看客们就当在戏园子里给杨小楼叫好。鲁迅先生最痛恨的看客心理，却包裹着人们在此生存了一代又一代。有个笑话讲，有人在街面儿上抬头望天，不一会儿身边聚集起层层叠叠的人都在望天。他问："你们在望什么？"

旁人反问："你在望什么？"

他说："流鼻血了。"

之所以在街面儿上围观，是因为有的可看，"相大了"。被看的人与事即便不新鲜，也是个西洋景儿。看的人带着奚落与鄙视：有身份的人看不上混街面儿的，宅门子弟大门不出，二门不迈，不让上街面儿，有身份的女眷不逛街，铺子里的掌柜亲自送到府上来；混街面儿的看不上混街面儿的，他们只当别人是自己眼中的嘻嘻哈儿。看客当作心理满足，或许人家就是用来骗的，显摆显摆，告诉你我吃得起炸酱面。《宫女谈往录》里记载了正宗的旗人吃大饽饽，这是清末民初的京城奇景。旗人已经落魄得上顿不接下顿，饽饽是满语，大饽饽是满族的点心糕饼，酥皮没馅。不仅要站在大街上迎着风吃，一定使用俩手指头捏着，让酥皮掉下来，让你看到。那意思告诉你，我可有饽饽吃了。你没的，瞧着吧。

街面儿上撂地的，在地面上用白灰画个圈，叫画锅，就站在里面卖艺，向观众要钱。天桥时代有个说相声的丑孙子，大街上扮孝子，表演摔盆打幡儿哭爸爸，号丧一般地哭他爸爸死了，当然是假装表演，看客们围着真叫好给钱。天桥“八大怪”有一怪是“拐子顶砖”：一个残疾乞丐，行乞时头顶两米多高的一摞方砖跪在地上，也不说话，就跪着顶砖头，借此打钱谋生；“大兵黄骂人”，是个姓黄的艺人，曾当过辫帅张勋的兵，在天桥骂大街招生意，顺带着卖药糖，他的骂是抨击时弊，虽颇受欢迎，但真是祖宗奶奶地骂。

这也有人看！

街面儿上既是用来看、听、接受的，也是用来当日子过的。街面儿上的万事万物，既是风景也是生活本身，你一出家门便生活在街面儿上。

街面儿上的人，最容易来改编一下卞之琳的两句诗：

你在街面儿上看风景，

看风景的人在街面儿上看你。

挣一碗干净饭

《茶馆》里的王掌柜有言：“都是久在街面上混的人，谁能看不起谁呢？”这句话是他作践自己，也把别人拉下去了。

如此作践自己，因为街面儿上有的行业一直由不干净的人来经营，比如宝局（赌场）、驴肉作坊。宝局自不必说，都要养打手；驴肉作坊里，好驴不问出处，偷来的照收。只要偷驴贼将驴拉入作坊，卖给作坊，讲定了价钱，不论失主来了如何追讨，都与贼人无关，想再牵走得由失主高价赎回去。现在，宝局是非法，驴肉作坊也不这样经营，不能像过去那样混街面儿了。

混街面儿是前现代的活法，这里暗含着一个例子，是《悲惨世界》中偷面包的冉·阿让：一个人穷得只能干点轻微犯罪或打法律擦边球的事来糊口，这是社会的问题还是人的问题？狄更斯、雨果、巴尔扎克笔下多写混街面儿的，故事中含着大悲大喜。街面儿上的人不想这些，就是饿人聚在一起找饭辙，先有口嚼谷再说。

当你走出书房，会发现身边混街面儿的真的越来越少。如今的社会一切都要现代化，要从无序进入有序，从旧秩序进入新秩序，从人治进入法治，从半熟人进入全球化。我崇尚法治，但希望能保持一点过去的无序、旧秩序和半熟人社会，太整齐划一的生活缺乏烟火气，人会被机械化地管理，变化成半机器人。

此时街面儿上的人，越来越规矩，越来越整齐划一。电影《老炮儿》里的街面儿社会渐渐瓦解，警察抄了摊儿，六爷仍按照街面儿上的那一套，必遭淘汰。街面儿上的事，听法律的，不会有老少爷们儿、在股在份儿、三老四少、六丁六甲、五方揭谛、四值功曹们了。

哪怕不是街面儿上混的人，也要听《茶馆》里康顺子一句话："小伙子！挣一碗干净饭！"

我对街面儿百态，说不上是爱是恨，他们有朴实的一面，也有纷扰杂乱的一面，既会让你心乱，也会让你心安。他们还存在，但渐渐不上文字，被描摹的身影越来越淡。

有时候你喜欢它，有时候你想逃离它，但最后发现，你就是它。

选自《北京烟树》北京十月文艺出版社 2022 年 1 月版

做好一粒种子

沈希宏

一把稻穗的传承

人们说，育种是一门艺术。我信以为是，就在田里搞水稻艺术。

其实水稻育种这门艺术，经常与泥水和阳光打交道。比如最近在海南，就天天猫在田里选收稻种。我在海南种了二十亩试验稻种，大概有四十万株水稻，孰优孰劣，我要一株一株拨弄和掂量，在我的试验记载本上加以详细记载。有时我用我的眼力，有时我也借助一些简单的工具，比如一根竹棒子，用来敲打露水，也用来拨拉水稻以观察全身。对了，你别说我是丐帮的好吗？

试验田的水稻，几乎每一株都有不同，这也是育种的精髓所在。从事水稻育种的科研，会通过杂交、诱变、分子技术等各种办法，让稻子发生更多变化，从而进行新一轮的培育。拨弄每一株稻子，我要看它的身高、多少个稻头、稻种的色泽；柱头外露情况、品质、对稻瘟病的抗性；香不香，就在田间嚼生米或者把叶片揉碎了闻闻；或者别的什么性状。好的水稻选出来，也要人夸颜色好，也要清气满乾坤。还真巧了，最近几年我的育种重点就是“好色”：一是要谷粒色泽金黄，青秆黄熟；二是要柱头外露，以诱惑别的花粉。

有时是站在这个田里，可是心思早已不知道飞往哪里。首先想的是待到八月，下一个季节，这个水稻在杭州会长出个什么样子，能收到多少种子，明年能种在哪里，会受到农民喜欢吗？是不是如我所愿？选到几个早熟的长粳，我就会想它是不是适合北方种植，或者南方什么区域会不会恢复种植晚粳稻。做水稻育种，其实是与它谈无数次恋爱。而且它，每一次都是前所未有，永远充满了期待。

去往一片F2的稻田，就被一片繁花挡住了去路。F2，是水稻杂交的第二代，是各种性状分离的后代，高高低低，早早迟迟，显得繁花似锦。F2的选择，是做什么选什么，是第一次初选。要细长粒，要长穗子，要有色彩，都是一目了然。一个上午或者下午的时间，我和助手都会选收好一桶满满的新的稻种。一把一把的稻穗，感觉粒粒晶莹，犹如摇曳的风铃，撞罢晨钟撞暮鼓。

有时晚上，还跟同住的陈老师聊会儿水稻。陈老师富有经验，这回他又教了我怎么延长水稻的花期，怎么来利用海南的好天气选育起点温度低的两系不育系。当然，青出于蓝，我也跟他比稻穗，哪个更粗，哪个更长。

一位小朋友还造访了我的试验田，看到各种各样的稻子，很是新奇。她妈妈跟人家要来了稻种，给她自己做试验。稻谷发芽第二天，她惊讶地跟妈妈说，妈妈妈妈，稻谷长出小脚了；稻谷发芽第四天，她开口嚷道，秧苗才露尖尖角；稻谷发芽第七天，她已经惊叹，妈妈，稻谷长成一片森林了。我相信，这么一种感性的认识，是对植物、对粮食的很好的启蒙。会仿佛如此吧，眼前是一碗米饭，心中有一粒飞鸿。

有一年一个作家来稻田采风，就住在我隔壁。我第一次滔滔不绝地跟一个外行聊水稻，虽然他也号称是种田人。跟他喝酒，醉得走不动了，就坐到路边摊上继续换个地儿喝。继续念叨水稻，如念佛。我说水稻是不是很简单，你护它安好，它也饱满地低头回报。我说你可以跟水稻一起晒太阳，一起呼吸。我说我总觉得稻米如水，宁有种乎。

稻米如水。那么选育是弱水三千，能舀几瓢是几瓢。

做一粒好种子

一

一粒种子，改变世界。这一粒种子，叫作杂交水稻。

1973年，袁隆平先生发明了杂交水稻技术，大幅度提高了水稻产量，而后迅速在我国南方推广开来，为解决我国温饱问题做出了重要贡献。记得在读高中时，就从课本上知道了我国有个“杂交水稻之父”袁隆平，内心充满了崇拜和敬仰。没想到后来，自己读了农学，也成了从事杂交水稻研究的一名科研人员。

作物品种杂交，其杂种一代往往表现出生命力强、生长旺盛、穗大粒多的特点，存在着杂种优势。而杂交水稻的原理，就是利用两个水稻品种之间的杂种优势。我们平时在稻田里，偶尔也可以看见有几株鹤立鸡群的水稻，那是作为自花授粉作物的水稻，同样存在着4%以下的天然杂交的结果。杂交水稻的研究能否成功，主要的问题就集中在怎样实现杂交种子的大量生产，使稻田里的稻子长成“鹤群”。

一个好汉三个帮。为了一粒好种子，科学家非常巧妙地设计了一个杂交水稻的三系配套系统。一种是雄性不育系，自己本身不能结种子，但它是最好的载体，如果它能找到两个相匹配的伙伴，一种是保持系，可以神奇地保持不育系的雄性不育特性；另一个是恢复系，可以恢复不育系的育性。一个恢廓大度，一个保持本性，就能让杂交种子大量生产成为可能，这正是杂交水稻的绝妙之笔。

袁隆平老师带着他的助手，在这个国际遗传育种界公认为不可能的“无人区”孜孜以求。开始在南广粘C系统里苦苦寻找不育株，结果并不理想。功夫不负有心人，1970年，终于在海南岛发现了一株野生稻的天然败育株，成为杂交水稻研究成功的突破口，袁老师把它称为“野败”。后来的研究证明，这一株野生稻的天然败育株，是植物中细胞质基因与细胞核基因互相作用而成，想来真是造化神奇，踏破铁鞋无觅处，得来费了多少功夫。

袁隆平老师是我老师的老师。我的育种老师张慧廉先生，1994年从湖南调到了中国水稻研究所，这也让我有幸能跟着张老师下田学习杂交水稻。下田时间多了，我也慢慢了解到杂交水稻的精髓，怎么样把藏在基因深处的不育细胞质给挖掘出来，真是巧妙而又微妙。

张慧廉先生从 1974 年开始跟随袁老师学习杂交水稻，在袁老师发明野败杂交水稻的基础上，张老师也创新地从印尼水田谷栽培稻中发掘出一个新的不育细胞质，创造出一种新类型的杂交水稻——印水型杂交水稻。这一粒新的好种子，最成功之处在于大大提高了杂交水稻的制种生产产量，使得种子生产成本显著降低。在 20 世纪七八十年代，我国还先后发明了多种来源于不同细胞质的杂交水稻，如武汉大学朱英国院士发明红莲型杂交水稻、云南农业大学李铮友先生发明滇型杂交粳稻、安徽广德吴让祥先生发明矮败型杂交水稻、四川农业大学周开达院士发明冈型 D 型杂交水稻等等，大大丰富了杂交水稻的品种和内涵。

更为神奇的是，1973 年，湖北的石明松先生在湖北沔阳（今仙桃）稻田里发现了一个奇特的新水稻材料，这个水稻的育性随着光温变化而变化。利用这个特性，可以在低温下繁殖自交种子，在高温下生产杂交水稻种子，这样就不需要保持系了。从而能够将原来相对复杂的三系，简化为相对简单的两系，真是一粒神奇的好种子。随着科学上对固定杂种优势不断的研究探索，1987 年，袁老师系统提出了杂交水稻从三系、两系到一系的育种战略设想。

喜看稻菽千重浪，遍地英雄下夕烟。在袁老师的带领下，如今的杂交水稻研发领域，三系两系并举，一系杂交水稻也取得了初步突破。还进一步发明出了籼粳杂交稻，第三代杂交水稻等，使得杂交水稻的发展水涨船高，产量更高，品质更好。特别是浙江宁波农科院发明的籼粳杂交稻，这一粒崭新的好种子，理论基础是籼与粳的亚种间杂种优势利用，在试验和生产中，比一般杂交稻的产量进一步提高了 10%—20%。

我国有 65% 的人口以稻米为主食，而全球则有一半的人口以稻米为主食。杂交水稻推广到国外，一公顷稻田增产 2—4 吨以上，一时风靡东南亚和南亚地区，被誉为“东方魔稻”，为世界粮食安全也做出了卓越贡献。“发展杂交水稻，造福世界人民”，是袁老师的一个“杂交水稻覆盖全球梦”，也是他的胸怀写照。如今全世界共有60多个国家引进了中国杂交水稻，主要包括孟加拉国、巴基斯坦、越南、印度、菲律宾、印度尼西亚、缅甸、美国及非洲等国家和地区。我国的杂交水稻知识产权转让给美国，2000年美国开始投放第一个杂交水稻品种，至今已占据美国水稻面积的一半左右，其增产优势达到17%—28%。袁老师派出的团队在马达加斯加帮助发展杂交水稻多年，使当地水稻成倍增产，结果马达加斯加政府将杂交水稻的稻穗图案印在了最大面值的货币上。我自己也有一点在印尼推广杂交水稻的经历，看到杂交水稻在印尼的巨大增产优势，看到当地农民丰收的喜悦，看到他们跟你竖起大拇指，我心里比他们还高兴。

随着世界人口不断增加，从现在到2035年，全球（主要是亚洲和非洲）对稻米的需求预计还将增长25%左右。作为联合国粮农组织解决世界贫困地区饥饿问题的首选技术，杂交水稻在增加全球粮食产量方面，无疑将进一步发挥重要作用。这也激励着我们不断努力前行。

二

跟着张老师下田，可以聆听到许多关于杂交水稻的故事。隐隐就觉得袁老师也近在眼前，心里想着什么时候能见到袁老师，这位人民心目中的英雄。

2008年初秋，机会来了，我跟几个同事一起去长沙参加杂交水稻国际会议，终于第一次在现场见到了袁老师。那时袁老师在台上做杂交水稻研究的最新进展报告，他穿着一件明亮的海南岛"岛服"短衬衣，第一次听到他讲"穗子像瀑布一样的"超级杂交稻，讲杂交水稻"三步走"战略，作为业内人员也觉得十分振奋。那天会议间隙，好不容易找到一个空档去跟袁老师合影，结果拍照师傅还没准备好，呼啦啦好几个同事都围了上来，硬是拍成了一个小合影。当然这也不赖。

后来也听过几次他的报告，有一次居然是在印度国际会议上。袁老师用英语做主题报告，看他的PPT上的稻子由高变矮，又由矮变高，植株由弱变强，我都听得津津有味，由衷地佩服也因他而感到骄傲。台上一分钟，台下的路是不知道走了多久。会议那天晚饭，我和袁老师刚好是在同一个餐馆。等餐的间隙，袁老师和他的同事们在打牌，远远就听到他说："打错了咧，我想换牌！"一边直挠头，一股儿的孩子气。一辈子，一件事；一粒种，一生情。我终觉得，赤子之心，才能散发孩子气。从那以后，每每听到他单位同行跟我聊起一些有趣的生活片段，讲到他打排球老想赢，讲到他会教导你说"good good study，day day up"，讲到他买衣服嫌贵就给夫人塞了一块山楂片，讲到他会逗学生说："小李子，喳！"我都能瞬间想到他那不时挠脑壳的模样。

袁老师他们研发的第三代杂交水稻，最近几年进展很快。有一次我在他单位院子里的试验田看到，个头矮矮的，穗头大大的，田里长得密密麻麻，壮硕饱满，一田低头的温柔。刚好遇到中国农科院的赵开军老师也在，他也很惊讶。去年 11 月，第三代杂交水稻测产好消息传到长沙，袁老师兴奋地说起了"雨夹雪"英文："我觉得 excited，more than excited。"也难怪，袁老师去世以前住院期间，他每天都还要问医务人员：外面天晴还是下雨？今天多少度？有一次，护士说 28℃。他急了说："这对第三代杂交稻成熟有影响！"他真的是一分钟也放不下他的杂交水稻研究。

我读到袁老师的文章《妈妈，稻子熟了》，他在文章里写道："稻芒划过手掌，稻草在场上堆积成垛，谷子在阳光中哔剥作响，水田在西晒下泛出橙黄的味道。"我就真的能够懂得，他的一片拳拳之心。他对稻子的真挚情感，小辈也深能体会。

记得有一年在三亚开杂交水稻项目会议，"杂交水稻之父"袁隆平院士，我国最大面积杂交水稻品种汕优 63 的育成者谢华安院士，"英雄母亲"珍汕 97A 育成者颜龙安院士，红莲型杂交水稻的开创者朱英国院士齐齐坐在一起，商讨杂交水稻发展事宜。我兴奋地发现前辈们的名字，俨然组成了一幅"平安龙国"的英雄画面。

袁老师说："我只是一个种了一辈子水稻的农民。"他完全活在人们身边，活在人民心中。

袁老师说：“人就像种子，要做一粒好种子。”毕其一生，他将一粒饱满好种子撒在了广阔的田间，他也将一粒精神好种子留给了希望的人间。

袁老师，一路走好。风吹过稻田，我们会想你。

选自《美文》2021 年第 21 期

老学庵记

陆春祥

“一副”傩面具

政和年间，下桂府（今广西桂林）进贡朝廷的傩面具，运送到达，检点入库，说是“一副”，众人都很惊讶，这么少，只有一副？到仓库一看，大家吃惊得不得了，琳琅满目，八百个呢，老的少的漂亮的丑陋的，各式各样，没有一个重复。

至今，桂府从事制作傩面具的，都发了财，他们的手艺，天下其他地方及外夷都不能及。

中国古代面具的制作和使用，据传起始于黄帝时代。《周礼》中就有大傩，用面具驱逐疫鬼，为民除害，保护来年太平，还用来祭祀各类神灵。

唐代段安节的笔记《乐府杂录》有“驱傩”的描述：四个穿着熊皮衣服的人，他们头上戴着帽子，脸上用大面具罩着，一只手拿着长戈，一只手拿着大盾，一路像青蛙一样跳跃着上场，嘴里还不断地发出“傩、傩”的声音，他们或神情庄严，或表情丰富，场面往往热闹无比。

而在宋代，除夕这一天，几乎家家都会制作各式面具，还将面具挂在门框边驱鬼，小儿也会戴着面具跑来跑去游戏。宫廷也和百姓一样欢乐，值班的官员和皇家子弟们都会戴着面具，此时，傩面具已经从比较单纯的驱鬼、酬神，发展到大众娱乐了。桂林人制作面具手段高超，一个上佳的面具往往值万钱。从桂林来的面具，难怪让人惊叹，每一个都别具心裁。

至今流传于川黔陕湘鄂等地的傩戏，几乎都成了宝贵的非物质文化遗产，形式原始，却依然是人们认识和理解自然的独特方式。

现今的“副”，作为量词，基本上只有一个、一双的意思，一副耳环、一副眼镜、一副嘴脸，而一副有八百个，实在特别。

陆游写到此，突然想起，明日就是除夕，儿孙们已经准备买来不少傩面具，哈，只能是多枚，“一副”是买不起的。

小范老子

我在南郑（今汉中）的时候，听见西部人喊父亲为老子，即便那人只有十七八岁，只要有儿子，都称老子。这才想起，西夏人所称大范老子、小范老子的事情，都是尊重其为父辈。建炎初年，宗泽留守东京（今开封）时，招降了百余万盗者，他们都称宗泽为宗爷爷，应该也是这一类的比方。

大范老子是指范雍，小范老子指范仲淹。

北宋孔平仲的笔记《谈苑》卷三记载，范仲淹做延安帅的时候，修城固寨，每天早晚都在训练兵士，他要打造的是一支能对付西夏人的铁军。西夏人知道后，这样说：我们不要惦记延州了，现在的小范老子，胸中自有数万甲兵，我们惹不起，他和大范老子不一样，不可欺也。

北宋王辟之的笔记《渑水燕谈录》卷二记载，范仲淹以龙图阁直学士帅邠、延、泾、庆四郡，威德著闻，夷夏耸服，那里的部落首领亦有称范仲淹为“龙图老子”，西夏首领李元昊也这样称。

现今中国许多地方的方言均有“老子”的称呼，只不过都转向贬义的詈语，自以为是的妄自尊大，四川话、杭州话的骂人话中，甚至女性也自称“老子”，做别人的长辈，不欢而散是小事，还常常会引得双方拳脚相加。

不过，从陆游的这条笔记来看，至少在宋朝，“老子”还是尊称。

除那个鼎鼎大名的道家祖宗李耳外，研究一下“老子”的演变发展史，或许是一件有趣的事。

跟风取名

常瓌，字子然，河朔人，出身农家。常子然所在的村，一村数十百家，皆姓常，但多不通谱。子然做了御史后，本村姓常的人取名皆从玉，即便是仆役、侍从，没有不这样的。

而常子然呢，则给他的四个儿子，取名为任、佚、美、向，谓周任、史佚、子美、叔向，目的就是想让人无法模仿。

常子然是崇宁五年的进士，他的名字中带玉，这一下好了，全村的人都取玉，大家沾亲带故，取名跟风，也是一种风气，图个吉利。

到底是有学问的人，常子然给儿子们取的名，竟让人们一时晕头转向，古代良史周任，周武王时的大史史佚，郑穆公之孙子美（子产），晋国的贤大夫叔向，这些人物皆出自《左传》，一般的老百姓，书读得不多，肯定不知道。

常瓌的名被村人紧追，取名跟风，自古就有，只是古代的人口不多，所以这种现象并不突出，现今的跟风，那真是让人无语。杭州市公安局公布的 2020 年杭州市新生儿爆款名字，新生男宝前三的名字为奕辰、亦辰、宇辰，一万个男宝中，有 27 个叫“奕辰”；新生女宝前三的名字为一诺、语汐、玥，一万个女宝中，有 50 个叫“一诺”。

杭州的重名现象，中国各地都有，有的重名估计更厉害。

跟风就是从众，想象力的严重缺乏。如此多的人口，不重名不可能，只是希望少一点，毕竟有那么多的汉字可以组合呀。

常瓌要是知道现今那么多的重名，一定笑得合不拢嘴。

亳州轻纱

亳州出轻纱，将这种纱拿在手上，没有一点重量，用它做衣服，穿起来像烟雾一样没有分量。整个亳州城中，只有两家能织这种纱，这两家的先祖，自三百年前的唐代就相约定，世代通婚，他们怕祖传秘方被别人学去。

亳州的轻纱，和前面的傩面具、泥孩儿皆属同类的手工艺制作，只是，这轻纱更神秘，能织的只有两家，数量少，价格才会坚挺。反过来，两家通过缔结婚姻的方式，将轻纱制作技术彻底垄断，使亳州轻纱更加神秘。

中国的丝绸技术，源头可以追踪到传说中的黄帝夫人嫘祖。三十五年前，三星堆一、二号祭祀坑的发现，古蜀文明震惊天下，日前，三星堆考古又新发现了六座器物坑，已出土金面具残片，巨型青铜面具，青铜神树，还有丝绸朽化后的残留物，并在土壤检测中多次发现蚕丝蛋白，这一切都证明，三星堆文明中已开始使用丝绸。

春意生，百草动，阔大细嫩的桑树叶子迎风招展，蚕种在蚕房的团匾里蠢蠢蠕动，丝绸产业，汉代欣欣向荣，自张骞打通丝绸之路后，汉朝的丝织品就如丝一样绵绵不断流向西域各国，长沙马王堆汉墓出土的那两件不足一两重的“素纱禅衣”，震惊全世界。绨、绢、素、纨、纱、罗、绮、锦、绣，这些贵族们的豪华奢侈品，皆为高超技术的手工艺人匠心制造。

北宋名臣张咏，夏日某晚上参加夜宴，酒酣舞兴，他和官妓小英频频碰杯，宴后，他还即兴写下了长诗《席上赠官妓小英歌》，其中有这样两句：“维阳软縠如云英，亳郡轻纱似蝉翼。”小英正穿着亳州轻纱，迷离的灯光和迷离的眼神，张咏不禁一时心神旌摇。

模　仿

国初崇尚《文选》，当时的文人都很喜欢这书，谚语甚至这样说：《文选》烂，秀才半。所以，草必称“王孙”，梅必称“驿使”，月必称“望舒”，山水必称“清晖”。庆历年间以后，大家又对这种现象痛恨起来，一概不用。建炎以来，文人们忽然又都崇尚起苏氏文章，蜀地尤盛，也有谚语流行：苏文熟，吃羊肉；苏文生，吃菜羹。

写作中，以一种公认的经典，作为临摹参照的标本，对起初的写作者来说，是一种不错的方法。萧统日夜苦读，在读了大量的作品后，选出一百多位作者的七百余篇文章，时间跨度大，文学体裁多，“事出于深思，义归乎翰藻”是他的选文标准，也就是说，有思想有文采的作品，才能入他的法眼。

然而，中国文章的博大精深，仅仅一部《文选》，几百年来的读书人都去模仿，显然也会造成千篇一律的现象，陆游这里列举的，是宋朝初年文人们的修辞借代手法，多了烂了，就令人讨厌。

实事求是地说，起初的借代，它给读者的文学意象还是非常生动的。《楚辞·招隐士》有“王孙游兮不归，春草生兮萋萋”，用“王孙”借代“春草”。陆凯《赠范晔》有“折梅逢驿使，寄与陇头人。江南无所有，聊赠一枝春”，用“驿使”借代“梅”。《楚辞·离骚》有“前望舒使先驱兮，后飞廉使奔属”，用“望舒”借代“明月”。谢灵运《石壁精舍还湖中作》有“昏旦变气候，山水含清晖”，用“清晖”借代“山水”。

所以，到了建炎年间，读书人都讨厌《文选》中的那种借代了，而转向于向苏东坡学习。不过，一味跟风借鉴模仿，结果一定是一样的，苏氏文章也会令人生厌，不是苏氏文章不好，是大家都模仿坏了事。无论古今，谁的好文章，也经不起一味地模仿。

格式化与模仿，都是想象力缺乏的表现，古今同理。其实，众多的汉字，每一个都有独特的表意功能，场景不同，对象不同，表意自然不同。

选自《长城》2021年第6期

羽毛花

张鲜明

我和几个人一起来到一面山坡上。走着走着，发现这山坡是由书本变成的，一畦一畦绿色植物其实是一行一行文字。这一点，只有我能看出来，所以，我就踩着一行文字慢慢地往前走，这就是创作。这种感觉让我兴奋不已。

左前方山坡上出现了一尾竖立的羽毛。这近乎透明的白色羽毛，像一株小树那么大。羽毛背后一片漆黑，就像黑色幕布那样，使这羽毛格外醒目。这羽毛，羽翎洁白如骨，粗壮如椽，羽毛自下而上越来越细软，到了顶端，看上去俨然是一团白烟。我明白了：这东西叫羽毛花。

羽毛花在我到来之前就出现在那里，似乎是在等待什么。不对，它的出现，应该与我的到来有关——我踩到了某个字，那个字是机关，就藏在一行一行文字中间，我无意间踩到那个字，启动了机关，于是羽毛花就出现了。只是，我不知道踩到的究竟是哪个字。

羽毛花在黑暗中微微晃动，顶端轻雾袅袅，这是它在思考的缘故。啊，我知道了：这羽毛花其实是一支笔，漫山遍野的植物——也就是文字——都是它写出来的。

课　堂

一转身，我从纷乱的街市来到一个空间。这里宽敞得就像是一个超大车间，一侧有宽大的窗户，光线从那里照射过来，整个空间半明半暗。这里摆满了座位，座位分两种，一种是碳钢高背靠椅，一种是真皮沙发。座位沿着漫长的斜坡自上而下密密麻麻地排列开去。站在后头往前看，那些座位就像是森然排列的碑林，或是浩浩荡荡的兵马俑阵列。

这是课堂。

这里有很多人。我遇见一些熟人和朋友，其中有一位大作家和他的女儿。我跟这些人打招呼，他们都神秘地挤着眼，表情怪异，不跟我搭话。我环顾四周，发现这里有男有女，有老有少，年龄从八十多岁到十岁左右不等，大家坐在各自的座位上，一律目视前方。从人们的神情看，这里正在上课，是一堂很严肃很正规的课。我识趣地悄然寻找自己的座位。我的座位在倒数第二排，是一把高背靠椅；而我的右侧，是一个没有什么名气的人，他的座位竟然是一张豪华沙发。凭什么他坐沙发，却让我坐椅子？心里窝着火，却不知道找谁发泄。算了，他比我年纪大，他坐沙发就坐沙发吧。我自劝自慰，平复了心情，等着听讲。

可是，课堂上，包括四周的空间里，静悄悄的，静得有些异样。这静，像长长的、厚厚的影子覆盖了整个空间，有一个世纪那么长，像铁板那么重。

既然是课堂，而且是在上课，怎么会没有人讲课呢？也许是我离讲台太远的缘故吧。我抻着脖子往前看，一排排椅子和沙发，连同从椅子与沙发上冒出来的后脑勺和脖颈，浩浩荡荡地涌向地平线。也许，那讲台在地平线之下，所以我看不见；或者，根本就没有什么讲台，也没有什么老师，所谓“听课”，只是冥想。

哈哈，我看穿了这个把戏：这里空空荡荡！

我想笑，心里的无数话语，像成群的老鼠在我的嗓子眼儿里挤挤扛扛地往外拱。很想把我的发现告诉我的那些同学，我想对他们说：一群傻屌，你们在“听”什么！

我的嘴巴发不出一点声音。一扭头，课堂上只剩下我一个人了。那些人是什么时候走掉的，怎么没人跟我打个招呼啊？莫非他们真的“听”懂了什么，或是已经悟道，羽化登仙了？

我走出课堂。

刚出门，突然想起来，我的书本和挎包忘在了座位上。当我回到课堂上的时候，迎面那一堵墙猛地鼓了出来，一闪，变成一张巨大的脸。这脸，时而是老虎的脸，时而是扭曲的人脸，它像立体电影里猛地击打过来的拳头或一块飞崩的石头，朝我飞过来，狞笑着，不断地闪回，吓得我一连倒退了好几步。

这课堂，是在以这种方式驱逐我？当然，也可能是在考我。

我像小偷那样蹑手蹑脚地走着，我要找到自己的座位，把我的书本和挎包拿回来。

椅子和沙发依然密密麻麻、整整齐齐地排列着，我却怎么也找不到我的座位。怎么会这样呢？也许是我走错了地方，这里不是我刚才置身的那个课堂。那么，这是什么地方呢？也许是另外一个专业的课堂吧。如果是这样的话，那么我是无意中走进了一个正在上课的教室，我看到的其实是课堂上正在播放的一个投影。

我发现这个课堂很有趣：这里的椅子和沙发显现出一种十分专注的神情，就像一群人在沉醉地聆听着什么。可是，我什么也听不到。我想对这些椅子和沙发说出我此前的发现和感受，却发不出一点声音。这时候，一抹血红的光线照射在一把椅子上。这椅子，太像一张红色的嘴巴了——不是“像”，它干脆就是一张完美的嘴巴。莫非，这椅子变成了嘴巴，要对我说点什么？

我认出来了——这是我的座位，它在这里苦苦地等我，它终于等到了我！此时，我的座位在对我说着，它说的是哑语，意思是：空空的嘴巴。哦，这就是我的座位想对我说的全部内容。

我的好兄弟啊！

望着眼前的椅子，我的心咚咚地响个不停……

人生方程式

我与人合作一个项目，我邀请那人到我这里来。这是一个中年男子，他的职位很高很高，名气很大很大，所以当他出现在我眼前的时候，空气中弥漫着大片大片阿拉伯数字，看上去就像是铺天盖地的蜂群。这些数字的阵列不是出现在他身后，也不是出现在他面前，而是飘浮在他头顶上方，如同一个巨大的华盖。这就充分证明，他是一个大人物，而且是一位数学家。

与这个人物一同出现的是三组数字，不，是三个算式。

最先看到的是加法算式。一个一个数字之间不规则地夹杂着一个一个加号，数字是近乎透明的，而加号则是黑色的。这个算式很长，感觉就像是一群逐次咬着尾巴的玻璃鱼被一个十字架构成的链条串着，从我眼前缓缓游过。与这个算式相伴的是一个个清晰而单纯的画面，那是一些物件的影像，我清楚地记得其中有羊和斧头。

接下来，是乘法算式。与这个算式同时出现的是一串更长的数字，数字与数字之间的符号理所当然地是乘号。这些数字像一堆蚯蚓和一团破旧肮脏的绳子，相互扭结、穿插并紧紧地缠在一起，所以此时出现的画面也就互相叠加、穿插，纷乱不堪，严重变形，看不清那画面上究竟是些什么东西。

第三组数字显得稀稀拉拉，看上去就像深秋时节树上挂着的几枚稀疏的野果。这些数字是灰白色的，很安静，呆呆地飘浮在空中。这应该是减法或除法，却没有见到减号或除号。也许是设计这个算式的人觉得这些符号可以省略，也许是因为那些数学符号太小了，淹没在一个一个相距甚远的数字之间，难以被发现。

这三个算式只是短暂地呈现了一下，转瞬间，它们自动排列成一个综合算式，上面两组，下面一组，中间是一道横线，在横线的右端有一个乘号，在乘号的后头有一个数字，是 360。这是一个常数。

这是什么意思呢？

我正要讨教，只见那人昂着头，露出神秘而高傲的微笑，意味深长地点点头。这时候，综合算式上的数字迅速浓缩成了几个拉丁字母，整个算式瞬间简化成由几个字母和一些古怪的符号组成的方程式。方程式在我眼前迅速后退，就像飞走的鸟儿那样，向着天空倏然隐去。

啊，人生方程式！

我想知道这个算式最后的结果，一个声音说："除了常数，都是变数。"

这时候，那个带来数字和算式的人不见了，所有的数字和算式也都不见了，我的眼前是无边的白茫茫。

三张纸写完的长篇小说

一片密密麻麻的文字，细看，是三张印满五号字的 A4 纸。一个意念告诉我：这是一部长篇小说，是我写的。

这么个篇幅，只能算是一篇小小说，顶多算是一个小短篇，怎么可能是长篇呢？如果我承认它是长篇小说，就等于我在说谎，我就成了一个虚荣可笑的人。可是，这三张纸却坚定不移地宣称，它就是一部长篇小说。我四下张望，想找个地方把它藏起来，别让它给我丢人现眼。

这三张纸已经知道了我的想法，它像是被惩罚的家犬那样，努力地躲避着，却又围着我团团转。哦，我知道了，它想向我证明，它真的是一部长篇小说。

就在我十分生气地盯着它的时候，一些人出现在我眼前。那是一群男人和女人，中间还有几个孩子，他们行走在一个集镇上。感觉这个集镇很熟悉，细看，原来是我小时候生活过的那个鄂西山镇，但眼前这些人我却从未见过，一个也不认识，他们也不跟我打招呼，只顾慌乱地四处走动，大概是在找吃饭的地方。在这个过程中，这些人彼此发生了争吵。他们在争吵的时候，只是张牙舞爪，却不发出任何声音，整个场景有一种虚拟的性质。我恍然大悟：这个场景是从那部小说里跑出来的，是小说的延伸部分。三张 A4 纸上的文字只是我小说的提要，小说真正的文本是以附件的形式存在的。表面上看，这小说只有三张纸，但当你开始阅读的时候，它会自动打开附件，向你呈现小说的全部内容。这是它独特的结构形式。

原来是这样！那么，它自称是长篇小说，是有道理的。哎呀，这是创新！

消除了疑虑，我就放心地往下读。

这时候，我已经知道这是一部长篇三部曲，刚才我看到的是第一部中的一些故事和场景。我接着往下看，一晃，进入第二部。第二部的内容是由一本一本书构成的，那些书的封面像电影画面那样依次展现在我眼前，一个意念说：把这些书读完，也就读完了三部曲的第二部——小说要写的东西都在这些书中。

我以极快的速度把这些书浏览了一遍，基本上都是哲学著作，其主旨是对人生意义的阐释。这时候，那第二张纸——也就是三部曲的第二部的提要——以急切的语气跟我说："一部书要深刻，光有故事是不行的，它需要整个人类出来证明。"它说这话的时候，就像一个在极力为自己争辩的孩子，结结巴巴，面红耳赤。显然，它害怕被我瞧不起。

读第三张纸的时候，我站在一片空地上，四野空茫。哦，对了，这部分的内容很简单，就是《等待戈多》。我是这剧中的一个角色，也就是等待戈多的那个人。我觉得无聊，想说几句台词，又不知道说啥才好，只好像风中的空塑料袋子那样晃来晃去……

选自《散文选刊》2022年第5期

长乐路：表达的难度

汗　漫

一

儿子从小酒铺喧闹的人群中钻出来，像一缕泡沫从啤酒瓶里冒出来——他递给我的，是一小瓶打开瓶盖的啤酒："老爸，这是入门酒，酒精含量最低。"他知道我酒量差。我喝了一口，有淡淡的麦芽甜。与儿子碰一碰瓶子，像拥抱。

这些年，我和儿子不多的几次拥抱，发生在浦东国际机场的入口或出口。"迎接和送别"，从他十五岁独自越过重洋留学开始，到现在工作于美国北卡罗来纳州一家企业，我们都熟练掌握了这门艺术。最初，我会望着他的小背影流泪。现在，他长大了，我加速衰老，身高缩水，和他的一次次别离已经适应。在珠海参加完一个交易会后，儿子回上海短暂停留，邀我来这里喝杯酒，体验长乐路上的夜生活。

几个滑板少年，鸟一般低低掠过街道，双臂展开，像在赞美天空、排斥重负。

多次穿越这条二十世纪二十年代建成的法式街道，略略知悉两侧弄堂、花园里的旧事前情。不过，没有注意过这一家名为"公路商店"的小酒铺。小酒铺的前身是十多年前的水果摊，一对夫妻，把寻常生意做出大动静。前几天，儿子的童年玩伴邀请他来这里相见。于是，此刻，我也站在这里了。

上海甚至世界各地的酒徒，慕名而至，站在小酒铺内或街道边，独自喝，或三两个人丛聚在一起边喝边谈，关于生意、未来与流言。汉英法日，俊颜鲜衣，咄咄逼人的青春，让夜晚的长乐路完全不同于白昼的幽静。他们似乎在宣示：这街道，这座城，这时代，完全属于又一辈新人。如果不是儿子陪伴，我毫无勇气站在这里，像新人们的一个参照。“少年把酒逢春色，今日逢春头已白。”欧阳修这两句诗，适合我——一个满头飞雪的人，与少年们，像存在时差的两个国度。我已经不适合再进入酒吧、KTV 这些场所和环境，在身体的边防线内，感受日益加剧的暮色——似乎有一个倒计时的钟表，嘀嗒嘀嗒作响，指向什么时间、什么事件？我不知道。

夜色里，我和周围酒徒的酒意酒色，被酒铺和旁边咖啡馆招牌上闪烁的霓虹灯光映照着，灯光时而加强，时而减弱。举着一瓶酒，就似乎多占有一个瓶子的空间，多了几分侵入者的霸气，可以缓解种种懦弱和自闭。酒，“诱惑着一个有需要有欲望的肉体，他便失魂落魄地回到致命的纵情里去”（卡瓦菲斯）。我大抵上总是保持清醒，这意味着肉体和情感的衰败？

一个女孩蹲在路边放声痛哭。大概是失恋了？一种年龄，对应于某一类型的哭声。多年后，她会发现，为失恋而哭还算美好。通过酒，能让失去的生活卷土重来？但也面目全非了吧。像啤酒中的麦芽含量，不再是青青麦田，不再有“春鸠鸣不停”。老板娘给女孩端来一杯热茶，喂她喝，低声说着劝慰的话。

路对面，有一男子在夜色的掩护下，冲着法国梧桐树浇灌起来。周围人毫不在意。那几棵树，的确比周围的树肥壮，应该是酒鬼们的磅礴功劳吧。

一个外国人突然倒下去，酒瓶在地上汩汩喷吐泡沫。大概是个美国人。他朋友蹲在旁边打电话。很快，一辆急救车哑着嗓子急奔而至。两个医生把担架摊在地面。醉酒者拒绝被急救车拉走，大喊：“Shanghai let me down！（上海让我倒下来！）”像一个诗人、一个情人在诵唱咏叹调。

“我写作不是因为我有才华，而是因为我有感情。”这是巴金的话。感情就是才华。小酒铺内外有这么多才华横溢的人。

小酒铺内部空间狭隘，四壁货架，层层叠叠堆积着来自五湖四海的酒瓶。货架上贴满老板用拍立得抓拍的饮者的照片，许多明星、大腕、模特的脸，杂陈其间，无尊无卑。引领风尚者，也像风，一阵阵吹荡这座城市，然后消失。

酒便宜，没有佐酒菜，老板给每人赠送一包爆米花。从我所喝的入门级啤酒，到能让人喝得不省人事的烈性威士忌，每个人都能在这个酒铺找到对应的沉醉和虚无。来得早的人，在酒铺内坐着喝，来得晚的人，在酒铺外的街道上站着喝。长乐路上这一景象，从傍晚开始，延续到日出——那一轮太阳也像红脸醉汉，从长乐路尽头醒来、站起来，俯视这个世界。

公路商店，据说来自一个教授的命名。他肯定是资深酒徒。面对这一小酒铺的招牌，手持酒瓶和老板赠送的爆米花，我也恍惚进入一条公路逶迤穿越的旷野，身心解放，获得了某种依据和必然性。

我喜欢看公路电影。在这种电影类型里，人物的冲突与和解、命运的毁灭与重生，大多发生在公路上，或公路边的酒馆、旅馆、加油站。需要旷野与公路，这冲突、和解、毁灭、重生，才能获得种种的转折和动力。今夜，小酒铺内外的人们，互为一部公路电影的主角与配角？酒精把身体内的动机，像发动机一样发动起来，奔向各自的地平线。许多男女就相识相恋于这酒铺内外。了断情事，则去位于长乐路中段那家名字叫作“不约”的小饭馆。

“约”和“不约”，贯穿所有人的一生。暮年、泥土、草中虫鸣，终将不约而至。

七

美国作家罗伯特·施密茨的非虚构作品《长乐路》，中文版封底印有这样一段话：

> 人们总是心怀大梦，无论处于中国哪一个角落的个人梦想，或者是宏大的中国梦。这是一个独一无二的时代，我希望能捕捉这个时代的细微感受。

这部书封面上，有一个孩子举着纸风车张嘴欢笑。小小身子后面，是弄堂深处杂乱堆积的自行车、婴儿车，凌空晾晒的床单伸出窗子，洋溢出鲜艳的世俗欢乐气息。

在长乐路西端一幢公寓楼内居住六年后，罗伯特·施密茨试图通过书写这条街道上生息沉浮的若干人物，表达上海乃至中国的变迁和种种梦想的重生——

二十世纪八十年代出生的文艺青年CK，湖南人，在靠近常熟路口开了三明治屋，为客人即兴演奏手风琴，在网上卖手风琴。少年时代，父母离异，他随祖父生活。他研究多种自杀方法想借此逃离孤绝，未果。来上海，寻找拯救自我的途径。当他展开右臂，徐徐拉开、收缩那一台博罗威尼牌手风琴，能感受到呼吸的解放和自我的存在。

冯大叔，家住锦江饭店与新锦江大酒店之间的弄堂，在长乐路边卖葱油煎饼。二十世纪六十年代，冯大叔作为知识青年，去新疆塔里木河边开拖拉机，认识了四川松潘籍的傅大婶并结婚。二十世纪八十年代回上海后失业，两人开早餐铺谋生。

山东乡村女子赵小姐，二十世纪九十年代进入上海，才发现这座城市并没有浮动在大海上。年龄大了，被工厂辞退，来长乐路与成都南路交叉处的街角开花店。挣钱后，在家乡县城为两个充满身份焦虑的儿子买了婚房，两个儿子却迟迟娶不来“昂贵的儿媳”。赵小姐晚上睡在花店，不知道归宿在哪里，梦想在上海为自己挣一间小房子……

一个美国作家来观察、表达长乐路，多了局外人横看侧视的冷静、理性，但也少了局内人如鱼饮水的冷暖自知。

读完这一部书，我有意识来长乐路游荡。CK的店已经关门，不知道他消失在上海哪一街区，或已入寺修行？在长乐路生活的时候，他已在研读佛经，食素。

冯大叔的煎饼铺子依旧红火，食客天天排队。“曾经当过农民的人，习惯留很长的小指甲，以证明他们不再需要靠双手劳动。”这是罗伯特·施密茨观察到的一个上海细节。冯大叔指甲很短，白大褂上油迹斑斑，像一个画家在创作。他娴熟、热情地拨弄煎饼，如同新婚时期对待妻子。打鸡蛋，撒葱花，卷起来装进纸筒递给我："微信支付，省事！"我没看见傅大婶。

我最喜欢罗伯特·施密茨笔下赵小姐的故事。在一个冬日，我去那个花店买一束百合花，告诉女主人："我看了美国人写长乐路的书了。"她一下子笑起来："不好意思啊，萝卜把我家里的烦心事都写了，没秘密了呀，不敢回山东老家了。"她称呼罗伯特·施密茨为"萝卜"。"好多记者来采访，问东问西。有外国人读了书，也好奇，从国外飞过来聊天，让我在那本书上签名。家里亲戚，不敢让他们知道这本书，怕招骂。特别是我老公。"我笑了。她身穿西装和绣花毛衣，嘴唇涂有淡淡口红，脸色疲倦，像一束傍晚以后需要补充水分的花。每天凌晨，她独自去曹家渡花市批发花卉，运回来，剪裁，插花，忙到深夜。

花店开张于2003年春。"非典"疫情汹涌来袭，房租便宜，赵小姐看中这一街角。后来房租不断上涨，也舍不得搬走。"长乐路，名字多好，念一遍就快乐！"她的普通话藏有山东口音中的刚毅。我问生意咋样，她说："现在送花的人少了。情人节，女孩子爱的是微信大红包，或者首饰、名包，实惠——先生，您买花送谁呀？"我笑了："带回家，自己看。"

那一天，花店的音箱里，传出男女对唱的歌曲，记得有几句反复出现的歌词："爱你一万年也不算长，长乐路很长。长乐路也不算长，我和你更长。"

赵小姐的花店对面就是延中绿地，吴亮家就在旁边。不知道他来买过花没有。

八

我不知道儿子给哪一个女孩买过花。不论上海的花、美国的花，把具体的花朵献给一个女孩，比在微信中送一些抽象玫瑰表情，有力得多，美好得多。这些年，他从来不讲自己与花朵有关的事。我不知道他遇到过哪些障碍和疑难。

一个人只能独自面对新时代，父辈怀揣失败的记忆和羞惭，如何能言传身教？

父子两人在长乐路上喝啤酒，这样的夜晚，以前没有出现过。很美好，转瞬就消失了。我记着，写下来，这美好就获得了永恒性。

夜深了，酒徒越来越多。我和儿子捏着酒瓶，沿长乐路向东散步而去，像把一本旧书再一页页翻过去，读出新意味、新感慨。许多知名品牌孵化于这条小街，再蒲公英一般，随风四散于中国的南方与北方。无数建筑设计师、衣饰设计师、化妆师、厨师、调酒师、景观设计师、发型师、瑜伽师、钢琴师，云集于此。

冯大叔的早点铺，自然已经打烊。旁边，古玩店的橱窗内，一盏小顶灯照亮的那个小木头士兵，不知道会让多少路过这里的孩子，挂念久久。

犹太人本雅明在散文集《柏林童年》中，写过德国童谣中的“驼背小人”，代表厄运、恶作剧。本雅明就是被驼背小人盯上的人，终生无法逃避失败的命运。但也因此造就他语言的失意和诗意。他同样喜欢观察、书写街道，从柏林到巴黎。如果来到长乐路，他也会喜欢这一个代表勇气和远征的小木头士兵。“我转到商店橱窗前，让自己在这里被琳琅满目的旧货商品撩拨得热血沸腾。”“存在对不存在眉来眼去。当月光闪亮时，海洋和大陆并不比我的盥洗池更领风骚。”长乐路上的橱窗、盥洗池，上海周边的大陆与海洋，也在等待着同样杰出的表达吧？

站在一家写着“古着”字样的服装店前，我困惑：“古老的衣着？”儿子笑了：“就是‘二手服饰’的意思。现在流行穿二十世纪八十年代以前的服装了，混搭——上次，我在公路商店前看见窦靖童了！她腰带上挂一个搪瓷缸，当作腰包。那就是‘古着’。这是一个从日本引入的词。”“窦靖童是谁？”我茫然。儿子嘲笑我：“她妈妈是王菲呀！”我嘿嘿着，把空啤酒瓶扔进路边的可回收垃圾桶。终究有一天，时代落伍者，连一丝回收的价值都没有了。幸好大地宽厚，接纳零一般空无、负数一般欠债的人。在怀旧中逐新追异，又恐惧于种种未知的不可掌控，这是我、王菲、窦靖童乃至全人类的最大公约数，多么难，就多么需要破解。

一辆红色摩托呼啸着掠过。伏在摩托上的是一位姑娘。“杜卡迪，一种新潮摩托。只有红色的杜卡迪才吸引人，其他颜色效果就差了。”儿子给我补时尚课，一个时代的风尚。那个杜卡迪女孩突然在路口停下来。“是绿灯啊……”我困惑。儿子推测：“大概座椅发烫了，姑娘停下来凉快凉快。”

面对新世纪少女，儿子口气竟然也有了苍凉感。他生于二十世纪九十年代，曾经热衷于足球。常用开玩笑的语调，反对我作品中的伤感气息。他在美国度过青春期，独自面对地平线的无限后撤和落日的壮烈，喜欢咀嚼口香糖，像在咀嚼我未曾体会的一切。2014 年夏天，他驾驶一辆满载行李的汽车从洛杉矶出发，自西而东穿越美国，走走停停用一个月时间。抵达纽约后才发来一条短信：“入学了，放心吧。”六个字，写实，简洁。我看着，心里一松，眼睛一热。

长乐路，像不断更新灵魂和衣饰的老者与少年。公路商店、古着店、刺青店、杜卡迪们，也许会在未来渐次消失，正如这条街道上的黄包车、马车、叫卖声、红旗、锣鼓声渐次消失一样。但街道的宽度、两侧树木与房屋的轮廓，未更改，酷似一脉青山，承载无限的旧事前情与可能性，供文人墨客持续润色、勾勒。直到开花结果。

关于上海，金宇澄、吴亮等本土作家的表达，有一种“童年优势”，像本雅明表达柏林一样。但在剧变的时代里，我们都是过客，也一概都是主人。我的青春与这一街区无关，恰恰能因此获得某种异质的、个人化的表达角度和价值？谁写出长乐路、上海，谁就拥有它，在身体的哀凉晚年里，重构破晓的清风与少年。

与儿子并肩走到长乐路东段。街角处，赵小姐花店的灯依然亮着，像早年的某人，回头看了我一眼。

忽想起作家废名的一句话：“自己还是今夜之身，但诸事都是明日的光景了。”

节选自《天涯》2021 年第 6 期

转述者（外一篇）

郁喆隽

人们可能已经忘记，电影曾经是无声的。

在默片时代，影像本身还不能满足人们的全部要求，或者说，影像尚不足以支撑起一个连贯的故事。于是一个鲜为人知的职业就应运而生了，那就是默片解说员。他们又被叫作“辩士”或者“活动弁士”。日本电影《默片解说员》（周防正行导演，2019年）就讲述了一个日本大正时代（1912—1926）某小镇戏院青木馆里解说员俊太郎的传奇故事。这样的解说员有点像我们熟悉的说书先生，又有点类似配音演员，还接近于后来直播体育节目的解说员——他不仅要伴随银幕上图像的变化，将演员的动作和剧情发展绘声绘色地“说出来”，还可以加油添醋地讲一些本来图像中没有的内容，例如剧中人物的内心独白，甚至回忆、联想、情绪，等等。在跑片接不上的时间里，他还要说几段插科打诨的故事，做一些前情回顾，或者内容预告，免得底下的观众不耐烦。在剧中，有时甚至当胶片被损毁之后，解说员面对几段胶片临时拼凑起来的影片，使出浑身解数居然讲出了一个连贯的故事……曾几何时，一些默片解说员能够使观众如痴如醉。观众喜欢看电影，不仅仅是因为电影本身，而是为了追一些解说员的解说，解说员成了被人追捧的“腕儿”。

无独有偶的是，电影《世界新闻》（保罗·格林格拉斯导演，2020年）提及了另一个类似的小众职业——读报人。汤姆·汉克斯饰演的退伍军官基德上尉，带着北方的报纸来到中部和南部，为那里的人们读报，收取每人十美分的“票价”。由于路途遥远，人们听到的可能不是“隔夜新闻”，而是隔月旧事。然而由于消息匮乏，加上读报人绘声绘色的朗读，人们屏气凝神听得津津有味，甚至当报纸上的内容被读完之后，还感觉意犹未尽。不过有时候，听众的口味也令人无法捉摸。基德在某地就遇到一群立场截然不同的人，他们听了几则新闻之后，心生怨恨，还试图截杀读报人。其实引发他们不悦的事情已经发生，但是他们却认为念出相关报道的人对此“负有责任”，因而将怒气转向读报人。

我们曾经都通过某种“中介”去认知一个全新的世界。如果一个人愿意，世上总有人用各种方法将他看不见、听不懂的内容转介给他；但如果他不愿意，转介者就会被视为“乌鸦嘴”。站在河岸一侧的人，须看见对岸的人，也不要忘记往返两岸的摆渡者。

跑步的阿甘

二〇一九年十月，肯尼亚运动员基普乔格在奥地利首都维也纳，以一小时五十九分四十秒的成绩跑完了全程马拉松，成为第一个全马“破二”的人。他为了实现这个目标进行了长时间的高原训练，还引入了激光测速、团队陪跑减少风阻等科技手段，甚至铺设了专用的倾斜转弯跑道……虽然这个纪录没有被国际田联承认，但依然称得上是人类在跑步事业上的一项壮举。

基普乔格让我想起另一个人——阿甘。阿甘为什么要跑步？这恐怕是每个看过电影《阿甘正传》(*Forrest Gump*，1994 年）的人都问过的问题。

记性好的人如果还记得这部电影的情节，可能会说：阿甘智商只有七十五，他在学校里经常被欺负。所以，只要他的朋友珍妮喊“跑，福瑞斯特，跑”，他就开始拼命跑。没想到他因此练就了“飞毛腿”，跑进了橄榄球队，还跑进了大学……这个回答只解释了阿甘为什么会开始跑。

然而，在影片的后半段，当珍妮离开之后，他又开始跑步。一开始他只想跑到路的尽头，跑到镇里。但没想到一发不可收拾，他从东海岸跑到了西海岸，累了就睡觉，饿了就吃饭，跑到了蓬头垢面，头发胡子一大把。此时，他为什么跑步？当他第二次穿越密西西比河的时候，有记者拦住阿甘问道：请问你为什么要跑步？是为了世界和平吗？是为了无家可归者吗？是为了妇女权利吗？还是为了保护环境……但是阿甘自己觉得，他们可能不会相信，有人就是什么原因都没有，就去跑步了。他回答说：“我就是喜欢跑步。”

很多人看到新闻，就追随阿甘去跑步。跟着他跑的人越来越多，但他们都很自觉地跟在阿甘身后几十米。跑了三年两个月十四天又十六个小时后，阿甘回头看着跟着他跑的人，突然说：“我感觉累了，我要回家。”于是他就回家了，剩下那些“追随者”面面相觑。

阿甘不仅说出发就出发，而且说回家就回家。这大概可以回答阿甘为什么要跑步这个问题了。“为什么”在绝大多数情况下，都是用手段指向目的；然而在阿甘那里，跑步不是为了出名，不是为了赚钱，不是为了减肥，甚至不是为了位移，跑步就是为了跑步。用哲学术语来讲就是“目的本身”——阿甘的跑步不是达成任何目的的手段，它就是目的。没有计较，毫无功利，这恰是很多人缺少的“全神贯注”于一事的心态。这种心态使得阿甘这样一个大时代里的“龙套”跑成了自己的主角。阿甘喜欢跑步，你喜欢什么呢？

选自《书城》2022 年第 8—9 期

打碎的紫砂壶

黑　陶

“万二千余字呼醒有觉生灵”

“万二千余字呼醒有觉生灵”。云南省云龙县诺邓村玉皇阁，一根原木柱子上，贴着上述半句对联。昔日鲜艳的红纸，已经破损泛白，但墨汁书就的每一个汉字，质朴，又依然清晰。每一个墨字的内里，宛如都住有仓颉神灵。

我被猝然击中。这一列汉字，似乎专候我来。

偏僻的、崇山峻岭间的滇西小村。这是我遭逢的、震撼我心的一句话。

林散之艺术观

读林散之，知其艺术观。

艺术从何而来？首先是师造化。能师造化，你就有无数高妙的老师。从雨淋墙头月影移壁中，悟书画之源头；偶然的天际乌云，也能助你：那是一团最有生命的“墨气”，移来眼前，供你揣摩。其次是学古人。学习古人，重要的是“变古”，是学之后的叛，唯有叛，才会生。如若不然，只会辜负芸窗十年灯，只会“死”。

师造化和学古人之后，林散之强调“得天机”。一旦入手天机，那么，即使纵横涂抹似婴孩，满纸也是弥漫精气神。

何谓艺术的高境界？林散之认为，应从深处悟心源，只有写出了“真灵”，笔墨才能“泣鬼神”。他追求我书意造本无法。林散之有《作书》诗：“不随世俗任孤行，自喜年来笔墨真。写到灵魂最深处，不知有我更无人。”艺术的使命，就是对抗世俗，一任孤行。当你的“真笔墨”进入“灵魂最深处”时，恭喜你，这就到达了“忘我”“忘他”的艺术高级境界。

林散之有极强的艺术自信。他清醒，关于他的作品：“亦识有人应笑我，西歪东倒不成行。”但正如老子所言：下士闻道，大笑之，不笑不足以为道。林散之自信于他刚柔吐纳之笔所藏有的生命真力，他坦白：“岂肯随人脚后尘”“笔未狂时我已狂”。

“嚣嚣”与“乾乾”。林散之云：“文艺之道，不在多言。小人嚣嚣，君子乾乾。”嚣嚣，犹蝇类之营营不停；乾乾，既敬又慎，不言而作。

她知道中国的《易经》

她是波兰的女性作家，比我大 6 岁。诺贝尔文学奖获得者。文字中的她，冷静、严谨、自律，她是一位旅行爱好者，也是一位旅行中的观察家。

每次出远门，往她的红色旅行箱装东西时，她发现，随着岁月流逝，她旅行时需要带的东西日渐变少。她用第三人称记述自己：“至今为止，她已弃用了裙子、摩丝发胶、指甲油以及和指甲有关的所有小玩意儿、耳环、便携式熨斗、香烟。就在今年，她还发现自己不再需要卫生巾了。”

她总是飞行，总是认为这是奇迹：“大楼般的庞然机械体竟能如此轻盈优雅地飞翔，摆脱地球引力，慢慢升高，再升高。”

她从俄罗斯的伊尔库茨克向西飞往莫斯科。飞机早上 8 点起飞，在同一时间降落于莫斯科。整个飞行，似乎没有用掉一分钟，“时间在机舱内消失”。

所以，时间是什么？所以，“要想忏悔整个一生，时间都够用”。

即使在酒店大堂的短暂时间，她也在观察。有个男人陪着一个女人走出电梯。女人“很娇小，黑头发，穿着紧身小短裙，但看起来并不俗气”。她看出来了，这是一个“优雅的妓女”。走在女人身后的男人，“个子很高，头发泛灰，穿着灰色西装”。男人和女人没有讲话，在大堂行走中一前一后保持一定的距离。“真的很难想象，就在片刻之前，他们的黏膜还在胶着摩擦，他用舌头彻头彻尾地探索了她的口腔内部。”他们进入酒店旋门，叫来的出租车已在外面等候。女人随即坐进车里，没有说话，“顶多只有微微一笑”；那个灰西装男人，“他稍稍俯向车窗，但我认为他也没说什么”。载着女人的出租车开走了，与此同时，他也转身回进酒店，“轻快而满足，甚至嘴角隐约带笑”。

她在旅途中遭遇无法解释、略带神秘的事情。

在某个小镇，她入住一家廉价旅馆。拿到的是 9 号房间。服务员把房间钥匙——她特别注明是“普普通通的镀银钥匙，钥匙圈连着号码牌”——递给她时，随口关照了一句：请小心保管钥匙，不知道什么原因，9 号丢失的次数最多。

前台服务员清楚记得：每年为旅馆钥匙补货时，9 号房间钥匙的数量总是最多的。连锁匠都感到惊讶。

于是，在小镇逗留的 4 天里，她非常谨慎地对待钥匙：出门时，把钥匙交到前台；回旅馆后，第一时间把钥匙放在房间显眼的位置。只有一次，她一不留神把钥匙带出去了，于是，她就把钥匙放在最保险的裤袋里，那一整天里，她“随时都用手指去摸摸，确保它还在口袋里”。

因为行程突然有变，她匆忙离开了那个小镇。几天以后，她震惊地发现：那把 9 号房间的钥匙，仍然在她的裤袋里。

前台的预言又一次成真——“他又要订购一把 9 号房间的钥匙。锁匠也会再一次惊讶。”

她知道中国的《易经》，她晕眩于东方哲学的“迂回复杂”。在谈到世界各地的飞机场时，她说，从俯视的角度看：悉尼机场的形状，就是一架飞机；东京机场，其造型是一个巨大的象形文字；旧金山机场，像脊椎的横截面；法兰克福机场，则完全就如精密的计算机芯片；而中国机场，让她想到中文拼音，或者，“就把它们当作《易经》的六十四卦好了，每次降落都像是卜了一卦”。

冰凉的杜柯河水激越喧腾

位于四川北部、青藏高原东缘，四川省阿坝州壤塘县，是“喜马拉雅神光照耀的地方”。那天，红色炉火和酥油茶滚烫的夜晚，听见一位藏族女子虔诚又幸福地说出这句话时，我有特殊的人生感觉。

在偏远的壤塘，有幸认识藏传佛教觉囊派第47代法主、1974年出生的嘉阳乐住仁波切。

觉囊派是藏传佛教的重要流派之一，拥有非常出色的唐卡艺术。

唐卡是藏族文化中独有的绘画形式，指用彩缎装裱后悬挂供奉的宗教卷轴画，被誉为中国民族绘画艺术的珍品。嘉阳乐住仁波切就是一位著名的唐卡画师。

有感于当地民众生活交通不便、生活贫困、青少年缺少发展机会以及传统文化传承后继无人的困境，壤塘于2010年创办了公益性的非遗传习机构——觉囊唐卡传习所，嘉阳乐住仁波切当仁不让，在传习所传授唐卡技艺。

四川作家熊莺和嘉阳乐住仁波切是多年的朋友。借此因缘，我和仁波切也有过交流。他是修为很高的年轻大德，他的许多话语，表面似乎全是在说他的学员和唐卡教学，但又处处超越，给我启发。他说——

从根本上来讲，唐卡不是在表达一个宗教的什么内容，其实它所表达的全部内容，都是我们自身生命本来具有的、一些善的本能或者本性，它是这种生命境界的一种呈现。

在传习所，绘画技艺的传授不是核心，对生命的启发、探索和求证才是最主要的功课。

给孩子们一门手艺，便于让他们凭借手艺跟外界交流。所有人都能学好，学不好，做不好，那是因为生命没有打通。跳个舞，唱个歌，画唐卡时你的线条也许就画好了。

完成作品不是最后目的，主要是培养孩子们的耐力、专注力，达到生命的完成。

把所有的技法学会，融会贯通后，自己的审美、自己的表达，就是艺术。

看唐卡，看一件艺术品，就是看它背后的心灵。

……

那晚告别时，身旁冰凉的杜柯河水激越喧腾。魁梧沉稳的嘉阳乐住仁波切，在黑暗里安静微笑，给我们一一摩顶。

祖宗传下的中国文化

在酒镇贵州茅台，在四川泸州1573年所建的窖池群旁，我领悟到中国白酒的本质：无形却激烈的火焰，藏于不动声色的水中。

水与火。东方中国，从来就是水火相容的神奇国度：对外示柔，内含极刚。这就是祖宗传下的中国文化。

费里尼给我的启发

在写作一本新书的过程中，我重温了意大利导演费里尼（1920—1993）的《我是说谎者：费里尼的笔记》。此书扉页左下角，有我的铅笔字迹："2000.12.27上午，汉源。"书是在无锡学前街上的"汉源书店"买的。这家体量很小却好书集聚的温馨私人书店，早已消失。

费里尼是一位作家，只不过，他是用电影写作。

费里尼的全部电影之根，是他的祖国意大利，是罗马，是他的出生地里米尼。跟自身生命密切关联的地域，成为他电影写作的不竭源泉。

"一个人的根与他的目标紧紧相连，如影随形。"费里尼说。

费里尼拍电影，是为了清空记忆，是为了告别。

“我仍然觉得自己好像被所有那些跟我家乡有关的人物、事件、氛围、真真假假的回忆所填塞，甚至打扰，所以为了彻底摆脱，我不得不把它们都整理到一部电影里面去。”

“我拍电影的感觉，与一个人把房子搬空、拍卖家具、丢开所有杂物俗事那种感觉一样。”

他拍电影，有“腾出空间的急切心情”。

1972 年，费里尼 52 岁，拍电影《罗马》。他要腾空自己关于罗马的记忆。

他的内心，“神经质地想榨干我和这个城市的关系，平息最初的激动，并抵制最初记忆的勒索”。

但是，电影拍完以后，“我却有连主题都还没碰触到的奇怪感觉。资料不仅没有耗尽，甚至还原封不动”。

“罗马，依然纯洁无瑕，跟我拍的关于她的这部电影一点儿也不相干。”

在费里尼的著作《我是说谎者》中，他曾自问：“罗马是什么？”他觉得很难回答，“我最多只能试着说说我听到‘罗马’这个词时联想到什么”。

费里尼拍罗马，“我放弃的东西不计其数”。

他想拍而没有拍的：

一场关于夜游的戏。

一场罗马对拉齐奥的足球比赛，一个球迷打赌输了得潜水到英雄广场上的喷泉中。

罗马的女人。

罗马的夏季风和云。

维拉诺墓园的戏。

罗马如画的街景。

有大喷泉的小巷弄。

被庞然阴影切割的庄严大楼荒芜的景象。

在白天交错的明亮中或夜晚淫荡的紫红中所撷取的影像……

“我开始思索一个旁观者所观察到的罗马，一个近在眼前又远在另一个星球的城市。”

最后拍成的电影《罗马》，剧情是这样的：

里米尼小男孩一心向往首都，一满20岁便出发前往罗马要揭开其真面目：阿匹亚大道上的妓女，在街上玩耍的小孩，表演开场小戏的剧院。镜头跳到1972年，费里尼在观光客、责备他不关心政治的年轻人的包围下拍片；地铁挖到一半，因为碰到古迹只好停工；西班牙广场上的嬉皮士；交通警察追逐着发出巨大噪声的摩托车。一个混乱、漠然、遥远的城市。（倪安宇整理）

1973年，费里尼53岁，拍电影《我的回忆》。里米尼，费里尼的出生地，意大利东北部的一个海港小镇。

“《我的回忆》想对里米尼做最后的告别。”

“主要是想告别生命中的某个时期，那差一点儿就驾驭了我们的狂飙的青少年期。”

“想办法把它存档。”

费里尼脑海中的里米尼家乡，仍然是画面和细节：

学校的朋友、教授。夏日和冬季的大饭店。国王视察。海上扁舟。克拉克·盖博。琼·克劳馥的丰唇。还有在丽求内湖中游泳的索里尼，以及他身边像鲨鱼鳍环绕成圈、拍打着水面的军人游泳队……

《我的回忆》电影剧情：

30年代，亚得里亚海岸边的一个小镇。蒂达在天主教、法西斯和高压式的家庭教育下长大。爸爸是泥水匠，妈妈是虔诚的教徒，舅舅是游手好闲的法西斯分子，叔叔则住在疯人院里。他和学校同学捉弄老师；贪婪地想从葛拉蒂丝卡和大胸的杂货店老板娘那儿满足对性的好奇；向神父告解。直到母亲的死才让蒂达从青少年的懵懂中觉悟。（倪安宇整理）

我喜欢的这位意大利导演，他的许多话，都能给我触动和启发。

“我拍过的各种片子，如今只有一些无用、不可解的细节还留在我脑海中，比如某个技工的绿毛衣，有一次在棚外拍某一段落，雨点鸣金击鼓地敲在我们搭的塑料帐篷上，大家在漆黑中缩挤在壕沟中。”

——细节。细节之河流构成整个文本世界。那么，汉语中我的细节呢，有关家乡、火焰、世界，以及四季景观的细节。

“你越想模拟现实，就越容易陷入模仿的假象中。”

“在人生的诸多探险中，最值得去经历的旅程，便是探索自己的内在。”

“这部片子是一个幻想或梦境之旅。”——幻想，梦境。文字更有能量塑造。

“我告诉自己古代的世界从来就不存在……是我们将它梦想出来的。”20世纪，庄子有了西方的弟子。

“具体现实和抽象现实。”

艺术家，“他必须被他所看到的事物吸引，但同时又有偏居一隅所带来的疏离”。吸引和疏离，尤其是疏离，极其重要。

长江的生命和我的生命

“日暮长江空自流。”李白的句子。李白遭遇过这样的长江：日暮，寂寥，伟大却孤独的野性长江，在他的默视下，空空自流，永无停歇。

我也见过这样的长江，伟大却孤独的野性长江：在上海，在南通，在江阴，在镇江，在南京，在马鞍山，在芜湖，在池州，在安庆，在九江，在黄冈，在武汉，在宜昌，在重庆，在泸州。

在长久的注视中，长江恍惚经由我的血管，流过我的身躯。长江的生命和我的生命，总在无数个瞬间，连接融合。

选自《广州文艺》2022年第7期

辛丑杂记

王海津

茶　事

谚曰：百姓开门七件事，柴、米、油、盐、酱、醋、茶。日之所需，茶排最后，衣食无忧，方有茶事。

唐寅诗曰："柴米油盐酱醋茶，般般都在别人家。岁末清闲无一事，竹堂寺里看梅花。"开门七件事，皆俗事，与风流才子无关。

还有一说：琴、棋、书、画、诗、酒、茶，文人士大夫七宗雅事，也离不开茶。虽说雅俗之事，茶皆列最后，最后一事，或许不如前面的事情重要，但只有做到最后一事，方至完美。俗常之中，酒足饭饱，一茶在手，才是安逸；名士雅集，诗情酒兴，若无香茗，也了然无趣。此茶事之妙也。

竹报平安

爆竹声声除旧岁，新春将至，不闻爆竹之声。

于是，见有画家画竹，竹报平安，平安是福。竹，吾所爱也，斗室养竹，曾期望有一片属于自己的竹林。

爱竹者众，古有嵇康竹林鼓琴而成绝响，亦有阮籍竹下酣卧而成《酒狂》。东坡爱竹，甚于爱猪肉，当年被贬黄州，园中植松、植梅、植竹。他说："风泉两部乐，松竹三益友。"遂有"岁寒三友"。东坡爱竹，种竹，画竹。明代黄凤池辑有《梅竹兰菊四谱》，从此，梅、兰、竹、菊被称为"四君子"。竹有君子之质。

徐渭亦爱竹，其笔下之竹，枝淡叶浓，逸笔草草，气势劲健，有高洁清爽之气。张岱说："今见青藤（徐渭）诸画，离奇超脱，苍劲中姿媚跃出，与其书法奇崛略同。太宗之言，为不妄矣。故昔人谓摩诘之诗，诗中有画，摩诘之画，画中有诗，余亦谓青藤之书，书中有画，青藤之画，画中有书。"世间知音耳。

板桥亦爱竹，他说："江馆清秋，晨起看竹，烟光日影露气，皆浮动于疏枝密叶之间。胸中勃勃遂有画意。其实胸中之竹，并不是眼中之竹也。因而磨墨展纸，落笔倏作变相，手中之竹又不是胸中之竹也。"郑县令胸中之竹何也？"衙斋卧听萧萧竹，疑是民间疾苦声。"此善官也。爱竹之人，必是良善之人。

古人之竹，色已黄，叶未凋。我养的竹子，终未成林。

年关切近，惟愿以画中之竹，报一声平安。

心　定

晨起大雾，天地混蒙，静若世初。习字，读前人语："古之善书者多寿，心定故也。人能定其心，何事不可为。"身定难，心定更难。身不由己，人不由心。太史公说："天下熙熙，皆为利来；天下攘攘，皆为利往。"人世嘈杂，皆是名利，或为无奈。天下之大，可有定心之一隅？大雾之中，有喜鹊声声。

有情有趣

"去年元夜时，花市灯如昼。月上柳梢头，人约黄昏后。今年元夜时，月与灯依旧。不见去年人，泪湿春衫袖。"此春情缱绻之少年欧阳修，有情，有伤，有泪，血肉之躯，如在眼前。

"然而禽鸟知山林之乐，而不知人之乐；人知从太守游而乐，而不知太守之乐其乐也。醉能同其乐，醒能述以文者，太守也。"此苍颜白发、颓然而醉者，老年欧阳修也。老而能仗义执其言，老尚能坦然醉其酒，并以文记其趣者，唯欧阳修也。

不因位高而无情，不因年老而无趣。实难得。

清　欢

昨夜一场雨雪，路野皆白，人迹寥落，忽想起“清欢”二字。“人间有味是清欢”，语出苏轼词。元丰七年十二月二十四日，东坡居士从泗州刘倩叔游南山，作《浣溪沙》：“细雨斜风作晓寒，淡烟疏柳媚晴滩。入淮清洛渐漫漫。雪沫乳花浮午盏，蓼茸蒿笋试春盘。人间有味是清欢。”细雨斜风，淡烟疏柳，一盏清茶，一盘青蔬，乃人间至清至纯至淡，而味在其中，非至情至性之人，不可得焉。人有数欢，唯清欢，如清溪涓流，如清风明月，不可多得。

年满五十有七，逢农历与西历合二为一。是为记。

爱惜羽毛

李宗仁评胡适：“适之先生，爱惜羽毛。”唐德刚以为“爱惜羽毛”四字恰当。并说：“爱惜羽毛就必然畏首畏尾；畏首畏尾的白面书生，则生也不能五鼎食，死也不够资格受五鼎烹。”不成大富，绝无五鼎食之享乐；未成大恶，或有五鼎烹之灾难。一笔一纸，常惹杀身之祸。一介书生，身无鼎食之资，手无缚鸡之能，若有羽毛，唯爱惜尔。

藏书之家

女儿在微信发来一句话：“买书读了是读书人，买书不读是慈善家。”之后问我：“你是读书人还是慈善家？”我说：“我是藏书家。”稍后，便在朋友圈里读到一篇关于藏书的文章，文中引越剧《藏书之家》中的一段唱词，吐尽历代藏书人的良苦之心：“饥藏书，一字一句且为肉；寒藏书，一张一页但为裘；孤藏书，一册一卷援为友；忧藏书，一籍一典解以愁；喜藏书，一匣一箱但为宝；乐藏书，一楼一阁且风流。”买书、读书、藏书，无可分割也。

天许作闲人

春雨连绵，淅沥之声，不绝于耳。想那旧时的村中，凡雨，皆闲。雨雾蒙蒙，草树新绿。家中，鸡犬躲在雨帘之后，瑟缩一团，缄默无声。人也闲了下来，只有雨天，人畜皆闲。昨日朋友赠一方闲章：天许作闲人。一个“闲”字，多好啊！闲章是好的，闲出情调，闲出意境，闲出雅致。人闲，更是好的，没了匆忙，有了从容；没了焦躁，有了安稳；人闲酒菜香，心闲岁月长。细雨蒙蒙，春色无边。反复把玩手中的印章，“天许作闲人”，还是好。

生死二字

京剧《淮河营》为马连良马派经典剧目，其中有段唱：“左手拉住了李左车，右手再把栾布拉，三人同把那鬼门关上爬……生死二字且由他。”人生大事，终大不过生死二字，生为始，死为终，有始即有终，有生即有死。生不由己，死不由身，皆是无奈。然古之视死如生者，却不乏其人。嵇康即将行刑之际，顾日尚早，坦然索琴而弹，一曲《广陵散》终成绝唱。宋明帝遣药酒赐死王景文，景文将饮酒，对身边的朋友说，此酒不宜相劝，举杯自饮。齐明帝遣赍鸩逼巴陵王子伦死，子伦将饮，顾使者曰，此酒非劝客之具，不可相奉。其二人言“何婉而趣也”，沈赤然著《寄傲轩读书续笔》中说：“从容镇静之态平时尚可伪为，至临死关头不觉本性全露，若二人者可谓视死如甘寝矣。”生有其忧，死无足惧，生死二字且由他，可谓通透之至也。然自古至今，能有此境界者，终无几人。

树梢挂蛇与石压蛤蟆

宋人曾敏行在《独醒杂志》中记苏轼与黄庭坚见面，东坡曰：“鲁直近字虽清劲，而笔势有时太瘦，几如树梢挂蛇。”山谷对曰：“公之字，固不敢轻论，然间觉褊浅，亦甚似石压蛤蟆。”言罢，二公大笑，以为深中其病。苏、黄皆北宋开宗立派之大家，彼此之坦诚，之风趣，一如秋风秋水，明月高挂，明澈于心，深刻入髓，无半点俗腐伪作之气。其字，其人，难得为师。

善玩者

“袁子好味，好色，好葺屋，好游，好友，好花竹泉石，好珪璋彝尊、名人字画，又好书。”此为袁枚，袁枚仅做了几年县官，34 岁，便辞官养母，在江宁购隋氏废园。此园乃康熙织造隋公之园，破败凋零，废弃已久，袁枚精心打造后，改“隋”为“随”，取名“随园”，自此归隐，世称随园先生。其文名与礼部尚书、大学士纪昀齐，时有“南袁北纪”之称。袁枚活 81 岁而终。

“好精舍，好美婢，好娈童，好鲜衣，好美食，好骏马，好华灯，好烟火，好梨园，好鼓吹，好古董，好花鸟，兼以茶淫橘虐，书蠹诗魔……”这个是张岱。张岱逢乱世，“年至五十，国破家亡，避迹山居，所存者，破床碎几，折鼎病琴，与残书数帙，缺砚一方而已。布衣蔬食，常至断炊”。然张岱著述颇丰，有《石匮书》《琅嬛文集》《陶庵梦忆》《西湖梦寻》《夜航船》等三十余部传世。张岱称：“人无癖，不可与交，以其无深情也。”其以 93 岁高龄寿终。

玩古诗词、玩古音乐、玩家具、玩髹漆、玩竹刻、玩蟋蟀、玩葫芦、玩鸽哨、玩金鱼……从民间雕虫小技，玩到名门珍玩大雅，乃“京城第一玩家”王世襄。2003 年，王世襄获荷兰克劳斯亲王最高荣誉奖，成为获得该奖的第一位中国人，此奖旨在鼓励全球艺术家和思想家进行交流。王世襄每玩一物，几乎皆有著作出版，近年有《王世襄集》14 本问世。王世襄玩到 95 岁，于 2009 年方撒手而去。

善玩者乐，善玩者寿。此等玩家，有大境界，世间高人也。

无心成仙

偶然读到郑板桥自作六十寿联：

常如作客，何问康宁。但使囊有余钱，瓮有余酿，釜有余粮，取数页赏心旧纸，放浪吟哦。兴要阔，皮要顽，五官灵动胜千官，过到六旬犹少；

定欲成仙，空生烦恼。只令耳无俗声，眼无俗物，胸无俗事，将几枝随意新花，纵横穿插。睡得迟，起得早，一日清闲似两日，算来百岁已多。

先生虽无心成仙，但此已是神仙日子。神仙者，非富，非贵，心安体健寿久者也。这世界闹闹喧喧，有力无心，虽慨之叹之，终是无奈。

昨日习字：无心世界远，有酒天地宽。拍得紫薇花开，发朋友圈，附文字：胸无大志世界远，眼前有花天地安。聊以自慰。

选自《散文百家》2021 年第 12 期

砖雕画

青年河

印象中，旧屋顶的檐前有瓦头遮挡。瓦头上有图案或者文字。高高在檐上，看不清上面的图案或者文字，当然也没人去注意上面文字或者画的具体内容，也更没有人看得懂其所指。大雨或者大风，有瓦头从屋檐坠落，碎或者不碎，都被扫到一边。有小孩子捡起来，看看上面的文字或者图案，一头雾水地丢掉。听人说，瓦头又名瓦当，当然这是进城后的事情。当然，整个小村子里有檐前瓦头的户就是宝银家与老常柱家，而这也仅仅限于大门口的门楼。后来的孩子们站在拥军家的门楼前都惊呆了。红砖上雕刻精美的图案，是花纹，是鸟兽，或者人物，孩子们叫不上名字，只觉得好看，与村子里其他人家的门楼不一样。也好像村子里的人们大多没见过，是村子里的独一份。这让小村子都开了眼。老头们说，搁以前，只有地主老财家的房屋门楼上才有这玩意儿，穷人们哪有闲钱去砖上雕花。这样想来，一个村子没有地主老财简直就是缺憾。老财们让一个村子多了厚重。认识砖雕是在离开小村子十余年后，在县城的一些古老建筑以及一些遗老整理的资料里，砖雕繁盛，被冠以文化之名。说到砖雕，他们如数家珍，表情认真而又不失自豪。他们说每一块砖上都写着文化，每一块砖都代表历史在说话。城北有泰山奶奶庙，城东南有魏氏庄园。泰山奶奶庙又名泰山行宫。墙体为砖，屋顶为瓦。这座用砖瓦说话的老房子受上天所托在举行一场民间故事的讲座。多年来，只有群鸟翔集，小虫爬来，草木相随。故事尽管越来越模糊，但时间短暂得还没有来得及将其湮灭。砖画含义古奥，多用比喻、假借手法，其实多为文士所为，以为喻指民间，但却为民间所不识。有事不直言却反复回还以别农夫，这也是文士的伎俩。民间与这些在身边却又高高在上的文化之间隔开着，中间就是饱读古奥诗书的文士。犹如乡间的神明，文士充当了其间的指引，也是垄断。时常在乡间见到这样的人物。村子里有教书先生，每每有不决之事或大事、择吉日，都要去请教读书先生，因为他掌管着文化，也或者说就是文化本身。工作后有老同事通晓各类民间知识，时常有人到办公室找他定亲看日子、给孩子批八字、看宅子方位，这使得他看起来更像一个乡间的先生。他识得砖雕上的各路神仙，以及繁复的花纹、图案所指。城东南的私家地主城堡宅邸魏氏庄园，为砖木结构房屋，砖为青砖，上有精美的雕画。砖雕有葡萄，喻多子；有蝙蝠，喻福；有梅花鹿，喻禄。葡萄只是一粒粒小圆珠，蝙蝠、梅花鹿也是线条，如果没有解说，也难以看出画的何物，更遑论其所含。导游讲，魏家老爷不纳妾，人丁不旺，砖雕上的葡萄有多子多福的含义，但终究是含义与期望，事实是偌大的庄园里人丁凋敝。最终魏家只剩下寥寥几人，冷清的深宅大院的砖雕上的葡萄、蝙蝠、梅花鹿的诉说无力而苍白，愿望与人事相差甚远。毕竟，上帝总不会把自己的意图清楚地晓谕人间。新冠肺炎来了，女儿从手机上抬起头说，病毒宿主是蝙蝠。她说，蝙蝠就是邪恶的象征，当然她指的是在看过的西方文艺里。我与她说东方的蝙蝠，说魏氏庄园里砖雕上的蝙蝠，是福的象征。忆及儿时酷热的夏夜，在外纳凉的人们会看到有比黑夜还黑的蝙蝠在头顶飞过。白天是见不到它的，它属于夜的部分，也因此神秘，隐隐也给乡下人一种邪恶的感觉。不明白文化给予它一种福的隐喻。这只邪恶的灵被雕刻在砖上，被赋予美好，审视着路过它的每一个人。其中的密码怕不是文化人所能知晓的，这是上帝给人的指路明灯，在等待一个灵者的出现，去解读它，正视它。

对于这些雕刻在乡间砖瓦上的灵，乡下人几乎所知甚少。记得初到县城上班，在供职单位里面的清式建筑的大殿屋脊上看到有几个小兽，大多不知为何物。问单位上的老先生，他答曰六兽。从下面仰望上去，六只各异的小兽蹲在屋脊上，甚是有趣。查看资料得知，六只小兽分别是：鸱吻、狻猊、斗牛、獬豸、凤、押鱼。民间把这些小兽俗化了，并分别给后面的六只小兽起了绰号叫作：气不忿儿、走投无路、赶尽杀绝、跟腚帮捣、顺风打（扯）旗、隔岸观火。从绰号就可以看出“兽头”是面貌狰狞、神头鬼脸。在民间里就知道，只有越凶恶才越威严狞厉，才能唬住人，能够行使镇物的使命。但是，也许从下面望上去看不太清楚，没看到什么可怕，只是看到了有趣与可爱。至于其在屋脊上的作用，一部分是文化人的附会，一部分是上天的事情。天天在檐下走，久了竟也不在意那些有趣的小兽，就如都是平常的事物，原来神仙鬼怪与人间隔着的只是内心。有大风或者暴雨，也会把上面的小兽给打下来，

摔在地上，啪的一下只剩下一小堆碎砖瓦砾，就扫到一边。年久不修，上面的小兽已所剩无几。

见同事拍的照片里有泰山行宫的砖雕彩绘。泰山行宫的山墙顶部有大型砖雕，有花饰，有太阳鸟、月亮神、蟾宫捣药等。相较于这些，我更喜欢上面的人物。对面的同事是县里文物方面的专家，让我看他拍的山墙顶部的图片，其间有两个人物，他解释说是西王母、东王公，是阴阳二神。这是我第一次清晰地欣赏这些彩绘砖雕，其上人物丰富有神、意趣饱满。古老神仙故事的教育，仅限于儿时的《西游记》，对于东王公、西王母之类几乎鲜有耳闻。对于太阳鸟、月亮神也是如此。更多的是神秘。至于西王母的称谓就有西姥、瑶池金母、王母、西王金母等，因地域、习俗、年代不同，也有变更，在一些地方或者更有不一样的叫法也未可知。西王母为长生女神、女仙之首，司庇护众生、赏善惩恶等，她的职能如称谓一样，其间的变化不得而知。再比如东王公，在资料中则有如此说法：“东王公最早记载见于汉代。被认为是‘阴阳’中的阳神，对应阴神西王母，并无父母。东晋葛洪则认为王公与王母都是盘古、太元圣母所生。这个版本可见将王公、王母视为兄妹夫妇。也有的说法认为，周穆王为东王公的转世。到了汉末道教，西王母被认为是由先天阴气凝聚而成的母神，主管女仙，执掌昆仑仙山；而先天阳气凝聚而成的东王公，主管男仙，执掌蓬莱仙岛。”也多是随着部分人的需要而不断增删损益，想来较最初的样子早已面目皆非。

在所有遗留下来的建筑上几乎都能看到宗教的影子，雕刻尤其为盛，集合

儒、释、道，极尽其能地祝福、劝诫、警示。说教在中国文化里随处可见，民间尤其喜欢。乡下的老太太们对不敬鬼神的孩子们大多会咬牙切齿，触动了她们心中不可撼动的神是无法饶恕的。叛逆的新文人们就如不听话的孩子。老太太们以为，这样的不敬神会给一家人乃至全村带来灾难。大大咧咧的蓝干娘时常敲打不听话的儿子金来。最狠的一次是金来在自家院子里用镰刀弄死了一条蛇。她打得金来死了一样躺在地上好久不动，大半天才缓过气来。蓝干娘边打边骂："这个王八羔子，让你祸祸龙仙家！让你祸祸龙仙家！"青年河畔，龙仙家就是长虫。听到这事，老太太们都感到惊讶："一点也看不出老蓝家心里竟然也装着神！"模糊的乡村信仰，让这些幽灵之物尤显尊贵、神秘。一切如那些她们并不明白的砖雕浑然一体。泰山奶奶庙、魏氏庄园屋宇上琳琅满目的砖雕令人眼花缭乱，不消说其含义，即便名称也无法说出几个，但我在城里接触的几个老头却如数家珍，乡下已经很少有这样的老头了。某言及自己的老父亲颇为自豪，说是常年在外奔波，为人看宅第、择吉日等。文士们假文化行自己的事，也是常有的情状。极具讽刺的是，乡下的人们并不在意砖上雕刻着什么，甚至对某些寓有吉祥意义的动物还带有明显的厌恶情绪，比如蝙蝠，比如蟾蜍，当然更多的是害怕与敬畏。其寓意只在文士心中。土豪对工匠们说："只管照着最好的做来就是。"工匠们对此早已经烂熟于胸。土豪们并不关心文化，但关心其寓意，更有炫富的意味。有钱的土豪于无心之间让中国文化在乡村绵绵不绝。当然，有见识的豪绅也在其间推波助澜。文化借助豪绅的银子将自己的见识展示到极致，明喻、隐喻、暗喻、假借等被他们运用自如，并以此垄断着乡村。随着古建筑在乡村的消亡，其上的构建也荡然无存，其间的明喻、隐喻、暗喻、假借模糊、晦暗，直至断裂，只剩下少得可怜的几颗千百年来没有改变的古朴、敬畏的心。

选自《滇池》2022 年第 1 期

清风犁破三千纸

清风犁破三千纸

肖复兴

新中国成立后，孙犁先生一直居住在天津，除短暂外出，都是独守津门一隅，钟情笔墨，兴于读书，无意争春，知黑守白，远离文坛，亦远离官场，却一生自重自持并自惜于文字，从青春到晚年，始终“手指今馀把笔痕”。不仅在天津，在全国，孙犁先生也是一个不可或缺、无可取代的存在。面对他和他的文字，尤其是老年时期的文字，文人和文坛都应该有深刻的躬身自省。在他逝世 20 周年的日子里，纪念他是应有之义。如今，天津人民出版社鼎力支持，表达着我们对孙犁先生的怀念之情。我想，这是值得的，应该的。

这本小书，取名《清风犁破三千纸》，是从闻一多先生诗“唐贤读破三千纸”中借用过来的，略改几字，其意想必读过耕堂许多文字的读者自会明晓。

全书分为上下两辑。上辑是我和孙犁先生的通信。1993 年初，在《长城》杂志上，看到孙犁先生和阔别多年的中学同学邢海潮的一组通信，读后十分感动。因为这一组信件，几乎与文学无涉，但更见心性与人品。文学和文学之外相连，横竖打通，互为镜像，见得文学与文人的真相貌与真心地。感慨之余，我写了一则读后感，寄天津《今晚报》，发表之后，我给孙犁先生写了一封短信，寄《今晚报》的朋友，请他将信和报纸一并转交孙犁先生。没有想到，孙犁先生很快给我写来了回信。我和孙犁先生的通信由此开始，一直到 1995 年孙犁先生病重封笔时止。时间不长，只有两年多，也只有 20 余封，却最可见孙犁先生晚年的心境。

在此之前，我和孙犁先生素昧平生，从未联系；一直到孙犁先生逝世，我也未曾见过先生。京津两地很近，我常去天津，天津和孙犁先生相识的朋友也多，也常冒出拜访的念头。不过，都打消了，我人性疏懒，不愿走动；同时，我知道先生衰年独处，孤独，却喜静，便不想打扰，觉得真正喜爱一位作家，就认真读他的作品，这比前去谋面，拍一张合影，留一个签名，更为重要。通信，便愈发显得比见面更让我心动而遐思幽幽。那两年，给孙犁先生写信，盼望孙犁先生的回信，让日子充满期待，感受到文学所带来的那一份难得的美好与温馨。这种古典传统的方式，纸上栖鸦，字间连心，无论对于我，还是对于孙犁先生，也许更为合适。在电脑尚未大踏步走入文人的生活与写作时，这样的通信，大概是一襟晚照，夏日里最后的玫瑰。

这些通信，孙犁先生刚刚去世时，我曾经拣出几封在《文汇读书周报》上刊发，其余一直存放在家里。我并没有收藏信件的习惯，唯独与孙犁先生的通信除外。重新整理这些通信，感慨良多。看那时我写的信，提的问题，都十分幼稚、单薄，孙犁先生却很宽容，厚爱待我，一一耐心作答，多有鼓励，并对我有求必应，先后赠我三幅书法（孙犁先生谦虚地称之为“字幅”）。尽管我从未见过孙犁先生，重读旧信，字迹犹新，感觉那样亲近、亲切。过去信中常用“见字如面”，真的是如见先生，历历在目，仿佛昨日。

想那时，我 46 岁到 48 岁，孙犁先生 80 岁到 82 岁，我与孙犁先生相差 34 岁，完全属于晚辈。以那时的阅历与识见，我并未完全理解孙犁先生。今天，我已经接近孙犁先生当年的年龄了，多少理解一些，心情便越发难受，特别是看到他信中对我说，自己独自一人，枯坐室内，用废牛皮纸为旧书糊封套，以度长日，真的令我感慨万千，有些眼热泪湿。晚年的孙犁，是一本大书，我的认知和理解，只停留在封面和扉页上。

这本小书的下辑，是这二十余年我写的读孙犁先生作品的读书记。晚年孙犁先生爱写读书记，写了大量的读书记。我是学习写读书记，写得自然单薄，却集中一人，特别是孙犁先生逝世后，我几乎每年写一篇读书记，更多的是想以此种方式，表达对孙犁先生的一个人的怀念。我说过，对一位你心仪的作家表达你感情的最好方式，就是认真读他的作品。你会在作品中读到他对你说的话，你自己想对他说的话，也会在读书中喁喁自语，凭风相听。

我重读孙犁先生的《白洋淀纪事》和《铁木前传》，更着重读《耕堂劫后十种》他晚年的作品。孙犁先生晚年的作品，文风大变，思想的含量多于前期作品中情感的含量，风格冲淡，笔力冷峻，文字简峭，留白甚多，读来感慨良多。他对历史与现实，世风与人情，文学与文坛，多有方方面面尖锐锋利的真知灼见和批评乃至批判。可惜，重视不够，研究亦不够，甚至多有回避。想当年孙犁先生在信中对我说："据我的经验，目前好像没人听正经话。"文坛与人生，风花雪月中，推杯换盏中，走马换将中，春秋演绎中，朱碧更易中，只有悲叹和无奈，便对孙犁先生愈发感念。

关于晚年文字，孙犁先生多次言及：

> 晚年文字，已如远山之爱，既非眼前琼林，更乏步下芳草。非时下之所好尚也。
>
> （《文集续编序》）
>
> 人越到晚年，他的文字越趋简朴，这不只与文学修养有关，也与把握现实、洞察世情有关。
>
> （《谈简要》）
>
> 我从来不相信，朋友们对我说的，什么"宝刀不老"呀，"不减当年"呀，一类的话。我认为那是他们给我捧场。有一次我对一位北京来的朋友说："我现在写文章很吃力，很累。"朋友说："那是因为你写文章太认真，别人写文章是很随便的。"
>
> 当然不能说，别人写文章是随便的。不过，我对待文字，也确是比较认真的。
>
> …………
>
> 老年文字，聪明人，以不写为妙。实在放不下，以少写为佳。
>
> （《老年文字》）

这些文字中，有孙犁先生的自谦和自省，清醒和自觉，也有无奈和慨喟，还有欲言又止的弦外之音。对于喜爱并研究晚年孙犁的人而言，这样的晚年文字更值得一读。我的这本小书只有近七万字，为弥补其单薄，又赶写《读孙短札》十则，读的都是孙犁先生晚年文字。这些晚年文字，铅华洗尽，风雨阅尽，各色人等的嘴脸看尽，更如冰冷的骨架，刺世刺心，一局收枰，满纸清癯。读来更有嚼头，绝非眉样文章可比，便更为我敬重，感喟不已，并多有无言的伤感。

树老根存，僧亡塔在。孙犁先生的文章在。不敢说对于整个文坛，起码对于喜爱先生的人，或起码对于我，这些文章是一面镜子，是一笔珍贵的文化遗产，读之不尽，温暖而持久。《曲终集》是孙犁先生生前出版的最后一本书，书名伤感而意味深长。记得在这本书的后记里，他说："曲不终，而人已不见；或曲已终，而仍见人。"这是历来文人的两种结局。难得的是，孙犁先生的书，至今仍能见人见心，见文见识，更见思想和风骨。

我的小书尚未出版，转眼孙犁先生逝世 20 周年即到。写了一首小诗，以作怀念：

幕落夜深人散时，疏灯细语诉相知。
霜风犁破三千纸，雨雪吟成一世诗。
铁木栖鸦别前传，书衣化蝶立新枝。
清癯笔墨清癯意，洗砚依然尽可思。

选自《光明日报》2022 年 7 月 8 日

里下河食单

王　干

米饭饼

里下河地区盛产水稻，食物也以稻米为主，面粉为辅。在“沤改旱”（只种稻子的水田改为稻麦两种的旱田）之前，小麦的种植面积非常少，因为农田多为洼地。在里下河，“水田”专指种植水稻的农田，而“高田”则是指又能种水稻也能种麦子的土地。一个人家富裕与否，看他们家的高田有多少。水田一是只能种一季，二是收成不牢靠，如果夏天发大水，水田就泡进滚滚水流中了，一年的收成就泡汤了。

秋天没有收成，里下河种水田的人就跑去上海讨生活了，做什么的都有，都是苦力，能力差而脸皮厚的就乞讨。在上海，里下河口音讨饭的和凤阳口音讨饭的时常可见。凤阳花鼓，是乞讨用的，里下河的道情，也是乞讨用的。郑板桥是里下河人，他专门写了十首道情，借民间这种特别的样式书古道今，是道情中的精品，流传至今。

淮剧也是里下河的“河剧”。淮剧多悲调，一大原因是当年它是盐工唱的。盐工特别辛苦，晒盐，在烈日下光着脊梁劳作，像牲口似的。他们唱出来的调，注定悲凉哀怨，而乞讨人的歌不可能喜庆，也是苦词哭腔。

旧时里下河生活维艰，但里下河人对生活的热爱丝毫不受影响，甚至苦中作乐。比如米饭饼这种食品，就是粥馊了以后再加米粉发酵成的。

米饭饼和小面饼不一样，它是发酵过的。酵母本身也是稻米，是米熬成的粥。夏天大米粥吃不完，过了夜，就有一股馊的味道。馊的东西是不能吃的，但里下河人爱惜粮食，舍不得倒掉，用馊了的粥作为酵母，和上米粉，可以做出很好的米饭饼。现在城市里有米饭饼，但不是发酵过的，或者不是用馊的粥发酵的。

小时候经常见到母亲将米粉加水然后投入馊了的粥里，放一个晚上，第二天早晨，摊在铁锅上，一会儿工夫，米饭饼便摊成。一进口，一股酸酸的甜，一股甜甜的酸，沁入口中，空气里也散发着米的清新和芬芳。孩子和大人的一天，就从早晨的清新和酸甜开始。

米饭饼一般不加油，也不加糖，纯粹米的味道，前天的米和昨天的米合成今天的米的味道，你能吃出米饭的层次、米饭的新旧，如果加了油和糖，米饭饼就索然寡味了。但米饭饼夹油条，味道就异常可口了，可以说是绝配，纯小麦和纯水稻的融合，油和素的融合，摊和炸两种厨艺的融合，甚至让我联想到南方和北方的融合。夹的方式，显然是北方的饮食手段，荷叶饼夹烤鸭皮、肉夹馍、煎饼卷大葱，都是夹的方式。米饭饼夹油条，连造词方式都是北方的。米饭饼夹上油条，现在的年轻人爱说米饭饼包油条，是不知道这种吃法的古意。

现在很多宾馆的早餐都有了米饭饼，都有了米饭饼夹油条，沿街的小吃也有了让人怀旧的米饭饼，但味道不够酸，甜得有点硬。我现在怀念的还是幼时的米饭饼，除那样的酸甜外，米饭饼上还沾着那些大米粥的米粒，那些米粒是记忆里的珍珠，是美食中的钻石。

烂　藕

那个在寒风中卖藕的人哪里去了？

冬天的小镇上，有一处我们看不够的风景，藕摊，卖烂藕的。卖藕人他支着个大灶，灶上是一口很大的锅。多年之后，我在宝华寺里面才又看到类似的大锅，那是供近百僧人喝粥用的大锅。卖烂藕的大锅没有锅盖，热气高高地升起，回旋，是冬日小镇上最温暖的所在。

大锅里煮的是藕，不知煮了多久，也不知煮了多少，粉红色的藕在锅里已经煮成了深褐色，每只藕眼都在咕咕地冒着水泡。每天放学的时候，我们会围着大锅团团转，谁家的孩子过生日了或有外快了，我们就能尝到一片烂藕。烂藕的味道带着里下河土壤的沉稳和醇厚，浓郁的香气和淀粉的糯黏，是藕丝、藕片等新鲜藕菜难以品尝到的。如果能够尝到一小碗烂藕汤，你会回味一辈子。那是多少藕熬出来的莲的精华。

卖烂藕的不是本地人，打扮也和本地人有些差异。本地做生意的人一般很少“短打”，而这位卖藕的人，短上衣，戴着一顶皮帽子，下面还穿着一双长筒皮靴，不下雨也穿着。大人告诉我们，卖烂藕的都是宝应人。兴化的芋头宝应的藕，高邮的慈姑吃不够。高邮、兴化、宝应，三县交界处是里下河最核心的地区，在那里，十里荷塘随处可见，盛夏时节，空气里飘浮的都是荷叶的清香。

三县物产近似，但各有特色。兴化的芋头粉而黏，高邮的慈姑苦中带甜，宝应的荷藕在明代就作为贡品，名震遐迩。丁帆教授经常说到的“荷花大曲”就是宝应的名酒，以荷花来命名酒，可见宝应作为荷花城名不虚传。宝应的藕有好几道名菜，藕夹子、蜜饯捶藕和藕粉圆子在淮扬菜里赫赫有名，不会做这三道菜的厨师是找不到饭碗的。

夏天荷花开了，很快就可以吃到藕芽了，藕芽有点像芦芽，炒着吃很脆。采藕最佳时节是秋季，这时候藕肥硕，采不完就让藕沉在塘底。秋深了，荷叶凋零成水墨一样的枯枝残叶，冬天就到了。这时候的采藕，变成踩藕了。荷塘的水渐渐干枯，采藕人就用脚慢慢地在淤泥中“寸”着，一寸一寸地用脚尖在淤泥中摸索藕的行踪，因为藕的形状不规整，枝枝节节，动作过大就会弄断，所以必须寸着。这是件很累的活儿，但踩藕人很开心，像扫雷一样在藕塘里成排地移动。

冬日踩藕是件很辛苦的事情，水很冷，光着脚在淤泥中时间长了会冻得发抖，所以那些专业踩藕的，往往穿着长筒靴。这也就明白了镇上的卖藕人为什么始终穿着长筒靴子了。

小镇的卖藕人似乎不善言语，他不像别些人吆喝着“买烂藕了，买烂藕了”。你递几分钱给他，他就用刀切一块给你；给一毛钱，他就给一整支的藕，然后切成片，用报纸包好让你带走。他不用秤，都是根据钱的多少，“毛估估”。

他不吆喝，但带着一把唢呐来代替吆喝，每当生意清淡的时候，他就吹起唢呐来召唤顾客。唢呐声起，大家都会围过去，听他的乐声，闻藕的香气，也偶尔买他的烂藕。有人买藕了，他很开心，呀呀地笑开了嘴。

他喜欢吹扬剧和淮剧两种调子。我们经常听到的是扬剧，轻盈、欢快而略有诙谐，和烂藕的风格很搭。

入夜了，卖藕人就睡在大灶边的柴火堆上，火光照在他黑魆魆的脸庞上，有点神秘。他有时或许想家了，会吹淮剧的调子，淮剧调子本来有点哭腔的味道，唢呐吹出来更显苍凉。有时候他也会呜呜呜地哼上几句，口齿不清，听不清楚唱的什么，在寒冷的夜风中瑟瑟地让人心软。

吹唢呐的卖藕人，是个哑巴。

鱼鳔花生

美食在于创新，如果没有创新，美食就会平淡，大家也会厌烦。自古到今，美食始终随着时代的变化而变化。记得汪曾祺说过，他发明的一道菜，是油条揣斩肉。之前淮扬菜里有鲫鱼揣斩肉的，也有青椒揣斩肉的，还有田螺揣斩肉，油条揣确实是汪先生的创新。现在高邮的汪味菜系里，都有这道菜，但好像没有他老人家写的那么美味。原因可能是：一、加工程序不对；二、没有“旋吃”。

汪先生“发明”这道菜，可能是来自临时的灵感，属于急就章。我看到女作家袁敏写的文章里说，在他家就看到早餐桌上剩下的油条中午成了菜肴。但关键是油条要“旋吃”，如果和肉丸子（斩肉）一起吃，更不能冷着吃。而现在我们在饭店吃这道菜时，从做好到吃着往往要耽误一段时间，这一耽误，油条软了，肉凉了，二者原有的脆、软、爽的风味就会大大地打折扣。而汪先生是在家里做的这道菜，他家厨房加餐厅的面积也就几平方米，上菜时间三十秒，所以这道油条揣斩肉自然会脆酥爽口。

国庆前夕，回到老家吃到了一道新菜，鱼鳔花生，这是友人华的“创作”，可和汪先生发明的菜媲美。

水乡鱼多，杂鱼是美味，鱼杂也是美味。杂鱼就是把各种各样的小鱼伙到一起烧。鳑鲏、泥鳅、铲鱼、鲫鱼等一锅煮，有时还会有几只虾掺入其间，辅以姜、蒜、酱油、醋，当然，荤油（猪油）是不可少的。这杂鱼是上不了台盘的，但味道比那些上台盘的大鱼还要鲜美。

鱼杂也是上不了台盘的。鱼杂是鱼内脏，鱼子、鱼肝、鱼肠、鱼胆，还有鱼鳔。鱼胆很苦，一定要剔除，还不能弄破，否则这鱼就苦不堪言，下不了筷子。鱼肝、鱼子是可以吃的，有时也留在鱼的体内。鱼肠子形象不雅，一般也不会上桌。

北方的朋友可能不知道鱼鳔为何物，鱼鳔是个气囊，用脚一踩，啪的一声，很脆，像气球爆炸。鱼鳔是鱼用来呼吸的，鱼没有肺。后来知道，鱼鳔还是鱼用来调节浮沉的节拍器，鱼上浮下沉都是由鱼鳔来决定的。因而鱼鳔在鱼的部位中是最有弹性的一块，也是鱼身上最有咬劲的一块。如果和鱼肉放在一起烧，往往不够烂，吃起来嘎吱嘎吱地响，不雅，一般也不上桌。和其他的鱼杂一起煮，有时也会加点咸菜。成了鱼冻之后，喝粥最佳，也下酒。

鱼鳔含有丰富的胶原蛋白，据说可以美容抗衰老。广东人爱吃鱼鳔，他们称鱼鳔叫鱼胶，鱼胶做成的一道名菜叫花胶，很有名，很受女士的青睐。不过广东的鱼胶是海鱼的鱼鳔干熬的，里下河的鱼鳔全是河鱼的、鲜的。

鱼鳔和花生一起煮，这是我第一次看到，味道称得上耐人寻味。因为鱼鳔煮得很熟，很滑溜，对于那些吃鱼怕吐刺的人，也可以大快朵颐。但如果不咀嚼，鱼鳔特有的筋道就体会不出来，就和肥肉无异了。花生米是酒桌上必不可少的下酒菜，但有些味寡。鱼鳔加入花生米之后，鱼鳔就不能合口吃了，在咀嚼花生的同时自然也就咀嚼到了鱼鳔的筋道和绵软，与花生米的清脆相得益彰。

这是最典型的下酒菜，光一盘鱼鳔花生，两人喝一壶一点问题也没有。

鱼，我所欲也；花生，亦我所欲也。如今，二者兼得，不亦乐乎！

节选自《人民文学》2022 年第 6 期

小虫子

庞余亮

母亲都是唐僧肉

有一天，傻孩子又冒出了一句傻话。

这句傻话他憋在心里好多天了。

他发现母亲的眼里总是阴雨天。

母亲说他真是傻孩子，那不是淌眼泪，而是她的眼睛容易惹虫子。

为了证明她说的全是真的，母亲让傻孩子帮她吹眼睛里的虫子。

后来，虫子没能吹出来，一摊口水却落在了母亲脸颊上。

“你是不是想把我吃了?! ”

“难道我是唐僧肉?! ”

傻孩子没说话。

后来，傻孩子眼睛里手掌里嘴巴里，全是躲在母亲眼里的那些虫子。

六指奶奶看不过去了。

“下辈子，你会变成虫子的！”

傻孩子并不相信下辈子。

有一天，傻孩子在院子里冲凉。

母亲抬头看了看月亮，又看了看他。

傻孩子的身上竟爬满了虫子。

虫子精！真是妖怪呢，虫子精！白天里装作傻孩子的模样，到了月亮下，虫子精就现出了原形。

其实那不是虫子，而是明暗不一的伤疤呢。

听到傻孩子在月光下给她历数每一道伤疤的来历，母亲很生气。

母亲想不到他是个记仇的人。

许多虫子吃过傻孩子，傻孩子也吃过很多虫子。

傻孩子记的是虫子们的仇。

傻孩子有过许多名字，有一个名字很独特：“老害。”

知道傻孩子叫“老害”的人不多了。

比如父亲和母亲，还有六指爷，那个总喜欢用右手多出来的第六根指头“传染”给他的六指爷。

他们都走远了。

都不在这个地球上了。

傻孩子是父亲母亲的第十个孩子。

“老害”：累赘和负担。

傻孩子还是固执地认为，不完全是累赘，也不完全是负担，“老害”就是指“害人虫”。

“要扫除一切害人虫，全无敌！”

土墙上总是有这样的石灰水刷的口号。

傻孩子趁着没有月亮的晚上，贴在墙根，踮着脚把上面的字一个个抠掉。

那些石灰水的字跟着发着暗光的土块往下落，沙沙地响，像有很多虫子在黑暗中乱窜，又有许多蒙面小偷在飞檐走壁。

老害出生后十天，母亲用旧头巾把他包好了，放到了那只老竹篮里。

那是母亲用二十个鸡蛋跟人家货郎换过来的老竹篮。

负责拎走老竹篮的人是六指奶奶。

六指奶奶出去走了一圈，又把老竹篮和竹篮里的老害拎回来了。

“为什么送不掉呢？”六指奶奶拎着傻孩子的招风耳说：“讨债鬼啊，还不是为了前世的债！”

六指奶奶的指头肉乎乎的，傻孩子的耳朵一点也不疼。

天下的母亲，都是唐僧肉

萤火虫、银簪子

很多虫子飞过去了，还会飞回来，就像他没捉得住的萤火虫。

那些没捉得住的萤火虫虽然永远也不能将黑夜点亮，但它们还是坚持在黑夜里固执地闪烁。忽明忽暗，忽暗忽明，就像他的那些“鼻涕虎”“尿床宝”“大肉包子”小名号，一个追赶另一个，有时候，前一盏灯熄灭了，后面的一个小名号又成为下一个萤火虫追逐的目标了。

后来，那些如萤火虫的小名号也消失在夏天里了。

逝去的人带走了他们的记忆，同样带走了他的那些小名号。

依旧活着的人已经衰老，他们也记不得他的小名号了。

他的大名覆盖了那些有特别痕迹的小名号。

但他对于他的那些好听的不好听的小名号，哪怕仅仅诞生过半天的小名号，都记得清清楚楚呢，还有母亲在夏夜里乘凉哼唱过的那首童谣。

那是他记忆中第一次听到母亲开口唱歌呢。

萤火虫
夜夜红
飞到西
飞到东
好像一盏小灯笼

后来，他把有关写了这首童谣的文字给母亲看，母亲说她看不懂。然后他就回忆，说了很多话，还当着母亲的面把这首童谣唱完。

他还没从回忆童年的温馨中走出来，母亲就噼里啪啦“呛”了他一顿，一口气列出了他两大罪状：

第一，胆大不孝顺，竟开她的玩笑。

第二，他读书读糊涂了，因为她从小到老，从来没有唱过歌，半句也没有。

母亲的怒“呛”，令他既羞愧又高兴。他长大之后，考上了大学，做了教书先生，母亲基本上就不“呛”他了。

但狠狠用话“呛”他的母亲才像是嫡亲的母亲啊。

童年时代的母亲，肚子里嘴巴里全是“火药库”，浓烈的“火药味”会让他迅速回到童年。

母亲给他唱童谣的那天，已先后“呛”了他两次。

第一次是早饭后，他抱怨家里连一只鸭蛋都没有，母亲指着他的鼻子说：

“我们家没有鸭蛋，你应该投胎到有鸭蛋的人家去。”

母亲以为他好吃，想吃咸鸭蛋，其实他根本不是想吃咸鸭蛋，他只是想要一只完整的鸭蛋壳。

他没跟急脾气的母亲辩解，跟母亲辩解肯定会再被“呛”一次。

第二次被“呛”是在晚上，院子里特别冷清，他记不得家里人去哪里了，反正只剩下母亲和他两个人，外面也没有月亮，到了吃晚饭的时候，他正准备去点灯，母亲又开始“呛”他了：

“点灯干什么？吃饭又不会吃到鼻子里。”

对啊，吃饭当然不会吃到鼻子里。

被“呛”了的他赶紧扒完了晚饭，溜出去了。他有太重要的事要做，这几天，几乎全世界的萤火虫都来他们村庄开大会了，到处都是亮闪闪的萤火虫。红背萤火虫。黄背萤火虫。还有很少见到的黑背萤火虫。

伙伴玩萤火虫的方法很多呢。可以把捉到的萤火虫屁股粘到眼边，两个眼睛就变得亮晶晶的。可以把萤火虫搓在两只手上，在黑暗中的两只手就是亮晶晶的。可以把萤火虫放在脚下一拖，这样在地上就出现了一条发光的线。谁画得长，谁就是冠军。

这几天最时髦的玩法是“鸭蛋灯笼”：把萤火虫放到空鸭蛋壳里，然后把鸭蛋的空头反过来，屋子里就多了一盏“鸭蛋灯笼”。

偏偏他家里没有一只鸭蛋。

他还是找了一只半斤装的农药水瓶，把外面有骷髅头的标签洗掉了。

没有鸭蛋灯笼，做一只茶色的“玻璃灯笼”也是非常了不起的。

等他抱着“玻璃灯笼”回到家，握着一把蒲扇的母亲还坐在黑暗中发呆。

母亲差点被他的“玻璃灯笼”闪晕了。

“你把它们放在农药瓶里？不会全毒死了吧？”

他说他洗了起码一百遍。

母亲笑了，“玻璃灯笼”照耀下的笑容特别好看。

“你不能把萤火虫放到帐子里啊，萤火虫会趁你睡着了，钻到你的耳朵里吃脑子，你这人本来就笨，被萤火虫吃了脑子会更笨了。”

这个很迷信的说法，母亲说得特别认真。

她不太像那个总是“呛”人的母亲了。

过了一会儿，母亲可能还是很担心他把萤火虫放到蚊帐里，又说：

“要不，你还是把它们全放掉了吧。”

母亲像是在求他。

他把“玻璃灯笼”的瓶盖拧开了。

没有一只萤火虫飞出来。

他凑近瓶子看了看，萤火虫们好像全昏过去了。

还是有农药味的。

他抱着“玻璃灯笼”摇了摇，还是没有一只萤火虫出来。

他使劲地摇瓶子，还是没有萤火虫出来。

母亲让他别摇了。

他一句话也没说，胳膊酸痛酸痛，心里更疼。他好像听到母亲心里在说：

“看啦，小糊涂虫就是小糊涂虫！竟然用农药瓶装萤火虫！”

可能他本来就是犟脾气，他在继续摇晃。“玻璃灯笼”随着他的摇晃，原来有的荧光慢慢暗淡了下来。

他的心也在一点点暗下去。

突然，有只黄萤火虫摇摇晃晃地飞在他们的眼前，他搞不清是从他手中“玻璃灯笼”里出来的，还是刚刚从外面飞过来的。反正，这只黄萤火虫实在太亮了，是他见过的最大最大的萤火虫，简直就像他们家里的一盏小月亮。

母亲也盯着这只萤火虫看，他不敢呼吸了。

萤火虫围着他转了一下，接着放过了他，飞向母亲那边……

过了一会儿，萤火虫落到了母亲的头上！

天啦，实在太神奇了。

这只萤火虫像是母亲头上的银簪子！

母亲也意识到了自己的头上有“光”闪烁。母亲没说话，他也没有说话，“银簪子”在闪烁。

他多想这只“银簪子”在母亲的头上多留一会儿，要不，就永远留在母亲的头上啊。

后来，这只美丽的银簪子还是飞走了。

萤火虫

夜夜红

飞到西

飞到东

好像一盏小灯笼

很多虫子飞过去了，还会飞回来，就像他没有捉得住的萤火虫，就像母亲那天晚上说过的话唱过的童谣，至今还在他的记忆深处闪闪发亮。

现在他每年都会见到萤火虫，每次见到萤火虫的时候，他就格外想念脾气暴躁说话很冲总是“呛”他的母亲。

“真像银簪子吗？你可不要哄我。”

过了会儿，母亲叹了口气，说：“你老子都没给我买过一个银簪子呢。”

…………

节选自《江南》2022 年第 5 期

稻草人和梦

陈元武

稻草人似乎冷冰冰地立在那里，夏秋之际，稻草人按时出现了，竹子做成的十字架上，穿着一件宽大的旧衣服，通常在衣服里头充斥着稻草，使得稻草人的形象更丰满些。它有时候戴着滑稽的斗笠或者草帽，甚至还有人给它戴上了面具，像那么回事，立在田野的核心。在农村，稻草人有着田野守望者的重要角色，但它却总是木然站立，没有动作，没有表情。姑婆活着的时候，她最爱扎稻草人，家里穿过的破衣裳，在她手里拾掇拾掇，就成了一件精美的稻草人衣裳。像百衲衣般，各种补丁色块斑斓，稻草人装扮俏丽多姿，她用竹竿加木头组合成稻草人的骨架，稻草绑在骨架上，先精心选择，修剪齐整，加上些防水的塑料布，稻草往往像个形象生动的人。

姑婆从小就是个手巧的人，剪纸，剪窗花，都不用先画底稿。稻草人扎着辫子，用上牛尾巴，她将表姐的长头发铰下来，留着，有时候用自己的长发髻。我奶奶说，可不能用人的头发，那就是巫蛊之术了，会伤及生人。姑婆笑笑不语，她说，那一年剪下来多少头发，不知道去向，或许做成了刷子啥的，岂不人人遭殃了？稻草人需不需要一头秀发？似乎没有定论，像羊胡子该留多长，也没人剪短了。稻草人或者是姑婆自己创作的对象，是拟人化的另一件艺术品。她把喜欢和不喜欢的人做成稻草人形象，像长嫂的多舌碎嘴，她就成了一个鼓着腮帮子，瞪圆眼睛，龇牙咧嘴的模样，脸上还涂了媒婆特有的标志性脂粉，一副滑稽可笑的模样。站在田野边上，不仅招鸟雀端详，行人也驻足观赏，忍俊不禁。有时候，我的大眼睛也上了她构思的稻草人脸上，眼睛是画上去的，涂得一边大一边小，挤眉弄眼似的。染布的靛蓝加上墨水，眼睛足够充分表达。

稻草人更像是她的梦想，有时候，梦里就看到了稻草人，扎堆在唠嗑，一边是鸟雀在疯狂啄食，一边是几个稻草人在说话。动作夸张，有的手臂上系着铃铛，一晃一晃地哗啷响，有的手执布条和破笤帚，随风扭转着身体，做出驱赶的动作。鸟雀直接栖在稻草人的身上，头上，手臂上或者肩膀上。有的鸟更甚，将鸟巢坐在稻草人的身体里，从衣服破洞钻进去，掏出一个窝来。又暖和又安全。姑婆失败的稻草人给了鸟雀们生命的乐趣和家园。

姑婆摇摇头说，本来就不想把稻草人做成凶神恶煞般的模样，万物有其生理，区区一点稻谷，让鸟雀们也有个生命的依靠，何其完美。姑婆信基督教，但同时好像也信佛，一向不杀生，连驱赶鸟雀这样的恶事，她也不愿意做。姑婆的梦里一定是和谐和友善的，我有时候也梦到稻草人，我却从另一个角度来看待它，它身上有着鸟巢，一定有着雏鸟，我净想着怎样掏鸟窝逮鸟玩了。有时候，正掏着鸟窝，手心一凉，糟糕，摸到一条蛇了，使劲将手抽回来，同时也惊醒了，一身冷汗，我告诉姑婆，她笑了，说，你有恶业心，因此招致业障。她说，她梦到稻草人身上插满了野花，那是鸟雀带给它的礼物。阳光照耀着大地。沿着宽阔的乡间道走下去，不停地有稻草人冲她招手。姑婆识字，能够通畅阅读一些书籍，因此，她喜欢跟我聊天，我的启蒙老师就是姑婆。后来，从母亲那里得知，姑婆在圣·路加教会女子学校上过几年书，她的婆婆是个小脚女人，我叫她太太，不是夫人太太的太太，是称呼上上辈老太婆的尊称。太太一头雪白的头发，不能走路，坐在一把竹椅上，在门口打量着过往的行人，也不跟人打招呼，碰到喜欢的人，会笑一笑，偶尔会打个招呼，碰到不喜欢的人，假装睡着了，将头一歪，斜靠在竹椅背。

姑婆的书多是教会的书，我看不懂，母亲不信基督教，也不许我跟着姑婆读她看的书。于是，我很为难，总是问一些莫名其妙的问题：关于稻草人和巫婆的故事，巫婆为何骑扫把？我试了一次，胯下夹着扫把，从桌案上蹦了下来，摔了一结实的屁墩，摔得我直龇牙，由此不相信姑婆说的故事。巫婆是不存在的，她所说的稻草人会说话，以及会让鸟儿插满鲜花，也是瞎编的。姑婆的梦就让我怀疑了。姑婆讲她的稻草人梦故事时，见我心不在焉的，于是她知道我不喜欢她的故事了，她就沉默下去，继续做她的稻草人衣裳。我想，稻草人应该是个世界性的事物。博尔赫斯的《关于切斯特顿》里说了一些关于鬼怪恐怖或者稀奇古怪的故事，像爱伦·坡的侦探小说，他没有硬让绅士奥古斯特·杜宾去注意人群里那个人的前科，或者去解释在红黑相间的大厅里使戴着面具的普罗斯佩罗亲王暴死的化装舞会。而与此相反，切斯特顿却热衷而且乐意描写这类绝技。像布朗神甫传奇中的每一个故事都是谜一样，先提出离奇的假设和神奇的解释，最后再用普通的道理来解释。或者像威廉·布莱克笔下备受折磨的乌里森，而切斯特顿的《普林尼》这样描写“人造魔鬼”：“他具有三只眼睛，同时遇见三张翅膀的鸟，被机器人吞食的人，他们在谈论一棵吃鸟的树，这棵树不长叶子，只长羽毛。他想象在世界的东方边缘有这样一棵树，它已经超越了人们想象中的样子，它像一座高塔一般矗立着，就像《启示录》里说的那个长满眼睛的魔鬼和一个长着羽毛的巨人住在一起，探讨着人生的哲学。

姑婆的故事应该类似于此类神与怪的传说，而又不同于一般的中国传统神话故事。他们没有具体的名字，甚至没有具体的形象，比如她的稻草人，几乎没有重复过。妖怪、仙女、巫婆或者公主，都可能成为她想象的人物，并出现在她的稻草人中。我记得姑婆走之前，将一本奇怪的书交给我，是绘画本的《安徒生童话集》，英国朗曼出版社 1927 年出版。英文注释，我看不懂，画的人物形象夸张怪异，但我印象深刻。后来我从她的书箧里找到另一本《格林童话》以及一本商务印书馆出版的《狐狸列那的故事》，也是绘本，木刻版印，狐狸列那的狡猾让我捧腹大笑。姑婆最后睁开眼睛，直直盯着我，似乎想说什么，但她已经没有力气说出来，她死于 1974 年秋。那一天，正好是秋收前的十多天，我把她做的稻草人全部插到田野里，红的绿的，黄的蓝的，煞是好看。像万国旗似的，蓝天幽远，载着一堆云垛，我想，姑婆或许正坐在云端看着我插下的稻草人。稻草人或许会给她带去七彩的梦境。风吹着云朵越飘越远，我着急地追赶着，或许，我能够追上云朵，我可以跟云上的姑婆聊会儿天，听她说天上的故事。可是一转眼，云就不见了，稻草人孤零零立在那里，直到冬天来临。一场大风将稻草人吹得东倒西歪，有些让淘气的孩子扛走了，我最后看到的一个稻草人，草帽已经吹得不见踪影了，只有一只乌鸦立在稻草人头顶，它默默地注视着我。

选自《湖南文学》2022年第6期

一地黄花

马慧娟

罗山巨大的身影遮挡着月亮，暗影笼罩着罗山脚下。凌晨四点的田地，被星星点点的灯光点亮了，和天上的星星相互辉映，田地顿时有了神采，像在表演一场灯光秀。时不时还传来几声嬉笑，一天的光阴也拉开了序幕。

村上吆喝着让大家种黄花菜的时候，响应的人不多。尽管村上一再承诺，只要大家种，黄花菜苗子政府提供，一亩地还给二百块钱的补贴，然后种成了，政府还回收。但村民们谁也不相信，就那么个黄花花，能让一亩地卖几千块钱，怕尽是哄人着呢。黄花菜谁还没见过，以前在老家的时候，院子边上长着那么几株黄花菜，摘下来稍微见点雨，就烂得和鼻涕一样。说是长了很多年，但真正吃上黄花菜的时候不多。所以更多的时候，大家都把黄花菜当个景一样看着，谁能把那变成个钱。

大家一边蹲在自家墙脚晒太阳，一边听着村上的大喇叭喊着，一边议论着这个事情。搬迁到红寺堡十几年了，为了让村里人能有个稳定的收入，政府也一直在搞产业调整。村上尝试过牧草种植、高酸苹果、枸杞产业，但最终都没有成功。耽搁了收成不说，还浪费了几年土地。

最后大家总结出来的经验就是，谁说啥都白着呢，主意还要自己拿。管它节水灌溉还是产业调整，我就种我的玉米。哪怕今年缺水玉米旱死，那也是一把草料，割回家还喂牛呢。种玉米还有一个好处，种上女人在家就能照看。牛一喂，老人孩子一照看，男人出去工地上找个活，一年挣个三两万，日子就随便过了，折腾那些没用的干啥？

村上的大喇叭喊了几天也没个人回应，村委会的成员感叹一句："群众的思想工作难做啊。”

做不通群众的思想工作，村支书就做村委会班子成员的工作，鼓励大家尝试着种。但响应的人也不多，毕竟那个东西要三年才能有收成。在没有收成的两年里，还要给锄草，上化肥，淌水的各种伺候，这也是一笔不小的开支呢。再加上大家都在村委会忙工作，家里的劳力本来就不多，种上了谁打理呢？

村支书一看，班子成员工作也做不通，就回家做自己老婆的工作，希望能把自己的地腾出来十亩种黄花菜。老婆起初不同意，支书苦口婆心地拿自己去观摩的事情和老婆说，人家在三年以后一亩地最多要卖八千呢，种玉米才卖多少？老婆起先也不想听，村支书一直说一直说。听着听着，老婆就心动了，就算卖不了八千，卖个五千，十亩地也卖五万呢，种十亩玉米一年连一万都卖不了。

看着老婆犹豫，村支书又说，你怕啥嘛，就算种不成，我也不能饿着你不是，日子就是要各种折腾、尝试着过的。老婆勉强点了点头。

大家一听村支书要种十亩黄花菜，也没觉得有啥稀奇。村支书嘛，总是有这样那样的门路的，就算种不成，也不会亏了自己。

在各种猜想中，村支书家的十亩黄花菜在深秋季节栽进了地里。村里好多人还去村支书地里挣钱去了，这一栽人工就花掉了几千。栽完后，支书的老婆看着地里东倒西歪的黄花菜苗，心里就有点后悔，这么蔫巴的苗子，又没给灌溉上水，这怕是白糟蹋钱呢。但村支书说，我们去参观的时候，人家说这个东西就和韭菜一样，好能活的，你就放心吧。老婆将信将疑地看着，总觉得上了自家男人的当了。但已经栽上了也没办法。

冬去春来，地里的黄花菜蹿出了星星点点的新苗，稀疏得能卧下去牛。支书老婆站在地头上一看心就凉了，回家忍不住抱怨男人，只说上了男人的当。村里人路过看了，也觉得支书怕是要荒这十亩地呢。一传十十传百的，大家都知道了这件事情，就更觉得自己选择不种黄花菜是对的。

等灌了春水，又过了一段时间，支书的地里才看着没那么惨不忍睹了，能出苗的都出来了。可地里的草也跟着出来了。村支书一天忙着脱贫攻坚的工作，地里一眼也顾不上瞅，只剩下老婆顶着太阳一边锄草，一边骂自己男人没事给自己找事。

第一年过去了，长了一年的黄花菜在地里各自扎根，经营起了属于自己的小天地，一撮一撮地在秋风中枯萎。等到了第二年春天，地里就壮观起来了，一行行黄花菜冒出绿油油的新苗，在早春的田野里特别惹眼。支书老婆总算不再骂支书了，坐在地头看着一墩墩和油白茶一样的菜苗，心里也开始欢喜起来了。

六月底，水肥充足的黄花菜开枝散叶，在每一个苗苗中间都长出一根秸秆，秸秆的顶部顶着一撮花苞，在昼夜的交替下迅速地生长，一天一个样子。最大个的花苞用了两三天就长得和食指差不多长。又过了一天，地里零零星星开满了黄色的花花，跟着晨风摇曳在初升的太阳底下，竟然有一种把田野装扮起来的感觉。很快，十亩田地就开成了一片花海，远远看着，金灿灿的一片。

村支书的老婆问村支书，就让菜这么开花去呢吗？村支书说当然不是，既然有菜就得去摘了，你明天一大早叫上两个女人去摘。

一大早，支书老婆领着两个女人去了地里，除过开花的，剩下的花苞依次生长着，像个鸡冠一样，最长的有五公分，最短的只是筷子头大小的花苞苞，簇成一团，在筷子粗的枝干上随风摆动。

三个女人一人一个化肥袋子，在花丛中找能摘下来的菜。村支书给自己老婆安顿了，说是黄花菜，但这个菜一开花就算是废了，要的只是即将开花但没有开花的菜条。每天摘那个最长的菜条条就行。

三个女人一边摘一边讨论，说这么个嫩生生的东西，摘多少才能晒一斤嘛。村支书的女人心里也在嘀咕，不知道这个东西到底能不能挣钱，越想越心乏，摘起菜来也是心不在焉。本来应该从菜根上折，但她就随手那么折，扯得菜条里面的丝耷拉在其他花苞上，两个女人一看也见样学样，从菜根上掐费劲得很，还是这样扯比较省力。

村支书终究是不放心地里的采摘，毕竟谁都没见过。所以在村上忙活了一阵子，就开着车来地里了。到地头上一看摘出来的菜就连忙喊老婆："停停停，老婆子啊，你可不敢这么摘，把菜全糟蹋了，要从根部摘呢。把根不带上，把里面的丝丝不带上，影响黄花菜的口感和重量呢么。"

老婆远远剜了男人一眼，懒得张嘴说话，但又舍不得把菜糟蹋了，就又按男人说的采摘。稀稀拉拉的看着没多少，可三个人足足摘到中午两点才完。支书老婆又饿又渴，忍不住又在地头上骂了自家男人一场。两个女人劝道："算了，已经种上了，骂有啥用呢。如果明天再摘，咱们天不亮就来。"

拉回来的时候，正是太阳晒展的时候，支书早已在院子里铺好了塑料布，一等女人回来，就把摘来的黄花菜均匀地铺在塑料上，上面再盖一层塑料。靠着太阳的温度在塑料里面产生蒸汽，把鲜嫩的黄花菜的水分蒸掉，第二天进行晾晒，直到完全晒干，黄花菜就算完成了蜕变，成了可以长期保存的干菜。

有了第一天的经验，第二天支书老婆喊了几个女人早早出发。多了两个人，效率果然提高了。让大家感到神奇的是，只是一个晚上，昨天还位居第二的花苞一晚上就蹿了一大截，再不摘下午就开花了。人多了手快，赶中午十一点就摘回来了。

每天摘，天天晒，一直到第四十天，地里的菜没那么多了，渐渐地也就开始收尾。支书老婆看着地上堆了一大堆黄花菜，心里多少还是有点高兴的，这看着也好几百斤呢。要是能卖个好价钱，今年和去年的投资可就回来了。

没过几天，村支书领着收黄花菜的贩子来收菜，给出的价格是一斤二十四。等最后一秤过完，贩子和村支书开始算账。这一算，竟然算了将近两万块钱。支书老婆眼角都是笑，哎呀呀，这才第二年，要是明年，怕更多呢。贩子说："你们这儿适合种黄花菜，你好好种，这个东西看着不起眼，但收益真的很不错。"

女人连连点头，扭头看向自己男人的目光都柔和了起来。

村支书家的黄花菜卖了钱的消息在村里传开了。等到了秋天，村委会再动员大家做产业调整种黄花菜的时候，大家都去村委会报名，这家三亩，那家两亩，能种的差不多都种了。

从那以后，村里每到七月初就热闹起来。周边村子里的女人一大早就来到田间地头，腰上绑扎着袋子，趁着晨曦的光芒，双手在黄花菜丛里上下翻飞，折出要折的那根菜。每向前一步，袋子里的菜就多一把，直到堆在盘子里，黄灿灿的。

选自《六盘山》2022 年第 2 期

生活的背面

刘国欣

生活的轭

我博士毕业的第一份工作，也是成年以来的唯一一份正式工作，是在一所大学的文学院教写作课。大学的教职工作至少表面看来是体面优雅的，虽然经常有空虚感袭来——你在做什么？但整体而言，这份工作受人尊敬。实在太简单了，每个学期就是好好上课，判作文，改卷子，然后等待着放假。我的才华不过尔尔，但还未曾干涸，我能做到每周一次或两次去上课，充满激情、滔滔不绝地讲几个小时，然后心满意足地离开。虽然看似如此轻松自在，但很多时候，你无法像表现的那样，将写作作为一门学术专业对待。这其实是一门表演艺术，你并不知道自己演得好不好，得经常停下来体会观众有没有买你的账。一定程度上，就文学写作来说，离题就是主题，你在讲述的时候，经常会不由自主跑到很远的地方去。这样说吧，我感觉写作是一种毁损，一种破坏之后的重建，和循规蹈矩地上课本来就是相悖的。教学让一切变得过于确定，甚至可以预期。

然而，这是一份职业，我不得不兢兢业业按部就班。让一个文学学徒去传授文学的技术，就像让一个嗜吃的人去当厨师。然而，总得有人去尝试。

文学是什么？并不纯然是真诚，更多时候是八卦，是闲谈，是欺骗与谎言的恶作剧，是眼泪与悲伤，是被掏空还心甘情愿，是虐恋。文学就是欲望，各种各样的欲望，谈不上善意与道德，至少第一位不是。所以，我总觉得自己是催眠师、暗示专家，以及小偷，偷别人的童年，偷别人的灵感，偷一切可偷的东西而理所当然。

我习惯引导学生们去发现童年的“诗意”。没有人拒绝我，甚至我们一致达成了一种刻奇的表象，尽管这不是我追求的，但是多年的课堂训练让他们懂得哪些需要表现、哪些需要隐藏。没有人，没有任何一个，没有任何一个词去揭示，童年也可能是个地狱，毫不值得怀恋。但是这些十几岁的孩子，快要二十岁的青年，变着法子可劲儿地寻找童年的欢乐，那些可资回忆的恶作剧，那些难忘的黄昏或小伙伴，希望可以说得天花乱坠。

文学写作，就像一种幻觉，教师是最喜欢炫耀的人，他必须接受这种自我暗示，把自己想得高大，否则他站立不住，自己都会击败自己。可那种高大是戴着面具的，里面是个傀儡，是个赝品。文学就是白日梦，而教写作的老师，既要写作又要教写作，因此不得不赋予自己创作的东西意义。白日梦幻家，虽然百无一用，不知道自己身处社会的内部还是外部，不知道自己到底在哪个坐标上，不知自己对社会究竟有什么用，不知在自己写作的时候有没有感觉到教学的荒谬，不知在教学的时候有没有被写作的那种空虚捕捉……但是，我知道自己非如此不可。每天，我都在教学的墨守成规和写作的肆无忌惮里进行直接的角色切换，我的恐惧让我安全，我的安全让我恐惧。为着一份体面的工作，我不能天马行空，而一份体面的工作又让我内心的想象可以纵横驰骋，我是如此分裂，又在某种意义上同流合污。我既属于私下的月夜和枯树、黄叶和蜘蛛以及万念俱灰，又属于课堂上的高山流水与踌躇满志。

我知道自己一直在寻求一种来自生活的背叛，可是也很清楚，一般情况下我不会推翻自己顺风顺水的生活，只会把头低下，套上重重的轭。我需要这份体面让自己看起来正常，也需要这份职业给我创造的安全。怎么可以自主地把一切推向万劫不复呢？然而，每一个写作者，每一个在艺术里寻求天堂的人，都是生活的狂徒，他们都会有意无意地想砸碎努力建立的城堡，让内在的魔鬼统治自己。你一定想了千万次，日里夜里地想，如果你深爱着文字，深爱着纸上建筑，深爱着空白文档对你发出的邀请，你就想把生活一次次打翻了重来，你就恨不得是一切坏的、恶的、苦的，是一切充满享乐的，是深渊的深渊……你需要这一切铸成你文学的肉身，走向自我毁损，然后，在破碎里吟唱。

问题是，你敢吗？我一遍遍问自己，又一次次删除。我的写作在进行，不知道在变好还是变坏，但我知道，一些东西在碰撞，维持原状可能只会越变越糟。坏的东西会偷走人的健康和欲望，甚至会偷走一个人的灵魂和希望，但能成就一个人的艺术。而健康有序的生活，有时候则是一个安全地域，一个温暖的池塘，人困守原地而不自知，直至堕入地狱。我不知道，我也无法说出，当我面对学生的时候，怎样告诉他们，童年可能是深渊，是灾难。这太残忍了，而教学是温和的，至少要相对温和，他们已经习惯了“爱”的教育。

要如何说出生活的背面，这是个难题，好在还可以写，就像此刻……

潭里的女人

半山有块很大的石头，石头后有个潭，不深，天好的时候可以看见底部，潭旁边有条小溪流叫丹河，常年流水淙淙。人们说潭底住着一个女人，她有很长的头发；夜深的时候，每晚，女人就会将自己的头捏下来数头发，她数学学得并不好，总是弄混，所以从来没有数得清她的头发。然而，她每个夜晚都会数，数了这么多年。现在，她还在潭底每夜数头发。村子里的人是这么说的，老少都这么说，一代代如此说。

上学总要经过这个潭。冬天里一大早，天还黑，还没有走过大石头前就已经想到了里面数头发的女人，想到冰冷的水，还有那水草一样的头发，那道旁溪流的声响就变得更分明，关键深山里回音无数重，像脚步也像心跳，迫近，无限迫近。

不上学是不可能的，姐姐比她大六岁，她才出生姐姐就已上一年级了，一直都是她在负责她学习，而姐姐是严格的。父亲是残疾，婴幼儿时候手指受了伤，医疗条件不好，又住在大山里，就撒点草木灰让结痂。结果，他成年之后奶奶一次次提起："眼见着抱在怀里的孩子的手指一个个脱落，最后一个手掌全光了。"母亲也身体不好，常年哮喘。但就是这一对夫妻，生了她们姐妹俩。生她的时候，期待是个男孩子，然而人愿不是天愿，落地才发现又是个女孩。本来是要送人的。生下来九斤多，接生的医生是医院的主任，抱了又抱，问她爸爸："你不要我就要了。"右手手掌残疾的男人，虽然盼望接香火生男孩，在村落里抬得起头，站得住脚，种地砍柴也有个好帮手，但这时候有人抢，也觉得娃儿送人舍不得，于是，就抱起来犹豫着做打算。这时候，九斤重的婴儿居然笑了，小手小脚扑打着，享受着她来到世间最初的欢悦。做父亲的心一狠，自己养起来吧。于是就养了起来。看得出，她有生活在父母身边的幸福感。但听众听了，暗里想，如果做了医生的养女呢？做了医生的养女，大约不会生活在深山更深处吧。

深山里的村庄是美的，却也是寂寞的，村子里没有几户人家，出山很不容易，童年就是摸鱼掏鸟以及养蚕，还养过蝗虫。那蚕是放在胳肢窝下用人体温度孵化的，白白胖胖，她现在还记得它冰凉的体温。小时候喜欢针管，她学着给自己打针，结果不小心把针管扎进了膝盖里。后来腿就肿了起来，只能一瘸一拐上学。再后来，腿伤逐渐加深，吃了很多药不起作用，父亲就叫了他自己的舅舅来，那是个老风水师，懂得一些民间的方子。

老舅公让她在有露水的秋日清晨站在院子里，然后接了一些潭里的水，使劲敲她那只受伤的腿，敲了很久，直到她失去知觉……后来一段时间不能去上学，再后来慢慢好起来了，不再一瘸一拐。她不再有那样的担忧：可能一辈子像爸爸一样残疾了。现在，下雨或者阴冷的天，那条腿还会僵硬，她猜是那日所受的凉，那潭里的水是她生命里感受过最冰的水，虽然当时也才九月，但她也感激老舅公，也许是他的治疗才让她避免了残疾。

山里生活，邻人打猎，有时会吃到野猪，也有一些时候邻人会逮条蛇回来，那蛇不服气，撑起大半个编织袋，可是终究被人吃了肉，蛇皮挂在树上一整个冬天，她记得那蛇皮花色条纹，很好看。

怕鬼，却总得走那深潭去上学，学不好爸妈不管的，但姐姐要打。姐姐已经逢着她自己漫长的青春期了，只要在家里，就要管着妹妹，不让出去玩，要求好好读书，要求要给家里争气，不听，就打，一巴掌又一巴掌直接扇过去。

那些年吃了很多苦，真是恨姐姐，怕她回家，怕到放学都想躲门外，但时间被她计算着。以后多年，才明白她的苦心。她一步步走出村庄，在城里读书，这样的家庭带来的敏感与自卑，加上总听见姑姑撺掇父亲："女孩子嘛，读几年书就够了，早点收拾回家打工赚钱，过几年嫁人。"父亲也不是没有那心思，但孩子们学得好，而且还省心，就只有让读下去，再读下去。于是，成了村庄里鲜见的人家，出了两个大学生。要不是姐姐管着，那样的环境，很难考得上吧，毕竟村里一起读书的孩子，大多打了工，有些已经是两个孩子的父母了。

写作课的课堂，老师要求讲童年，她就想起了这些，说了出来。她还特别补充说了外婆信观音，但村子里都把观音叫爷爷，外婆去给观音爷上香，她亲眼看着外婆接了点燃的香灰回来，让孩子们喝，说是神药，其他人不喝，她喝了。

——被如此爱着，也是丰富的，她应该是感激的，所以临下课了，还是要提起外婆，提起香灰，还有那味道，说她强撑着没有吐出来。

当然，主要怨恨姐姐，无法理解她对她的揍骂，很怕姐姐结婚，最怕姐姐生孩子，一想到姐姐如果有了孩子就恨不得抢过来自己养，因为不想让孩子重复她自己那样的童年。但姐姐呀，就在近旁的学校读研究生，研三了，在忙着写论文，已经有了自己的男朋友。她真是担心，一次次说出，不能再让任何一个孩子有那样的童年了。看得出，她感激她的姐姐，却也心有余悸，觉得两个人之间隔着东非大裂谷，不明白为什么她当时那样狠心，即使是过年那天，都要揍她。

是个微胖的女孩子，但也许因为穿了宽大的衣衫所以给人这种错觉，她说她自己小时候是瘦瘦矮矮的，但个子现在看起来并不矮，脸圆圆的，有点腼腆，笑起来花骨朵儿一般，却明显是受过生活的伤的，充满怯意的迎合，那笑也就显得有点委屈了，让人想过去抚平她，让她变得自然。她说她是察言观色惯了，时常得讨好着姐姐，养成了这种卑怯。真是让人心疼呀，同时心疼那个一路担负着她的姐姐。

她的心就如那潭里的女人，暗夜里的时候要数头发，而她的头发是那些巴掌，那些疼痛，那些伤疤……

我是那置身课堂的人，所以写下她说的深潭里的女人，既写下她，也写下这人世的哀伤。多少人坐在自己的暗夜，数自己的伤疤，可总还是剪不断，理还乱，也许这就是生活，我们要欢喜又悲伤地刻画这些来自岁月的烙痕。

刮起生命里的风

我的职业是一名教师。一次课堂上，有自由发言，一个出生在广西乡村的女孩，说了一个片段，让我深受启发，也许我的写作，也是如她所说，感受生命里的那阵风。她说的是一个司空见惯但其实很不平常的故事。她和祖辈生活在乡村，父母都在打工。有一年夏天天太热，村子里的孩子就到村庄不远的池塘去游泳了。我们在媒体里经常见这样的新闻，有一些时候，就那么一些时候，如同我们此刻所想的一样，一些孩子永远不见了，进入属于他们的风暴和黑夜。那次亦然。有两个孩子再也没有回来。发生了这样的事情，他们的父母从打工的地方回来了，自然有很多眼泪和哀伤，这是想得来的。可是她把这些都一句话带过了，她描述最多的是一个常年杀猪的屠夫。她说事情发生两天以后，她在路上看到了那个村庄里的屠夫，带了很多小孩子穿的衣服，往那个水塘的方向去。她以为那两个落水的小孩子被救过来了，就问屠夫是不是要拿这些衣服给那两个小孩穿。她说那个屠夫叔叔当时坐在摩托车上，对她笑着，那笑很滑稽，一句话也没有说，然后就开动车子走了。她说她在那一瞬间感到了一阵风从背后吹过，这么多年了她还能想起当时的凉。

这个姑娘现在大一了，个子不高，看起来还像个小孩，说这些的时候似乎还在那阵风里，眼神迷茫而无助，留守岁月落在她身上的印迹还很明显。她说过之后，我一直在想她说的那阵风。我有时想我并不能教会学生什么，而是，借由课堂，让他们自己刮起他们生命里的风。我的写作也是如此，她的那阵风经过我，而现在，我替她在这里刮风，这里是广西，是她的家乡，这里也是世界，世界的一角，对于你我，对于在场的每一个人，你脚下所在的中心就是你世界的中心，保留着你的气味、你的躯体，承载着整个你。而世界是个宏大的词，我们个人实在太小太小，小得如同一阵尘埃一缕风，随时都可能被吹走被刮掉，但仍然需要风呀。

作家李昂有篇文章叫《杀夫》，相信很多人看过，她叙说的是一个整天靠屠宰为业的男人被妻子反杀的故事，很明显，这是一篇容易被限定在两性关系里的小说。但这个屠夫，也可能就是我课堂上广西这个乡下女孩口中的屠夫，他有他人性某刻的善念，面对一个也是小孩的女孩，他无法向她解释死亡，所以只能以笑来应对，来表现成人对孩子的一点仁慈，毕竟生活需要这点温和，给别人也给自己。生命的某些东西，在这个场景里被定格了。我们的一生，肯定也经历过很多类似的场景，裸露着一览无余的悲惨，我们需要那么一点抚慰，来挺过日常生活突然而至的横蛮。

这个讲故事的小姑娘，她那样的童年生活，在乡下按部就班不急不忙，也孤独也寂寞，但似乎别人的日子也就这样的，草木尘埃一样的日子，植物一样的日子，看起来很无效的日子，忽然之间就发生了那样的事情，短促慌张，生命落入旋涡里，在活着的人心里挖下一个坑，一切在突然之间变了。池塘变了，风也变了，屠夫也变了……一些人永远留在那里了。植物依然在生长，是属于山村的生长，也是属于我的生长。我也来自山村，陕北的一个小村庄，山的那一边，时间仿佛过去就是未来，未来也是过去，整个世界仿佛就是如此。忙着生忙着死，我忙着升学忙着毕业，然后离开村庄，忽然之间就变了，在偌大的世界里跟着风游荡。但经常有那么一些时候，会感觉又像置身小时候，仿佛整个世界锈住了，我整个也锈住了，都在变成粉尘中，我们是众多虫族里的一族，蚁族里的一支，雾霾弥漫，世界浓缩进一座城，一个洞穴，一切静静的，全部锈住了，温和又可怕，舒舒服服地在坏死……所以，需要流浪，需要刮风，需要书写，需要迫近内心的这团漆黑。

只有在写作的时候，我可以赶走这种静止，改变这种铁锈状态，刮起我感受过的风。只有在写作里，我可以过动物的生活、植物的生活，甚至是一片云彩的生活。我可以劫掠别人的生活，只要我想，别人的生活就是我的生活，别人的声响就是我的声响。我喜欢这种晃荡。收到获奖信息的时候，我知道我将出门，先坐公交再坐大巴然后转乘飞机，与世界进行各种连接。飞机上，白云一片去悠悠，云层低下，世界多么宏大，我游荡，我观光，我似乎是自由的，跳出日常的教学生活，寻找一种寻常里的不寻常。所以，忽然生出了感激，对已获得和已失去，对生而为人，对过往的风或街角的云，对陌生世界无人问津的人或丢弃的花朵，对一切曾经制造过温情的废墟……

时间监视着一切，时间也会给出一切，就如我们所面对的会议，一切开始了，一切在继续。在文字里，我希望做那个看得见旋涡、看得见夜晚来临的人，看得见池塘里，一群孩子在游泳的人；我希望做一个可以感受风的人，别人的风或自己的风，整个世界的风。大风起于青蘋之末，那青蘋真是艳丽哀伤。

选自《中国校园文学》2022 年第 1 期

贺兰山下的村庄

程耀东

中秋节的下午，这个叫六分沟的村庄，弥散着欲说不尽的光芒，在我的眼里，如大手笔泼洒的水墨。

如果撇开东边的黄河与西边的贺兰山，忽略沿山公路上南来北往的汽车，我要抵达的这个村庄，仿佛童年里生活在西海固腹地的村庄——西坡洼，但这只是我走进这个村庄的瞬间想象。

六分沟是生长在贺兰山下为数不多的移民村庄中的一个。所有的房舍，几乎一模一样，高墙平顶，深门浅窗，前瞻的屋檐，像戴在乡村干部头上的“鸭舌帽”。当地人称这些村庄为“吊庄”，我至今没有搞明白这个称谓的意思。在这里，这个词不是褒义的，至少有俯视的成分，就像南北朝时，从黄河流域迁徙到长江、珠江流域的人们，被当地人称为“客家人”。这里最初无人居住，很广阔的一片盐碱地，远看，以为是落在地上的雪，踩在上面，软软的，会留下很深的脚印。粮食和野草是不会在这里生根、发芽、生长、成熟的，它们也只能望而却步。二十世纪八十年代后期，宁夏政府的目光投向了这些土地，于是一个叫“解决温饱”的词从宁南山区一路向北，寻寻觅觅，坎坎坷坷，最终落于此地。最先走来的是男人的脚步，在春天的沙尘里砌墙盖房；在冬天的寒冷里抱着火炉，烤馍馍，就咸菜，日子风一样一刮就是一年。最后，女人、孩子和狗走进了这些土坯的房子。房子有了温暖，盐碱地上有了树，有了草，有了粮食和炊烟，有了上百户人家。当初的温饱，在现在的六分沟，已经成为时间记忆里碾过的词语。这样一个恬淡的村庄，融入了多少人、多少年的艰辛？就像我经常刻意给自己设计的生活环境：一座院子，不大，有花，有树，有草色，门前有水，鸡犬相闻，人声互答。这只是我在黑夜来临之后，从星光里走来的奢望，然而，在这里我似乎找到了期望已久的心灵之所。

红砖砌的院墙，贴了瓷砖的山墙，在下午的阳光下熠熠生辉；敞开的院门，宁静的屋宇，在干净中彰显着殷实。每次回到老家西坡洼，我总会从往来于两个村庄之间人的嘴里，听到许多关于搬迁到六分沟那些村民的言辞，当然了，大多是悲凉和艰辛。今天贸然造访，使昔年的传说在现实面前瞬间被击碎。语言一旦经过修饰和雕琢，往往会变得色彩斑斓，或阴暗腐朽。听，总是在虚无缥缈间徘徊；看，有一种真实会被心灵保存。

一群妇女在路边的树荫下聊天，有抱孩子的、做针线的、手拿芹菜的，还有接电话的。看得出来，她们不仅仅是聊天，聊天的同时在等人，等节日里外出归来的男人，回娘家的女儿，和家人一起团聚的儿子……一群放假回家的孩子，自行车骑得飞快，周杰伦的歌、林俊杰的歌、凤凰传奇的歌从他们的嗓子里飘出，虽有些稚嫩，不那么好听，但很原始，很真诚，绝对没有作秀的成分。水渠不是很宽，水不怎么深，似乎没有流动。四五只鸭子游弋其中，它们整整一个下午把自己泡在水里，这些无忧无虑的家伙，如此贪婪地消费着时间，真让人羡慕。水渠那边，是望不到边际的玉米地，依稀能看见人的影子晃动田间。中秋的玉米棒子，已然丰满，没有了水分的缨子，孤单在泛黄的秸秆上，渴盼一双手的光临。在六分沟的下午，我没有带相机，即便带了，我也不会用镜头捕捉深藏在村庄里的秘密。照片是直观的，表象的，看不见细节，自然闻不到热闹非凡的粮食的气息、瓜果的气息、花草的气息以及人的气息。

我要去的人家姓程，主人是我的堂兄，在我们这一辈中排老大，习惯叫他大哥。之前和大哥通过电话，他在贺兰山里的一个煤矿上开装载机，晚上才能回家。此时，站在门口等我的人是他的女儿。这女孩叫程静，我依稀记得离开西坡洼时她也就五岁多一点，不爱说话，时常躲在大人的身后，很腼腆的样子。现在，已经出落成一个大姑娘，到了谈婚论嫁的年龄。时间总是让人在不经意之间才发现它的存在，就像我在自己的一篇散文中写的句子：在追逐着时间，也在被时间追逐。程静这样的女孩正是追逐时间的年龄，而我已经到了被时间追逐的年龄。实在是不敢多想，还有多少时间能被我储存。

房子足足有两百平方米，中国农村式的陈设。坐在宽敞的房里，有些羡慕。大嫂说，花了十几万盖的房子，就她一个人住。儿子在天津，小女儿在北京，大女儿离得最近，只是偶尔回来住一住。我知道大嫂说的是心里话，此处并非炫耀。这就是当下的国情：城市像一块巨大的磁石，以巨大的磁场，吸引着成千上万的人在它中间做着各种运转，这种运转似乎没有秩序，没有规律。

大哥较我记忆中胖了，白了，精神了，话也多了。和大哥对饮，聊天，在这个月圆的夜里。当然了，话题是从我们共同出生的那个叫西坡洼的村庄开始的，有关那个村庄里的人和事，在我们的谈话中慢慢变得清晰、亲切、温暖。母体一般难以遗弃和割舍，一些旧物和旧物上的时光依然那样甘醇，就像此时被我们喝下去的酒一般，越酿越浓。月是故乡明。在这样一个夜晚，我读懂了它的真正内涵，直至有泪水从眼角处悄悄流出。仔细想想，那个养育了我们祖父、父亲和我们这一辈的村庄，也就繁华了不到一百年的时日，而之后，我们弃她而去。遗弃——是一种迫不得已的选择。用大哥的话说：人挪活，树挪死。刚搬到这里的时候，也就七八户人家。春天里，一刮风，就是十天半个月，家家门窗紧闭，见不上人；秋天，稍微下点儿雨，村子就成了沼泽，路两边都是烂泥，没有下脚的地方。现在，你看看，才十年的工夫，六分沟变成啥样子了？路是柏油路，房是砖房，学校、医院就在门前，大棚里一年四季有新鲜菜，公交从门前过。收入最低的人家一年也能收入三四万，这就行了，又不交粮、不交税，能过上这样的日子，我已经满足得很了。我觉得大哥说的不是醉话，是积蓄了多年的心里话。

人总是在不断迁徙中发展、繁衍、壮大着自己。

这个中秋夜晚，我和大哥在醉与非醉之间各自睡去。

第二天，依旧是个秋阳艳照的日子。我在六分沟的田畴间漫无目的地行走。没有鸟叫，没有鸡鸣，没有狗吠，就连村道上行走的人的脚步也那样悄静，整个村庄处于悄静和安详之中。水稻以自己特有的金黄涂抹着大地的色彩，泛红的枣子点缀着空阔的天域，正走在凋谢路途上的野花依旧暗香浮动……这个秋天，在这个被精神养大的村庄里，我重新拾起了来自村庄的激情，触摸到失散多年的温暖。

选自《中国校园文学》2022 年第 5 期

照　片

田　鑫

有一张照片我可能永远也找不到了，它是我和母亲唯一的一张合影，一寸大小，边缘齿轮状，照片里母亲站在院子里的土墙下，我和妹妹在她身边追逐，摄影师摁下快门的瞬间，我的手拍在屁股上，俏皮地给妹妹一个鬼脸，而母亲则直视镜头，对这一切一无所知。

这张一寸的黑白照片，颇有一些现代性，因为画面中母亲并不是像传统的拍照姿势一样怀抱孩子，也不端坐于椅子之上，我们也没有为了照相而刻意收拾，其实，收拾也无非是掸去身上的土，母亲把包裹头发的头巾扎紧一些而已，还不如随意。

照片上，没有看上去还像点样子的厢房或者别的地方为背景，可能我们原本不是为了拍一张像样子的全家福，而是我们一家三口随意的状态，被摄影师以生活的瞬间准确地抓取。

这张照片拍出来没多久，母亲就从生活中彻底消失，且永远定格在照片里。此后的很多年里，这张照片都不在我的视野里，我是后来在一本母亲用来夹鞋样的旧书里找到它的，不知道为什么，它并没有出现在相框里，也没被玻璃板压在桌子上，可能母亲也是随手把它夹进旧书里的。

我发现它的时候，有一种苦苦找了很多年的母亲被找到的兴奋感。我珍重地把它夹在崭新的相册里，想母亲的时候就翻出来看看，可是它后来却不见了，没有任何征兆，就像当年母亲消失一样。

有那么一段时间，我把它的消失放在脑后了，可又有那么一段时间，我特别着急想找到它，我怕再找不到，母亲留在我脑海里的样子会愈来愈淡，可是，越想找到它就越找不到。我把家里能翻开的东西都翻了一遍，我找到了旧时的粮票、借据、毕业证书以及儿时的接种证明，偏偏就是找不到它。

我怀疑，这张照片用自己的齿轮划出了一条路，然后偷偷溜走，它不想帮我留住那个遥远的瞬间，不想在我怀念母亲的时候给我提供影像。一旦物要刻意和人保持距离，你永远也没办法找到它。于是，我放弃寻找它，就像当年放弃寻找母亲一样。

那些年被我们放弃的东西还少吗？每次回乡下，我都会去乡下的小学看看，这里留着我对童年最美好的记忆：菊花开着的时候，我们在树荫下荡秋千、打篮球，上课铃总是在最精彩的那一刻响起，我们一哄而散，空留秋千在风中摇曳，旁边是逐渐停下来的篮球。

走在荒芜的校园里，我使劲回忆过去，却发现除了刚才列举的一些画面之外，其他细节根本想不起来，譬如，那些陪伴过我的同学都叫什么名字、长什么样，老师们在什么情况下才会打我们，那些被传来传去的字条最后都去了哪里？等等。

很多事很多人都想不起来了，只想起我们用童年的大半时光，把偌大的校园填满，然后又一哄而散。每一年，散一批，再来一批。一批又一批，能留下的记忆不多，唯有毕业合影。

我一直不喜欢合影。18 岁之前，有过三次合影。第一次是小学毕业，我们几个稚嫩的还不理解毕业意味着什么的娃娃，把语文老师和数学老师围在中间，拍下人生第一张合影，摄影师说了一句"看这儿"，我们就被定格在一张彩色的纸上。

去领中学录取通知书的时候，一张毕业证里夹着的这张照片，宣告我们在村里的读书时光结束。我拿着录取通知书到镇上报到，遇到的全是陌生的面孔，我们从不同的村里来，被分配到不同的班级里。我以为中学和小学没啥区别，无非是换个地方念书而已，可很快就发现，初中和小学是两个概念，小学我们熟悉到知道每家午饭吃的啥，而初中想熟悉彼此，需要经过害羞，经过试探，经过字条的指引。

在镇上的三年，比乡下的五年快多了，我都没做好准备，就要拍第二张合影了，相处时间虽短，但是和第一次不同，这一次合影，心里竟然生出了不舍。我以为，所有人站在一起，被拍进照片里，这些人就再也不分开了，可是，谁也没想到，坐在一起拍照竟然成了这群人最后一次在一起。现在，照片里的每个人都看着，我有些慌乱，第一次对应接不暇这个成语有了切身体会。他们看着我的神情，还是二十年前的神情，此刻我应该感动，但是并没有，内心泛起的却是陌生的涟漪，忐忑不安的涟漪。他们对于二十年后的我，竟然没有丝毫的陌生感，或者说，我本身就是陌生的，他们只不过是用本能的目光在打量一个陌生人。我说不清楚。

乡下的孩子毕业，没什么贵重物品可以作为纪念，攒钱拍的个人照片就成了唯一能拿出手的礼物。在照片后面写上“某某留念”，就等于我的人生中，你到此一游过，潜台词是勿忘我。可是，照片哪有记忆稳妥，存放在脑海里，随时可调动，可照片不行，被夹在什么东西中间，什么东西丢了，照片也就丢了；放置在相框里，相框被岁月磨去光泽，照片也渐次变白，最后只剩下一张模糊的纸。

在时光面前，没有人是赢家，即便是被记录进历史的人，他们最终也只留下一张张照片，没有人能活得比一张未曾遭受意外的照片的寿命长久。人知道这个道理，所以从未试图和一张照片比生命的长度，他们懂得利用照片，记录和封存人一生最重要的时刻。

我丢掉了母亲和母亲的照片，四合院丢掉了我们，我们一大家子，在同一个四合院生活过，可没有出现在同一张照片上。现在，我们的全家福以城市为背景，等于一条河流生出来支流。而祖父祖母，以照片的形式，母亲因为根本没想过要准备照片而缺失一张遗照，只能以纸牌位的形式坐在桌子上，他们三个人替我们守着这个家，他们沉默不语，他们不用惦记。

选自《绿洲》2022 年第 1 期

窗外玉兰著花未

崔玉松

我家院里有棵桂花树，搬家的时候，弟弟送来一棵玉兰，说有贵（桂）无玉不完美，有贵有玉才是“金玉满堂”。这个说法有些俗气了，倒是我名中有玉，且爱花成痴，所有的花在我眼里都是有灵性有感知的，就留了下来。

玉兰原本开在二三月，云南气候好，头年十二月份就会开花，一般来说，花与叶不会同时绽放。我家这棵玉兰倒好，早春盛开，并无异样。待花片凋零绿叶满枝的时候，居然又从绿叶中展露娇容，虽花型微小，花色略淡，却让人感受到娇弱柔美背后蕴藏着一股力量。

生病以后，远离云南到北京治病，住院楼前面的空地里也有几棵玉兰。每次从楼前走过，忧心忡忡的我，总会忍不住停下来看看，想想家里那棵一直努力盛开的玉兰花。

养好伤口，进入化疗，二十八天跑一次北京。每次从北京回来，全身酸痛无力，恶心厌食，睡不动了，慢慢起来坐在饭厅，隔着窗，看看窗外的玉兰。玉兰花开得越来越小，颜色更淡了，由紫粉变成了浅白，在宽大肥厚的绿叶掩映下，显得有些柔弱憔悴。我忽然觉得这花是懂我的，它好像知道了我生病，一直这么顽强地开着，不言不语陪着我，顽强而体贴。

最后一次化疗结束后，回到家，已近深冬。玉兰花落光了最后的花瓣，叶子随着秋风一片一片慢慢掉光，就像我的头发经过一次次化疗的摧残，已经不愿待在我的头上，一根一根没有话别就离开了我。

按照治疗方案，化疗结束一个月，又该转入放疗。离家的时候，我看了一眼玉兰，它坚持了一年，终于还是谢了，躲进了毛茸茸的花被。我有些伤感，不知道从什么时候开始，我把自己同它紧紧联系在一起。虽然我知道春风一吹，它又会挣脱束缚，重新盛开。

看着隐藏的花芽，我对放疗有一种说不出的恐惧，我不知道放疗又会经历怎样的痛苦，放疗之后我又能有多少生还的希望。

北京的冬天，气温很低，室内的暖气又闷热得让人难以忍受。这种温差较大的冷热交替对于每一个云南人来说都是一种考验，更何况一个免疫力受到严重破坏的病人，我毫无征兆地病了。鼻涕流得越来越多，常常不经意间就滴了下来，等我掏出纸来，鼻涕已经掉到了地上，喷嚏也接踵而至，一串未止一串又响，眼泪也淌个不停，像是身上的开关被冻坏，关不住了，才会水流不止。

病中的我更加烦躁，各项检查出来以后，开始做计划拿方案，一个星期的时间过去了才让我去定位，定位后又说我的手恢复不好，不能提高往后，还得重新做体膜。医生谈话时告诉我，放疗会引起心脏损伤、放射性肺炎、放射性脊椎炎等，要我在告知单上签字。想起死于过度放疗的亲人，我的情绪开始低落，无端生出几分害怕。我跟丈夫说，手术、化疗、放疗、靶向治疗、内分泌干扰，所有癌症能做的治疗我都得做，会不会癌症没好，我就被治死了？丈夫也很担心，他一直不主张我这样治疗，他担心把我的心肺损伤过大，更不容易恢复。他认为，病灶已经切除，又做了化疗，全身的癌细胞已经被杀光，已经没有问题了，重要的是要好好锻炼，让自己强壮起来。商量以后，我们一致决定不放了，回家吃药保养身体。

订好机票，准备回家。主治医生听说我不放疗了，很着急，一直给我做工作。责任医生又专门过来给我普及治疗知识，他从乳腺癌的治疗方法、风险比例，一直说到我的身体素质和心态。他说，今天的方案是在治疗中慢慢摸索过来的，已经是一套很成熟的方案了，只要按照方案治疗，应该没有多少问题。如果不放疗，转移的风险太大，很容易引起扩散。丈夫开始犹豫，女儿也主张还是按医生的方案做。

终于还是没走，选择继续按方案治疗。每次都这样，选择化疗的时候也是这么犹豫。选择永远是一个艰难的抉择，尤其在生命的路口，我不知道往左还是往右，不知道哪条路是生哪条路是死。我害怕一不小心抓到死亡那根签，让我永远没有反悔机会。我定下心来，跟丈夫说，不管是生是死，已经尽力了，我绝不会有任何怨言。

一年了，对北京的印象只是医院到出租房那段路，路旁那些卖小吃的摊子，跪在医院门口乞讨的人，拎着放 CT 片子的塑料袋匆匆忙忙走着的人，三点多就到医院门口排队的病人，以及站在冷风里拿着租房信息的二房东。

等待放疗的日子，虽然有些焦急，倒也成全了我。我终于把眼光从医院延伸出去，天安门广场、博物馆、图书馆、潘家园、史家胡同、十渡、潭柘寺，到处乱窜。虽然冬天好多景点关门封山，坐车看景跟走马观花一样，但总算窥探了北京的一斑。

我发现玉兰花在北京到处都有。史家胡同的大院里有，潭柘寺大殿门口有，医院里也有。虽然都还光秃秃地没有一线生机，但我还是一眼就能认出它们，并能准确判断出哪一棵是白玉兰，哪一棵又是紫玉兰。

元旦到了，到处是祝福的话语，朋友圈里有人晒玉兰花的美图，私信一问，云南的玉兰已经开了，还是那么纯净高雅、端庄秀丽。赶紧给丈夫打电话，问，我们家的玉兰花开了没有？

选自《壹读》2022 年第 3 期

父亲书

耿　翔

抬头从树木的叶子上，看见并证实了立秋之后，很长时间处在酷热中的作家张承志，提笔这样写道：“满树叶子在高空抖动了，并没有风，只是树杈间传来一个信号。我差一点喊出声来，一切是这样猝不及防，只在那分秒之间，凉爽的空气便充斥了天地之间。”

写着写着，我几乎想落泪。

父亲是个农民。身体从很久的酷热里，突然觉出凉爽的那一天，他不会喊什么，也不会想落泪。天气的冷热，打磨在他身体上的感觉，不是那种极度的麻木，而是本能的一种适应。

那一天，他会像往常一样，手里提着一把镰刀，平静地出了门。

头上戴的，还是那顶在我看来，像把天空里的闷热，都扣在里边的草帽。

只是他要去的方向，与往日里割柴火，要下到的沟里不同。

立秋那天，父亲去了我家的谷地。

谷子是神的粮食

谷子在父亲的心里，就是神的粮食。

一年之中，我家的地里，不管打下多少谷子，父亲都会把它装在土布袋子里，放在炕上的一角。确切地说，就是他每晚睡下的时候，只要把脚伸下去，就能蹬着那些谷子的地方。我也因此想，父亲活着的时候，一年四季，都是身体紧贴着那些黄灿灿的谷子，才会把一天里，让生硬的土地累乏的骨头，安静地放在土炕上。早上起来，最先进入他胃里的饭食，不是一碗小米饭，就是一碗小米汤。是这些谷子，还有谷子碾出的这些小米，从外到里，一天一十二时辰地，滋养着满身泥土的他。

谷子，也就成了父亲当神一样敬着的粮食。

从我记事起，就看见我家的墙上，挂着一把黄灿灿的谷穗。一年的烟熏火燎，没有蚀去它一身的原色，倒使那些十分夺目的色泽，沉淀得更接近土地和金子搭配出来的混合色。而每年收了谷子，父亲都会把新的谷穗挂上去。那些被换下来的谷穗，父亲会轻轻地在手里，揉搓出一把谷粒，然后把它们抛撒向他认为很重要的那些地方。我后来懂得，父亲是用这些不一样的谷子，套用村里人向空中、也向地上抛洒清水敬神的仪式，抛撒下这些谷粒，以此沐浴着我们的家。记着他抛撒下谷粒的地方，有房梁、灶火、水瓮、面缸、案板、屋顶、磨坊、柴垛、鸡窝、门楼、照壁。总之，父亲能看见的地方，都有谷粒，带着他手里的温度，没有声音地落下去。

这些谷粒，在父亲眼里是沾着神气的。

它们用了一年的时间，不是闲挂在我家墙上，而是和父亲想象中，那些分管我家大小事物的神，在一起照看着我们在人间的生活。父亲想，家里有神龛的墙上，一定有很多神住着。就像我们过年时，贴年画一样，那些神也是贴在墙上的。因此，父亲坐在炕上的时候，身子都很端正，他不能让墙上的神，看见他倒着肩膀的卧相。

谷子是神的粮食，需要人去仔细地劳作。

父亲就是替神在土地上种谷子的人。每年谷雨过后，一村人都忙着在地里，种各种各样的秋粮，盼着在漫长的冬天里，吃到更杂一些的粮食。只有父亲一个人，很固执地从去年收完玉米后，犁了一遍，歇了一冬的那块地里，忙着种早秋作物谷子。按照马坊的气候，在谷雨后种早谷，也有人在麦收后种晚谷。父亲会对村里人说，早谷熟得饱满，能碾出小米，也能熬出米油。晚谷熟得瘪瘦，碾不出小米，也熬不出米油。他回到家里，也给母亲和我说，早谷养女人和孩子。到了晚年，他看见承包了土地的人，除过种少量的麦子和玉米，就在地里大栽果树，没人种谷子了。他就叹息，说土地是养人吃饭的。五谷里面，只有谷子是土地上，长给种地人的一种食药。天天能吃着，人就像被养着一样，身上的病灾就少了。

我信了父亲对谷子抱有这样偏爱的看法。

其实，在所有作物中，谷子的颗粒最小，每一粒在人的身体里，都像金子，放射出生命需要的能量。谷子也是最难种的。玉米可以点种，麦子用耧播种，谷子必须撒种。其他作物从地里长出来，要不了几天，就蓬蓬勃勃，一地碧绿，叶子上像汪了一层水。只有谷子，乱长在地里，像一堆半死不活的杂草。而且在很长时间里，天上的雨水很少，地里就是一层干土。我的印象里，这些生长着的谷子，就像一直站在一块干土上，终日得不到一滴水分。谷子多节的秆子，干瘦得被风一吹，就有要断了的感觉。每次从谷地边走过，我就担心到了秋天，那么金黄的穗子，这些秆子怎么撑得起呢。

我也看见父亲，经常弯腰在谷子地里，用一把漏锄锄谷子。

伺候麦子叫锄麦，伺候玉米叫锄玉米，伺候谷子，却叫扎谷。父亲经常说，该扎谷子了，再不扎，就长成一地胡子了。扎谷子，就是把多余的谷子，连根扎掉，让它由多苗变成双苗，由双苗变成单苗，由单苗变成壮苗。每扎一次谷子，都是对谷苗的一次优选。扎的次数越多，留下来的谷苗，长起来觉得周围的地方就越宽展。在父亲的伺候下，每一棵谷苗，都享受着自己的那一缕阳光和风，没有被谁争抢得去。

每下一些雨，哪怕只滴上些雨点子，父亲都要去地里，把雨后的谷子小心地扎上一遍。他说，这时候扎谷子，其实是给谷子松土保墒呢。谷子的根上，刚得到了一些雨水，不及时扎一遍，雨水被太阳晒干了，谷子根上的泥土，也晒成了瓦渣，影响谷子的生长。

直到谷子厚实地长起来，也抽出了一点穗子，脚再插不进地里了，父亲才把漏锄扛在肩上，从地头上退出来。

立秋了，天上每落下一场雨，父亲都要跑到谷地里，安静地坐着，看风摇摆着谷穗，怎么在金灿灿的阳光里，成熟自己的颜色。那个时候，父亲喂养过的那匹栗色的马，也会顺着秋风的吹拂，闻着父亲身上的气味，来到父亲的身边，低头在父亲坐着的田埂上，吃着再过一些日子，就要发黄的苾草。

父亲会折下一把青绿的谷穗，喂到栗色的马的嘴里，看它很香地咀嚼着。

随着天空一天天高远，秋风一阵比一阵猛烈，离收谷子的日子就不远了。

父亲告诉我，母亲常年多病，但到了扦谷穗的时候，那些折磨母亲的病痛，像有意从母亲身上离开，把一些健康的日子，留给母亲和她怀里的谷子。

父亲把收割了的谷子，沉甸甸地从地里背回来，堆放在院子里。母亲就坐在谷子中间，手握从麦镰上取下的刀片，一颗一颗地扦谷穗。每扦完整捆的谷子，母亲又要把干黄的谷叶，从谷子的禾秆上挎下来，绑成很小的把，叫作谷草。

谷草在我的印象里，就是乡村的圣草。它的金黄，它的柔软，它的温暖，它的干净，那时的每一个女人，坐在简朴的月子里，身后垫的，就是一捆金黄的谷草。也就是说，我们那时出生后，能闻到的人间气息，除过母亲身上的，就是那捆谷草，在炕上散发出来的气味。我们在正月里，为了一年的吉利，会把谷草塞在门上，在月底燎烟火的时候，会在各家门口点着的谷草里，把我们戴在身上的财贝、花绳子解下来，放在火中燃烧后，砸出满天的火星。村上的老人，会从中观看那些繁盛的火星，像麦子花，像荞麦花，还是像豆子花，从而预测着一年的光景。

那些谷草，也是母亲每顿饭后，洗刷锅碗的用具。说来奇怪，多数庄家的叶子，晒干后经不住揉搓，浸泡到水里，不仅发黑，还会发霉。一把谷草，洗上好长时间的锅碗，也是谷草的原色，不留食物的一点腐味，保持着它的清香。我由此钦佩祖先们，他们在土地上生活着，每天发现的，都是万物闪光的部分。

他们自己，也在万物之中，闪着一个种地人身上，应有的那些光。

整个下午都在扦谷子的母亲，她的身前，是一片铺得黄金地毯一样的谷穗，她的身后，是垒得黄金城墙一样的谷草。这个时候，坐在中间的母亲，给了我和父亲很多温暖的感觉。我后来对田园的许多想象，都是来自扎谷子的父亲、扦谷子的母亲，他们是我用文字书写马坊时，至今能想起来的最好的形体。我有时告诉自己，如果不是有心还记着父亲和母亲，在土地上劳动的身形，我的这些留给马坊的文字，不会从我的情感里，没有缘由地迸发出来。

它如果能闪着金子一样的光，那都是父亲种出的谷子的原色。

沟里的柴火长高了

火一样的上午，突然被一阵风，吹得有了一些凉意。

那个时候，我看见父亲背着捆柴火，正从很深的南沟里，上到了沟顶。如果是往日，他一定会不讲究姿势地，让柴火捆从背脊上，顺着重力滑落下来，看它随便倒在一块荒坡边。他会脱下身上的土布坎肩，用双手一拧，一股腥咸的汗水，混合着柴火里的青草味，掉在一地的虚土上。等他拧干上边的汗水，抖开那件坎肩的时候，土布的白色，被柴火压在背脊上承受着重力的地方，染成了一坨青草色。它不是我从田野上看见的那种干净的青草色，它是被汗水反复浸渍后，有些脏兮兮的青草色。

我那时就看见，青草的原色，落在农耕者身上，会被汗水腐化成什么颜色。

那天，背着一座小山一样的柴火捆，上到沟顶的父亲，顺势放下了身上的重物，甚至扔掉了手里的镰刀，但他没有脱下那件穿在身上的坎肩。

这是沟顶上，突然吹来一阵风的缘故。

那阵风带来的凉意，最先被他流下额头、沿着上眼皮掉成了线、快要遮挡住目光的汗水在运动中感觉到的。父亲感觉到了风的方向，不是从东南方向的沟里，很慵懒地吹上来，而是从很深的庄稼地里，从很拥挤的村子里，从很高大的后山上，有些凌厉地吹下来。

那天，父亲抬头，看见那匹站在树下的栗色的马，从往日的蔫头耷脑里，气昂昂地走出来。它在苾草很厚的田埂上，低头吃草的时候，嘴里会发出咴咴的叫声，像传唤多数还在槽头歇晌的牲口。他就在心里说，这阵凉风，也是从那匹栗色的马鬃毛拂动的身上吹下来的。

抹了一把汗水的父亲，知道西北风来了。

在他的乡村生活经验里，西北风这个时候赶来，是要给大地上的万物去火的。一个夏天里，万物从太阳身上，吸收了那么多的火气，足够催生它们成熟了。但太多的火气，有时也会伤到万物的身子，必须收一收。他想起很多作物，需要在天气凉下来的时候，才好冷静地成熟自己。就是那些在大夏天收割的麦子，它们一身的金黄，也不是包着一堆火。麦子也是赶着伏天到来之前，很早让自己成熟了的。

没有脱下坎肩的父亲，是想让风贴着他的皮肤，把汗水吹干。

对于一个种地人，被伏天的太阳晒得身上的皮肤都起了层，他在这时盼望的，就是最初转了方向的一阵风。父亲的感觉是，它猛然吹在身上，让那些带着体温的热量，从每一根汗毛里刚刚钻出来，还没有在黑硬的皮肤上站稳当的时候，就被这阵风吹走了。而集结在内心的热量，被外边的凉风感染了，也在瞬间起伏着，从身体里涌出。我对节气的感动，也是这个时候获得的。看着父亲站在沟顶，让凉风吹着的样子，我看见站在远处的山峦，站在地里的庄稼，站在村边的树木，站立的姿势都不一样了。我也看见走在地里的人群，走在路边的牲口，走在门口的鸡猪，走路的姿势都不一样了。

我抬头看了天上，那些被阳光揉搓得起火的云朵，也像饱含了很多的水分。

节气，就在父亲站在沟顶上的那一刻，开始神秘地从万物身上去着火。这个时候的万物，能表现出来的样子，就是一派安静。就像天地，安静地站着；就像牲口，安静地吃草；就像作物，安静地成熟。

就像父亲，安静地回到家里，才脱下那件坎肩。

一个夏天，父亲都穿着这件坎肩，在村南的沟里割着柴火。那是麦收之后，那片长得城墙一样厚实的玉米地里，锄完了最后一遍草；那片种在最好的地里的谷子，也用握惯了的漏锄，扎了很多遍土；那片给自己在地头种的旱烟，也打掐完了顶上的花朵。地里的庄稼，再不需要伺候的时候，父亲就悄无声息地，从大片的田地里退出来，一个人去了村南的沟里。

那天，看见父亲提着镰刀，就要出门的时候，站在门口的母亲是这样说的：忙了一个夏天，牲口都知道从套上卸下来，拴在槽上吃草歇晌。看着不会说话的牲口的样子，也得在屋里歇几天。你人不累，那一身撑住你的骨头，它会累的。

父亲的回答是这样：沟里的柴火长高了，等着我割呢。

确实，我们村子的大小沟里，那些长得半人高、从满坡的羊群的嘴角有幸漏掉了的草，经过一个夏天的疯长，已经成了可以割下来、背回去烧火的柴火了。这些年年生长的柴火，有可能都记下父亲了。而伏天里的中午，或者下午，村子里的很多人，倒卧在槐树、桐树、椿树的阴凉里，跟着太阳的影子，在树下挪动自己身体，他们抬头能看到的风景，就是父亲背着捆柴火，从村口走进村子。一个夏天里，父亲每天割的柴火，在院子里晒干了，能堆两个马头垛。任何时候，走进我家院子的人，闻到的都是干柴火的清香味，都会说村里有这样大的马头垛，除过场里的麦草垛，就是这两个柴火垛。

父亲坐在柴火垛下，一脸庄稼人过日子时才有的满足感。

这么大的柴火垛，会让我们的冬天变得很暖和。而更多的柴火，会被断了柴火的人，用粮食换了去。村上人去木杖沟打水库，每天烧饭的柴火，用完了村里的麦草垛，彦英派人从仓库里拉来一口袋麦，赶车的人，就套了两驾大马车，把我家的两个马头柴火垛，装得只剩下两个垛底。

母亲看着心疼。父亲说，今年沟里的柴火，就长上来了。

我至今不忘这些事情，就是想让自己记住，先前在大地上生活着的那些人，他们的日子，过得有多琐碎，有多具体，也有多高尚。他们对土地，一生用力气索要的，就是一把粮食，一把柴火。偶尔，他们会从遍地的草木中，采一些他们能认识的中草药，晒干后挂在家里的墙上。他们的想法是，平时能闻到这些药味，对身体会有好处。

他们是一群把自己完全交给土地的人。

这一天，父亲穿着他的坎肩，背着他的柴火，从村口走回来的时候，很多人看见，我家院子里新起的两个马头柴火垛，就差这一捆柴火盖上去了。

父亲的伏天，就这样结束：等他脱下被汗水浸得铁一样硬的坎肩；等母亲用棒槌砸着洗过坎肩；等父亲穿上浆洗过的坎肩，他会去到谷地里，看着谷子一天天地成熟。

他的身后，一定站着那匹栗色的马。

这个时候，秋色会一片接着一片，为马坊降临。

一些完美的生命的壳

凉风吹过树枝，白露生在叶上，很多躲伏在树上的寒蝉，在空旷的村子里，叫出了一片比打铁声还要刺耳的蝉鸣。那些刚从溽热里挣扎出来的万物，又被凄切的噪音包围得无路可逃了。

这个时候，一声叫唤，能惊动整个村子的牲口，也在寒蝉的声音里，失去了叫唤的冲动。它们一身疲惫又不耐烦地，用蹄子刨着被寒蝉的声音叫得从夏天的浮躁里寂静不下来的泥土。

只有天空，在这样的叫声里，变得高远起来。

从早晨开始，这些爬得满树都是的寒蝉，就把我们从立秋后刚开始的乡梦里，追逐了出来。我们睁开闭了一夜的眼睛，看见的不是景物，而是声音。因为我家的窗口上，有院子里那棵槐树的枝，斜伸了过来。那些蝉鸣，就像从槐树小圆的叶子上，稠绿地往下坠落。而在快要坠落到地面的时候，又一声倒吸一口凉气一样的长叫，让声音又升到了树梢上。

长在地里的秋庄稼，在抬高天空的时候，却把所有走在庄稼身边的人，又往低里压下了一截。我后来看过很多画家，画着走出玉米地里的庄稼人，都是头大、腰粗、腿短的样子，就是扛在肩膀的锄头，也是又笨又重。我想这些画家，一定是被大自然欺骗了的。他们是在很远处，看到了一个被土地、庄稼和天空虚化得失真的人影。他们应该走上去，在距离能听得见他们呼吸的地方，再观察他们的形体和神色。这样就会发现，他们身体的比例，也是玉米的比例。他们肩上的农具，就像一件精致的手工艺品。他们在土地上，才像一位很写实、又超现实的绘画大师。在他们手里，就是这一片原始的黄土，被一辈接着一辈，整饬成素描的、国画的、油画的、版画的经典之作，被一年中的二十四个节气，按时收藏起来。

我们用胃口，收藏着更精华的东西。

因此，我在马坊的时候，一个暑期里，都爱跟在父亲身后，看他怎样劳作庄稼。我那时也说不清，长大以后要干什么，但要离开土地的欲望，并不是那么强烈，甚至对农业，还有一种美好的眷恋。真的，一个男孩子的崇拜意识，都是从父亲身上开始的。尽管父亲被村上批斗时，让我过早地承受了一些不该有的屈辱。但只要回到田野上，看见父亲把每一种庄稼伺候得那么好，就有了一些日子里的踏实。事实上，在我没有从农村走出的那些年，只要风调雨顺，没有大的天灾，地里的收成都不错，圈在粮仓里的粮食，就像神的安慰，降临在每一天里。那时候，我跟着父亲，学会了犁地、锄草和割麦，摇耧也学了七成熟。只是在地头，摇着装有麦种、带有三个女人的小脚一样的耧铧，被一匹马驾着的木耧，才觉出种地的人，像把自己提在自己的手上，小心翼翼地播种在泥土里。

地里的庄稼长高了，就有后山里的狼，潜伏回村上，白天卧在玉米地里，晚上进到后墙不严实的人家，叼走一些鸡猪。我们独自去到田野里，也因这些狼的出现，以及它们制造出的一些血腥，而受到了限制。那段日子，我们不会下到南沟，更不会去到村西的洞子沟，就跟了大人，在他们身后转悠着，一个上午，挖着半笼野菜，拾着半笼蝉鸣。

直至天真的凉下来，回到学校里去。

很多早晨，我是跟着父亲，来到南岭上的那块荞麦地里。一路上，我发现这些蝉们，多数还在露水里面，带着沉重的翅膀，缓慢地活动身子。只有当阳光晒掉翅膀上的最后一滴露水，才开始扇动翅膀，发出摩擦的声音。直到阳光越强烈、它们的翅膀被晒得失去水分的时候，摩擦出的声音，才能把一个村子，在正午里叫得，像跌进了蝉鸣的深渊里。

父亲会用锄头，把多余的荞麦锄掉。我在后边，像和着蝉鸣，一起捡拾进草笼里。荞麦的身姿、荞麦的嫩色、荞麦的妩媚……它是我在田野上，发现的最像女人的庄稼。它的叶子，是那种水色的嫩绿，你抓上一把，就像抓着一把水，随时会从手心里溜掉。它的根茎，是那种暗淡的水红，你伸手触摸，那些像要断了的根茎，会化成一手胭脂。等到后来，它会开粉白的花朵，它会结黑红的颗粒，它在田野上，会被收割成荞麦卷，很像乡村女人们的头上，挽起的一卷头发。

我也因此，写了《三色荞麦》，像给这种稀缺的庄稼，立一块文字的碑石。

今天在马坊，能见到的荞麦，少之又少了。

父亲说，荞麦的嫩秧子，喂牲口最好。他会把更多锄掉的荞麦，用背笼装了，背到南壕的饲养室里去，换几个工分。闻到荞麦的味儿，那匹栗色的马，发出咴咴的低叫声。父亲抓了一把，喂进它的口里，一股绿水，从它咬着的铁嚼上，带着金属的声音，流在了槽头。

我的笼里的荞麦，背回家中后，母亲用开水焯了，倒几滴热油，调上辣子盐醋，那种香味，没有乡村生活履历的人，绝对享受不到。

其实，长在乡村里的很多绿色的东西，包括庄稼的叶子和秧子，都是最好的蔬菜。只是父亲以上的人，他们在饥荒年月里，吃得太多了，在胃里留下很苦的记忆。因此，父亲活着的时候，只要有粮食吃，很少去吃一口野菜。而看见他给村里的牲口，割着最干净的青草，我想在他的意识里，麦子是人的粮食，青草是牲口的粮食。人在时令里，适当尝尝鲜就够了，不要过多地抢了像苜蓿、豌豆、荞麦这些牲口的粮食，而让它们去吃干黄的麦草。

等到有一天，寒蝉的声音低了下去，直至消失的时候，父亲告诉我：

蝉，开始蜕壳了。

是的，它们在叫完最后一声时，带着壳里的生命，以另一种形式，回到了泥土里。它们也在我家的槐树上，年年留下了，一些完美的生命的壳。

选自《延河》2022年第1期

稻　乡

王张应

牧童、老水牛

从稻种打包入水，到掀开塑料薄膜满眼碧绿，那段时间，稻种走完了育苗的路程。乡人可不是待在一旁袖手而立，他们一刻也不闲着。仿佛在跟种子赛跑，乡人必须跑在种子前面。

先是将水田里的泥土翻个遍，好像是在泥土里面寻找什么东西。到底是在找什么东西呢？当然不是金子，也不是银子，是生机，也可以说是生计。这东西，在乡人眼里可是比金子银子还珍贵啊。

翻开泥土的同时，水田里长势茂盛的红花草被头朝下根朝上埋进了泥土之中。当年，那种绿草红花十分好看的草本植物，它在水田里的存在价值，可不在于给人看，而在于将它埋没之后所产生的气体、液体以及残渣，能够被水田里的水和泥土吸收，给未来的水稻供应有机养分。后来人种田习惯抛撒来自工厂的化学合成颗粒，红花草早已成为春日田野上的一道稀有风景，招引许多不明真相的年轻游客。不少城里孩子见到红花草以为那是一种大面积种植的蔬菜，问父母那菜好不好吃。

那时乡人们并没觉着满眼的红花草有多好看。它再好看，也不比绿油油的水稻秧苗好看，不比黄灿灿的水稻谷穗好看，更不比白花花的大米饭耐看。甚至，人们还嫌弃它，被泥水沤过的红花草，将烂未烂，死蛔虫一般漂在水面上，散发着刺鼻的腐臭味儿。

深耕细作这个成语，我是早年在春天的田野上学来的。乡人将水田里的泥土翻过来，还不算完事。这只是深耕，接下来还要细作。细作的首要任务是将翻过的泥土弄碎，弄成稀泥，还要找平，泥在水下，田平如镜。

耕作过程中，使劲受累的不光是人，还有牛。甚至，牛的贡献比人还大。尽管牛只是配角，总是被人牵着鼻子使唤，牛能干的活儿人却不一定干得了。春耕时节，牛与人配合，先后运用三种农具，最早是犁，接着是耙，最后是耖。犁负责将水田里的泥土翻过身来，那活儿有点像破坏，打破了既有的格局。耙负责将翻过来的土块弄碎，那活儿很像是整治，收拾一个满目疮痍的乱局。耖负责将泥土找平，那活儿其实就是抽肥补瘦，哪里不平哪里去，直到平等均衡为止。犁和耖，是由牛拉人扶。耙，也是牛拉，人却是站在耙上，以增加压力，将泥土破得更细。

如今，这些农具在田野上见不着了，要见它们只有去农业博物馆。我在北京参观过农业博物馆，见到那些不再使用的农具，不为开眼界，只为钩沉，打捞并不遥远的记忆。四五十年前身边事物，仿佛已经很遥远，让人觉得远在古代。

在水田里，被人牵着鼻子挥鞭驱使的耕牛，在我们那里多是水牛。水牛有一对弯曲近乎环形的犄角，一双鸭梨般的大眼睛，还有一副壮硕庞大的身躯。如今，吾乡人早不养牛了，回乡自然见不着水牛。偶尔见到水牛，是在图画上。

入画的水牛要么是和牧童在一起，它的背景是春风杨柳。要么是放养的水牛，独自在河边的草地上低头啃青，水牛背上驮着一只牛背鹭。那一对看起来并不相干的动物，往往出人意料地搞到一起。别看它们一个庞大、一个小巧，一个笨拙、一个灵敏，一个在地上走、一个在天上飞，它俩却在画面上搭配得非常和谐。

和谐的双方，就是彼此需要对方。鸟飞累了，要找个安全的地方栖息，宽阔的水牛脊背，是鸟儿放心落脚的去处。水牛啃草，久了也累，寂寞乏味，有只鸟儿陪陪它，倒也挺好。除此之外，还有一个更为重要的原因让它俩和谐，水牛身上好招牛虻，鸟儿则是捕虫高手。鸟儿为牛除害，牛为鸟儿提供食物。

有了这重互惠互利的关系，水牛不拒飞鸟，飞鸟也不嫌弃水牛，它俩便是天生的一对。在画家眼里，这种和谐搭配便是美。

至于牧童横坐在水牛背上，牧童口衔一枚短笛，更是别有一番意趣。牧童将劳作变成了享受，老水牛也不在乎背上坐个小童子，童子的笛声，让老水牛轻松愉快。

吾乡人爱说一句话，牛背上搭把草。牧童坐在水牛背上，很可能在老水牛眼里就是背上搭载了一把草。老水牛根本不在乎，它把自己当骆驼，牧童只是它背上的驼峰。高出一块，也是自己身上肉。

我从那个年代走来，我从村子里走出来，只因我出生晚了些，或者离开村子早了些，我才没有成为耕牛后面那个操持犁耙耖的人。但是，我曾经是水牛背上那个横坐的童子。口衔春日柳条抽骨留皮做成的柳笛，吹出绿色小调，惹得春燕、黄鹂绕着老水牛上下翻飞。老水牛可爱听柳笛啦，柳笛声中，水牛啃草，津津有味。

村子里有一句俗语：骑马没遇见亲家，骑牛遇见了亲家。在吾村人心目中，骑牛是没有出息的，小放牛嘛。骑上高头大马才有出息，那可是威风凛凛的大将军啊。我这几十年尚未骑过大白马，只在童年时代骑过生产队的老水牛，我注定是个没出息的人哪。我并不向往骑白马，倒是怀念当年的骑牛时光。

后来我还找到了许多自我安慰的理由。譬如，因为骑过老水牛，我便有了别人没有的资历，有过一些富于古意的生活体验。现在的年轻人，看到牧童骑水牛的图画，指不定有多羡慕呢，生在古代多好，还能骑牛。再如，我曾经在书上看到这样的画面，几千年前伴随紫气东来的老子出关西去，他骑的不是高头大马，而是一头长有一对长角的青牛。

原来，乡人的话并不是完全可信。即便如今，有马立于面前，我并不想骑上去，征服和驾驭的欲望只是一双不想穿的旧皮鞋，早已扔弃垃圾箱。若有骑牛的机会，我倒是想再骑一次。无论是老水牛，还是黄牛或青牛，只怕它们都不欢迎这位似曾相识的骑行客了。

骑在牛背上的人，要么是天真无邪的牧童，要么是仙风道骨的老子，才能构成一幅生动的图画。

果真有一头老水牛站在我的面前，我不可能重新骑上牛背。只能想象，我还是那头老水牛背上口衔柳笛的童子。

水和我父亲

水稻当然离不开水。水从天上来，稻谷地产，却也是老天爷赐予人间的养命之物。我们那块丘陵地区，看起来，水从两个方向来，一是天上，二是山上。说到底，水还是来自一个方向，天上。

关于这个问题，平时乡人不会去关心，可能没想过水到底是从哪里来。只有老天久不下雨，地上存水的地方都向天空亮了底，小河成了一条鹅卵石铺就无人行走的道路。人们这才发现山上也不来水了，原来水的源头在天上。

不缺水的时候，水就躺在人的眼前。稻田里，青幽幽的禾苗下面是澄澈透明的水。山间的池塘仿佛大地的眼睛，当然，有些水是闲不住的，它们躺不安生，以“躺”的同音字作为它们存在的态势——“淌”。小河流淌，淌进皖河；皖河流淌，淌进长江。到缺水的时候，人们才反应过来，多少珍贵的水就在他们眼皮底下白白溜走了。

缺水真是一件要命的事情。不单单要水稻的命，也要人的命。一旦缺水，村庄就不是原来的村庄了，人也不是原来的人了。池塘成为大地的枯眼，村庄面目狰狞。原先客客气气的乡里乡亲，转眼六亲不认，不如陌生人。

为了水，平时见面亲亲热热的邻里，说翻脸就翻脸，恶语相向还不够，大打出手也不稀奇。大约是在三十年前吧，每到秋旱季节，总会传来乡人之间吵架乃至打斗的消息。村子里的几十户人家，往上追溯三代 ，都沾亲带故，同龄人差不多都可以互称“老表”。为田里的水吵架，他们便一时忘却了自己从何而来，与站在对面朝他龇牙咧嘴挥舞拳头的人是什么关系，有多少平时绝不会出口的脏话，那一下子都如同打机关枪似的喷射出来。估计彼此健在的娘老子也会陡然耳根发烫，睡在土里已百十年的祖宗八代也会禁不住打几个喷嚏。

水啊，无情的水。1968年，入夏后雨水就少，秋后根本不下雨。久旱不雨，池塘见底，稻田开裂，禾苗将枯。乡人揪心不已，见小河还有一线流水，便筑坝挽留，让水别走暂时聚集在河床上。

水往低处流，这是水的本性。稻田干枯，乡人却想让低处的水往高处流，流到稻田里，救活行将枯萎的禾苗。让水流向高处的办法不像后来那么简单，当时全靠人力。手摇或者脚蹬木制的水车，通过几个层级的反复搬运，将小河里的存水盘到稻田里。

我后来听说，我父亲干那手摇脚蹬将水从低处拉到高处的活儿，连续干了一个多月，没日没夜地干。将几口低洼处的野塘里的水，小河里拦路截住的水，全都弄到生产队的稻田里去了。倒是让一些稻叶打卷的禾苗起死回生，我父亲却倒在了生产队的稻田边。乡人以为他是太累了，需要休息一下。他那时已有好多个夜晚没合眼，大伙儿心想就让他躺地上睡一会吧。

谁知，那一睡，我父亲便没有起来。

一个五岁的孩子，还没来得及记住父亲的长相，随后的几十年间，怎么也想不起他长的啥模样。这些年，我一想起父亲，就想起了家乡水田里的水稻。我一直喜欢看淡绿色的秧苗，深绿青翠的稻禾，风中飘扬的银白稻花，俯首泥土的金黄稻穗，我百看不厌，那是因为父亲与水稻的关系。走在田野上，只要见到水稻，我的眼前总会晃动一个模糊的身影，我知道，那是我父亲，我见到了梦中都见不到的父亲，我的眼睛湿了，像水稻脚下的水田。

节选自《安徽文学》2021年第11期

现在这房子是我的了

阿微木依萝

现在这房子是我的了，再有二十分钟她便从这个房间里搬走（我估摸着，她最后那点儿行李再有二十分钟可以打理好）。她很不舍，望了望四周，包括光秃秃的墙壁——不，墙壁上有光，不算光秃秃，这个时候是晚上，那些光斑像秋天的稻穗。

她大概快七十岁了，带着孙女住在这间建筑面积只有六十四平方米的小房子里，她很孤独，不用问我也知道，浑身上下的黑色装扮已经透出来那种凉水一样的孤寂——生活早就浸湿了她的一生。可是我也同样感受到，她那孤寂中的体面和尊严，她喜欢化精致的妆容，口红色调恰好将她的面容衬托得年轻了好几分；时尚的皮制高跟凉鞋；脚指甲涂了颜色；头发干干净净，烫成了这个年纪最适合的小卷发。在她身上，除了难免的孤寂的气味儿，以及偶尔从她脸上一闪不见的疲惫，看不出被孤独和生活的困境击溃的样子。

当然，可能眼下这一刻，她内心有点溃散，生活的重力撕扯了她。我不敢上去打扰这种“离别”，这是她与这套房子……不，是她与自己的生活作别的时刻；她之前有多想离开这儿，此刻就有多舍不得，这是很矛盾的心理，也许到了一定的年纪才会理解和参透她这种心境。

我站在一旁，搓着双手，像个屠夫，像是来宰杀她好不容易喂胖的日子。

她叹了一口气。小心翼翼地叹了一口气，生怕自己一个莽撞的行为给别人造成不好的印象或麻烦。我当时下决心买这所房子，正是因为她给我的这种感觉：小心翼翼。可我没办法安慰她，我沉醉在自己新生活的喜悦之中呢！人生就是这样，过于同情一个人的时候，心窝子会痛，这种感觉我曾体验得过久，导致心情抑郁，患了胆结石（当然这更像是患病后找不到别的借口）。我是这儿的房主了，这六十四平方米的钱，分文不少地划到了她的银行卡上，她得抱着这一大笔钱，像是抱着一大堆打包好的生活，从四楼405号房间乘电梯下去，走出小区大门，她的生活就在外面重新开始了。我打定了主意不再同情她，不再观察她的心里想些什么，内心十分坚定地警告自己：让她走，越快越好，她在这儿驻留的时间越久，对我越不利，会使我想起过去那些难熬的苦日子。

我已经不打算回忆往事了，买了房子哪怕是旧房子，再去回味过去的生活恐怕是可耻的，这就跟一遍一遍地蹲在墙根下，老狗似的“呜呜”告诉别人，你过去的日子多么凄惨，让人与你一同分担……这种举止令人厌倦。我不要这么回想了，已经很厌倦去蹚过去那些苦水。只要我稍微催促一下，她就得早一些离开这儿——“走吧！”只要我狠心这么一说，问题就解决了。

可我啥也说不出口。

都怪我跟她是一类，都是小心翼翼，一方面想在生活里充当一匹冷酷无情的狼，实际上，只不过是一只温顺的狗子，对任何事与人，仅仅龇了龇牙。

我突然在担心，“继承”她的房子，会不会还继承一些别的，比方说，一个人在一套房子里住得太久了，总会遗留很多东西——当然也说不清遗留了什么，可是作为一所房子，它其实是会“吃”掉很多东西的，比方说我们总是做梦，可是一早醒来谁也记不清做了什么，这些都是被房子吞掉了，它本身就是空荡荡地被人从地上垒起来，必须吞咽一些东西才能让自己饱满——这些无形的东西将会在往后的生活里，与我的气息相融；就比如此刻，我也带着女儿住了进来，花了一笔不小的钱，是我全部的积蓄，来继承这套房子未来的所有时光。我们的一些生活习惯，可能会受到她们祖孙二人的影响，没准儿，从今天开始，我又会格外喜欢黑色的衣服。说我过于神经质也好，别的什么毛病也罢，总之我在想，人与人之间，相互传染的不只是疾病，习性和命运都有可能相似。我从前一直喜欢黑色的衣服，刚结婚的第一年，我还喜欢浅色衣服，婚后一年之后，我竟然一直在买黑色新衣，仿佛生活从某个时候黑了下去。去年的下半年，我才告别了黑衣服，决定从暗淡的颜色里脱身。我可不想再重蹈她的覆辙——不，是我自己的覆辙——在这套房子里黑漆漆地生活。

我今天穿着喜庆的颜色，淡粉色，像一个十足的年轻人，心里装着过去某个时候最新鲜的梦想。我希望以后，生命的鲜活可以从着装里渗透出来，再也不要像从前，让女儿指着我曾经那顶黑色的帽子说：总是黑色的帽子，总是黑色，就不能买别的颜色吗？

我招呼着孩子坐在窗前最明亮的位置，让她感受一下，从今天开始，哪怕我们买的是一所旧居，可生活从此以后是个新的篇章了。我给她扎了可爱的冲天揪，看上去像一头小牛独角兽，让她坐在那儿，她抱着她要用来买别墅的存钱罐里一千多块压岁钱，像个小小的土财主，架着二郎腿，窗户外面的天空上云彩洁净，风把她头顶一小撮头发吹得飘来飘去。

老房主在伸手摸她的墙壁，我就知道她要这么做。

“我是个很念旧的人。”她有点抱歉的意思，“如果不是很缺钱，我不会把它卖了。”

“是的，我看出来，您是个很感性的人。”我说。

她很满意我的回答。不过，她说话的语速还是有点快了。

“人在这个时候卖房子，就像一只老鸟在快死的时候把窝掀翻了，而她还没有力气重新盖一个新窝。”

她的话让我内心震动。“我可以理解您的心情，放心吧，一切都会好起来。”我说。

她问我做什么工作，我不能说我在写作，如果这样回答，她可能就不会跟我说话了。我只能说，我是个自由职业者。她点了点头。

随后，她坐在旧沙发上，那是她自己的沙发，本来打算搬走，后来又说不必了，送给我了。

我倒是希望她搬走，沙发旧得都快看到“骨头”了。

她拍了拍墙壁。“看，多结实。”就像在拍一个人结实的臂膀，差不多可以理解成她要对你说：“看，多靠得住。”

我想对她说，走吧，拍也拍了，住也住过了，该腾地儿了。

她还是不走。由于一身黑衣，贴着墙壁站在那儿像根烟囱。

我坐了下来，在内置阳台跟前，对着强烈的阳光。我没有给她倒水，我觉得恍惚，到底谁才是这个房子的主人，我俩都是，又好像都不是。我们干脆谁也不管谁了。

她丢给我几把钥匙，突然精神一振，脸色有点骄傲、不屑，再也没有不舍的味道了。

“现在这房子是你的了！”她说，说得那么潇洒，像个黑色的女王。

之后她踩着那双时尚的高跟凉鞋从木地板上走到门边，在那儿，含着笑，无比温柔，毫无半分不舍的意思，对我和我的女儿说：再见，祝你们母女生活每一天都开开心心。

然后她开开心心地走了。

我跟女儿一脸茫然地互相看了看，然后，我忍不住哈哈大笑，女儿也哈哈大笑，但是她不知道我为什么要笑，她是因为我笑而跟着笑。她问我，你笑什么呢妈妈，还笑出眼泪花花了？

我停下来，我说，那个奶奶今天结束了她过去的一大段生活，她祝我们在这里的生活每一天都开开心心，所以，笑一笑吧，总是要礼貌一点的。你不希望她搬出去的生活也开开心心吗？

“她会像我们一样哈哈大笑吗？”

“对啊，她会的，她会每一天都挂着一张笑脸。”

“她疯了吗？”

“没有，为什么要这样说，你觉得我们这样笑，是疯子吗？”

“有点像。”

“人在生活里觉得疲倦的时候就会这么笑一笑。”

“什么是疲倦？”

“就是有点累的时候。”

“你们常觉得累吗？”

“是呀，差不多是。”

“那为什么还要笑，累不是应该躺下来休息。”

“就是因为没办法躺下来休息，才觉得累。”

“别人也这样笑吗？”

“是。”

“可我没看见别人这样笑呀。”

“他们不会在人多的地方，他们只会在人少的地方，一个人，或者像我跟你，两个人躲起来傻笑。”

女儿对我的回答不满意，她说她觉得也没什么可笑，有什么可笑呢，挺无聊的。

现在这房子是我的了，我带着女儿到楼下搬东西，都是旧的，过去生活里用旧的物品——锅碗瓢盆，衣物，书籍，花花草草，大包小包捆扎起来，从海边的租房里打包运过来的，我们干得很热闹，看上去像是在搬一些土壤、种子，包括风、阳光和雨水，好天气或坏天气，好像都被我们扛在了肩膀上。

选自《草原》2022年第2期

灵魂归处是故乡

綦国瑞

1966年，我已读完高二，回乡参加生产劳动。偶然机会在县图书馆借到了杨朔《雪浪》一书，爱不释手，到了还书的日子送回去，再续借回来，这本书在我炕头上放了有大半年。

从此，云南的那一树茶花，总是红红火火地开放在我眼前，老泰山那爽朗的笑声也常在我耳边回响……那些美丽的篇章总能点燃我的激情，引发我对生活的爱。直到2020年秋天，终于我来到了作家的故乡。

杨朔故乡在蓬莱石岛村。石岛既没有石也不见岛，它已与繁华市区完全融为一体。我们找寻杨朔故居的位置，一位红脸膛50多岁的男子，骑着摩托车从我们身边路过，我的朋友兴奋起来："巧了，这是村里的牟书记。"上前说明来意，牟书记指着路东边落成不久、造型新颖的四栋高层住宅楼说：这些楼就是拆了杨朔家的房子盖起来的。他说：杨朔家是我们这里的望族。他的父辈兄弟三人，他祖父并排盖了四排大瓦房，自住一排，再给每个儿子各分一排房，分为三处院落，街门全部向西，依次排开，人称"杨三门"。杨三门一直保留到这次拆迁前。

看着这片新起的高楼，心中不免惆怅，终于还是来晚了，如果早来不就看到故居了吗？

杨朔在石岛村生活了17年，他曾"倚在阁上，一望那海天茫茫、空明澄碧的景色，真可把你的五脏六腑洗得干干净净"。他见过"海上劈面立起一片从来没有见过的山峦，黑苍苍的，像水墨画一样"的海市。正是这片空灵仙境孕育了他的灵魂，正是这片土地酝酿了他的诗意，也正是这片土地培育了他追求光明、追求进步的情怀。蓬莱为他涂上了生命的底色。1927 年他告别母亲投奔哈尔滨的舅舅，在哈尔滨商店当学徒时，开始了文学创作，同时参加了党领导的抗日活动，由于引起了敌人注意，在党组织的安排下，他离开生活和战斗 10 年的哈尔滨。在全民抗战的岁月里，为了更好地反映抗日军民的战斗生活，他冒着激烈的枪炮，深入到抗日战场，写下了脍炙人口的《西线散记》《铁骑兵》《七勇士》《二猛士》。朝鲜战争爆发，作为战地记者，为了反映中国人民志愿军英雄事迹和精神，他又到了抗美援朝第一线，他把写作地点安在了清川江北一个小山村里，敌机常常从头顶飞过，炸弹随时飞炸，火光照得他写作的小院如同白昼，这个小屋里诞生了脍炙人口的《三千里江山》。

1953 年，杨朔从朝鲜回到久别的祖国，处处都是火热的生活，站起来的中国人民意气风发、斗志昂扬地建设社会主义新生活。杨朔一刻不停地投入新的战斗，每日每夜写作，时刻锤炼自己的意志和品格，提升自己的思想和灵魂。在与人民生死与共的岁月里，他已找到为工农兵写作的方向，已有了与人民休戚与共的情感，他说："在生活里，在斗争中里，我见到了他们精神的高贵，行动的可敬，我自自然然爱上他们了。"

一个经历了苦难的人，最珍惜社会主义新生活的到来，一个经历了战争的人更懂得人民的伟大和可爱。他按捺不住自己了，他情不自禁地表示："生活是一片大海，跳进去吧，跳进去吧。我将永远追随在我们人民的后边。做一名毛泽东时代的小工匠，用笔，用手，甚至用生命，去建设描绘我们色彩绚烂的好生活。"

正是带着这种情感和自觉的急迫，他深入大漠戈壁，走进多彩云南，漫步永定河畔，访问工业企业，考察农业乡村，同各行各业接触；与工人、农民、战士、学生、老人、孩子——各色人等交谈。人民对新中国的热爱，对建设新生活的激情，热气腾腾的建设场面，激发了他对党对人民对祖国炽烈的爱，创作的激情像井喷一样不可阻遏。

杨朔满腔热情地歌颂日新月异的社会主义祖国，也忘不了故乡。1959 年 6

月，他回到了阔别 20 多年的故乡。他又见到了自己梦中才见的凌空高阁，碧海白帆，又闻到清凉的海腥味。他更看到昔日破败不堪、萧条清冷的街道，已是人声鼎沸，一片兴旺。他还看到了人山人海修建水库的浩大场面。他心动了，心热了，小时候见过的虚无缥缈的海上仙境，已经变成人间现实，一篇《海市》已在他心中成熟。

从石岛村出来，我们来到庙山。山下是石岛村公墓。杨朔墓同其他墓相似得难以辨认，在他的墓碑背面有立碑人一句深情的话：愿家乡的热土温暖赤子之心，愿儿子的温暖永远陪伴着母亲。杨朔墓前面一座墓碑的碑文是——柳瑞婍之墓，这是杨朔母亲的墓。

杨朔的墓在家乡，他的灵魂也一定在家乡，生养他的故乡是安放灵魂的最后的地方。

我们郑重地在杨朔墓前献上一束盛开的菊花。

选自《胶东文学》2021 年第 12 期

蜀葵花

秦湄毳

那一年我七岁。

夏天过去了。因为墙角的蜀葵花开到了顶了。

我听到院里大山子的妈妈在嫌大山子淘气得没边的时候，使了全身的力气冲他吼，等到蜀葵花开到顶的时候，你就应该要上学了，你还是狗屁不通呢！她的吼声，全院的人都听得见，只有大山子听不见。

妈妈说，大山子玩疯了。墙角的蜀葵花开得灿烂，妈妈也说蜀葵花开疯了。

她也瞅着蜀葵花和爸爸说，真是，等到今年的蜀葵花开到顶的时候，毛丫也应该去上小学了。他们说着，看着我的头顶，好像我也是一株蜀葵花，看看我的花是不是也开到头顶上了。我又不是蜀葵花，我是我呀，是一个人。我只顾切了西瓜，一牙一牙地把脸贴进西瓜里吃，为了吃出更多的西瓜子。已经吃撑了，还在吃，就是为了拥有更多更大的瓜子。其实，我早洗好了一大把黑亮亮的西瓜子，放在门前摆好的一排矮砖头上晾晒着，干了收起来，我收起来的西瓜子比蜀葵花要多哩！我要送给姥姥，我想念我的姥姥，就给她晒瓜子，要晒得多多的，带给住在乡下的姥姥。

唉，如果不是因为上学，我也不会离开姥姥。爸爸一次一次没有遍数地往乡下跑，就为把我接回城里来上学。有时候，我藏在村口草坡下，望着爸爸一个人离开村子；有时候，小伙伴陪着我躲到了西地打麦场上的麦垛里，瞧着爸爸一步一回头，四处张望着我在哪里，然后自己泄气地往县城的方向去坐车；还有时候，我让小伙伴把我挡在坑边的大槐树洞里……最后，没办法了，爸爸把我和姥姥一起接回城里。然后，在一个早晨，姥姥在我的耳边说，毛丫，姥走了，回家了，你留下来，要上学了，好好学习……我以为是做梦。太阳升起来的时候，我醒了，才知道姥姥真的回乡下去了，去和我的白云、草地、凤仙花在一起了。

老家的豆秆地里，我喂了一地的蝈蝈，爸爸妈妈说，姥姥是为我回家喂蝈蝈去了。其实，哄谁呢，我的蝈蝈也是我用来哄你们的呀，天底下哪有那么多的蝈蝈呢！那是我哭天抹泪的时候找的理由，我说，我不去上学，我还要喂蝈蝈，一地的蝈蝈—— 一地的蝈蝈在我心里叫了一路，我还是跟姥姥一起，被爸爸领进了他和妈妈上班的城市里。姥姥却撇下我自己回去了，回了乡下的家。我说过的，豆秆地里那一地绿油油的蝈蝈跟着我一起哭，哭得昏天黑地，在梦里，很长的梦里，哭了很长时间。

上学吧，上了学才能成人。这是姥姥给我留的话，她让我好好学习。说得嘴皮都磨明了，磨得要起泡了。是吗，姥姥？这是你说的。想起我和姥姥嬉戏时的情景我就想笑。可还没笑起来，蝈蝈就又在心上开始叫，一天一地没边没沿地叫。我想姥姥，却不得不在城里留下来，因为我该上学了。

蜀葵花开到顶的时候，西瓜渐渐少了，我存的西瓜子却多了。我知道，快要上学了。

上学是做什么呢？我在乡下的时候，只见到过有一天，村口会出现一群拉着板凳回来的半大孩子，说是放假了。他们是上学的孩子。吆五喝六的，很快乐。

我也要上学了，是什么样的学呢？学是什么呢？为什么要上呢？不知道。

有时候在大院里的凉棚下玩，天热的时候，好多人端了碗在棚子底下吃饭，边吃边聊边乘凉。我有时候也在一边玩，看人们吃饭，听人们说话——听不懂的大人话。小孩子很多，跑来跑去。有一天大棚子底下人不多了，说起来马上就要上学的孩子都有谁，人们掰着手指数。有正在旁边的好几个孩子，大山子，小柱子，春花，杏花，枣花，花花牛……

有一个人说话慢，声音还不大，他跟别的人不一样，穿戴整齐，还戴眼镜，怎么说着说着说到了我的名字，他叫着我，毛丫这孩子，肯定会写字，会数数。他说着，掏出钢笔来，放下吃了一半的饭碗，搁置在一边，招呼我，过来，过来，毛丫！我还真走过去了。写你的名字，写你的名字！他说。我摇头，不写不写。我不会，就是不写。他还是说，这孩子聪明，肯定会写。

我坚持着不写。其实，我是真的不会写，也不会数数。我只是印象很深，他为什么夸呢？无端。真不知道为什么这么说。长大以后，我也奇怪，怎么就能笃定地认准我会呢，我是真的不会。想起来，仿佛辜负，就心生惭愧。

后来知道这个人也姓秦，跟我家一个姓，是这个学校的校长。在我上学后，玩耍时跑过他的门前，他叫住我，我正奔跑得气喘吁吁，于是屏息立在他的办公室门前。他问我话，还是温和的样子，毛丫你评上三好学生没有？我还是摇头，说我不知道。他于是说，来，我给你查查名单。他进屋去，拿起一个本子还是一页纸，低头看，找到了，指给我，上面有我的名字。他说，看，毛丫，你是三好学生。他又把奖品拿给我看，这一回我看到了，在一边桌子上，放了高高的两摞小画书——《中国古代科学家的故事》，他让我看。我接过来一本，摸一摸，看一看，翻一两下，又还回去，他又放回原处。喜欢不喜欢？我点头说："嗯。"成年后，我还是习惯把"是的"回答为"嗯"，这是我印象深刻的一个"嗯"。

那时候的我，小小的，呆呆的，看着蜀葵花的秆，数着花瓣，慢慢把姥姥的脸放在蜀葵花里头去看、去想。想姥姥了，就看门前的蜀葵花——快要上学了，所有花秆上，浑身上下左右披着的和头顶上顶着的花骨朵儿，炯炯有神得都要开了，姥姥把我交到爸妈这里，就是让我来上学。看着看着，那些花朵变成了姥姥的笑脸，在远远的家乡慈祥地望着我。

那时的记忆是片状，鱼鳞一样，贴着鱼儿游走了，浸入时光里。

日后的人生旅途中，母亲总是在我耳边说：在家不咋人，出门人不咋；自己的路自己走，人靠自己；世上好人多，学会求助，助人助己；金钱成垛，莫如巧手一双；与人为善，要谦虚；车到山前必有路，人随奈何走，什么样的人事，都会过去，过去了，就成长了，就强大了……

书上说，人生有重要的两本书，一本有字，一本无字。慢慢我才明白，牵起时光的手，我是在无字的书里行，走向有字的书里去，有字书会点亮无字书，无字书里融化了有字书。年幼到老迈，长长的人的一生，何其漫长又多么短暂。在时间的河流里，人类也只是沧海一粟，如尘，似埃。渐渐地我老了，我也会说和妈妈一样的话，有字、无字那些，说给学生们听，说给孩子们听，说给自己听，也与年迈的老母亲一起说。听响，话响落在日子里，鞭炮一般，是生命的响。

我从来没有感觉我这样的小学有什么不对，虽然有点不一样，但是，也没有太多不一样。有人帮，有人关心，淡远、渺茫，和后来的人生路上一个模样。有暖，有爱心，也要自己操不少心。多年以后回头望，我都觉得往事安详如一只小小的鸟窠，我还愿意一趟趟飞回去，任灵魂回吸那周遭里的静谧和深邃。

节选自《湖南文学》2022 年第 2 期

寄居记

连　亭

庭有杂树

入秋了，屋后的树木纷纷落叶，颇有几分萧瑟的意味，只是我见惯了，倒不觉得凄凉。老房东在前院栽的柿子树，叶子快掉光了，鲜红的柿子明晃晃地挂在枝头。《本草纲目》记载柿子能清热止血，我便摘了给先生吃。他因长年久坐，得了些他这类人常患的小疾。

说起这棵柿子树，它的命运可谓坎坷。它本是老房东刘先生的心爱之树。老房东在时，经常给它浇水、培土、修枝。它的果子熟了，老房东的儿子小刘先生爱得不得了。“这果很甜，还很脆。”他说。话里有欢喜，还有童年记忆中的迷醉。房东一家搬到别处后，房子辗转租给过几家房客。房客们没有一个留意这棵柿子树的。他们多半疲于奔命，早出晚归，哪有闲心管这么一棵跟钱不沾边的树呢？我们租下这房子后，对它也是疏于照顾，好的年头我一年能记得给它浇两次水，坏的年头我眼里也瞧不见它。它呢，倒自在得很，自顾自地发芽、抽叶、开花、结果、落叶，一点儿也不娇气。往年，我们都顾不上吃它的果实。满树的红果蒙霜后，散发诱人的清香，把鸟和邻居都勾了来，很快就被消灭了。

前两年，柿子树的几根枝条遮挡了葡萄，我叫先生把它们去掉。先生站在木凳上，晃晃悠悠地折枝，二楼的老太太见了，说也想砍掉挡住她家阳光的枝条，并声称这树有蛇。我左看右看，这树才一层楼高，如何遮挡她家二楼的阳光呢？至于蛇，断是不可能的。她谎称保安前来捉蛇的时间，我正对着这棵树写作，彼时根本没有所谓的捕蛇故事。我在这住了几年，也从未见过蛇。我心知她不喜这棵树。这院里以及附近所有结果的树，她都不喜。她曾多次站在她家阳台上，破口大骂晨鸣的鸟，以及招鸟的树。她说，这些畜生没让她睡过一个好觉。唉，她骂错了，鸟儿不是畜类，是禽类。除非她骂的是……我不敢想。

我没答应她，我只是个租客，不是树真正的主人。但是，她和她儿子下来了。这个坐过十年牢的男人，手里拿着一把刀和一把钢锯。我给小刘先生打电话，告诉他有人要砍他爹的树。小刘先生远在天边，插了翅膀也飞不过来。我和先生壮着胆子守在院里，“监督”他们“修剪”枝条。边“监督”边说，修小枝可以，别伤着树啊。老太太根本没把我当回事，指点江山般说道：“这树长得不对，这葡萄也长得不对。”随即她挥刀横扫葡萄，砍下十来条藤蔓。我一下子惊呆了，良久才回过神来说：“这葡萄矮矮的，不挡光，不能砍。”谁知老太太蛮横地说：“我就砍，我就砍，你能怎么着？我连刘某某都不怕，你有什么资格说我。”说完手又一挥，葡萄藤纷纷被砍落下来。与此同时，半棵柿子树也倒在院中。我的火气一下子蹿上来，掏出手机报了警。警察还未赶到，他们就得意扬扬地离开了，只剩下满院的横干残枝。我跟小刘先生说，树只剩半边了。小刘先生说，老太太的泼恶远近闻名，别惹她。真是可怜这树啊！

院子里除了柿子树和葡萄藤，还有一棵枇杷树，大概是我们入住的第二年长出来的。细雨纷纷的清明时节，我刨地种南瓜，在东北院角意外发现了它。当时它只有十厘米高，带绒毛的新叶生机可爱，我没舍得挖掉，任由它长着。如今它已有三米高了，就快被二楼所不容，我们也在此住了五年多了。看着它一年年地长，好像岁月都被它收容在枝干里，等待结出梦想的果实。我希望它快快长大，又怕它长得太快被二楼强行伐了去。有时也想，与其等别人来动手，不如亲手终结它，免得遭凌辱，却终究不忍。于是打定主意，只要它高不过二楼去，就誓死捍卫它生长的权利。可是霜雪无情草木易朽，何况我和它皆是寄生于此罢了，又如何做得了主呢？

比起松柏，枇杷也是四季常青的。奇怪的是，古来文人吟咏松柏之坚的多，对枇杷却只是夸赞其果实之美。司马相如、苏东坡等文豪甚爱枇杷之夏熟。宋人有《山鹊枇杷图》《枇杷山鸟图》等名画，画中都是枝叶纷杂中一鸟对着数串枇杷果。果实金黄，看起来繁盛美好，古人称枇杷果为“黄金果”，或有此意。画中的山鹊我认得，正是常来院中做客的蓝花鹊。头颈黑，胸腹白，其余羽毛以蓝色为主。尾巴很长，像婚纱的裙拖，美则美矣，但很笨重，拖着它不堪远行。不过，这尾巴也不是毫无用处，甚至可以说是密林生活的神器，便于鹊鸟控制方向和保持平衡。蓝花鹊的鸣声嘶哑，实在配不上还算可观的外貌。但它们欢叫起来尾巴一翘一翘的，很有意思。它们通常数只结伴而来，一来就消灭数枚果实。我喜欢它们来访。它们让我想起山中的亲人。它们或许像我一样来自山中，为等在路上的果实风雨兼程。

去年，我在这个城市做了一次手术，切除了与生俱来的身体疾病。除了分身乏术的丈夫，我在这里没有亲人，母亲不得不从家乡过来照顾我。与草木打了一辈子交道的母亲，很快喜欢上了这些鸟儿。听着鸟鸣雀噪，她惊奇地说：“这儿就像山里一样好啊！”这些鸟儿，使母亲对这个城市少了陌生感，多了亲切感。于是，一生珍爱粮食的她，每天都在院中撒下一把米粒，等鸟儿来啄食。母亲的到来，还使庭中的草木得到无微不至的照顾。她一得空就给果树除草、培土、施肥、浇水。一日，她喜滋滋地对病中的我说：“这枇杷明年就能结果了。”“怎么可能，它的主干才比我脚拇指大那么一丁点！”我表示质疑。“你不是说它有四年了吗？枇杷四五年就能结果。”母亲十分肯定。我上网一查，果如母亲所说。

我康复后，母亲就回老家了，枇杷树又回到自生自灭的状态。古书上说，枇杷“秋萌、冬花、春实、夏熟”。那年冬天，它没有开花，次年春天也没有结果。母亲的预言落空了，她在山中形成的经验不适用于城市，这儿的土壤太贫瘠了！

先生说：“砍了吧，长在院里不好。”蜀中风俗以“枇杷门巷”指称烟花女居所，先生曾在位于成都西郊的四川大学上学，熟悉这个掌故。唐代王建《寄蜀中薛涛校书》说："万里桥边女校书，枇杷花里闭门居。"这万里桥就在成都西郊的浣花溪上，晚年的薛涛居于桥畔，门院中枇杷郁郁森森。后来人们便用"枇杷门巷"来指称烟花女的居所。为了避嫌，蜀中人便不在自家院落栽枇杷。我反驳道："汉武帝的上林苑种有枇杷，名闻天下的'塘栖枇杷'栽满余杭家家户户的庭院，可见枇杷也是贵门富户的象征。"先生说不过我，只好由着我。

我们最为熟悉的关于枇杷的记载，是明代归有光的《项脊轩志》。"庭有枇杷树，吾妻死之年所手植也，今已亭亭如盖矣。"然而，因太过于悲凉，让人不忍想起。归有光于项脊轩苦读，第九次参加会试才考中进士，此时他已是花甲之年，任官后还屡遭贬谪。其间，妻亡子夭，唯有枇杷树一年年地渐如车盖。世间之悲，莫过于此，枇杷从此添了凄苦之色！然而，转念一想，悲欢离合实在不干物事，皆乃人事捉弄罢了！枇杷啊枇杷，你即是你，世人如何看你，随心意而已，心意如何你便如何，因而由你亦可观照世人心境。

忽然想起苏东坡的一件趣事。一日张嘉甫问东坡先生："庐橘何种果类？"苏子答曰："枇杷是矣。"张氏又问："何以验之？"东坡笑曰："意不欲耳。"东坡以《上林赋》之庐橘指枇杷，被质疑之时，乃以心意答之，好一派洒脱心性！因东坡之故，枇杷添得庐橘之名。东坡可照见枇杷，枇杷亦可照见东坡。

我家庭院之所以有枇杷树，可能是鸟衔落的种子逢土而长。你看，因为这棵枇杷，我竟把这儿称作家了。我还愿意相信，这棵树是鸟儿送给我的。但是，事理告诉我，它更可能是楼上人丢弃的果核所生。

在中国的社区社会，居于一楼是很容易被欺负的。住得舒服不舒服，全凭楼上人的素质，只要有一户没素质，就够你受的。

衣服在院中快晾干了，忽然从楼上洒下水来，原来是二楼的人衣服没拧水就往外挂。被子在院中晒得香香的，忽然从楼上落下尘土和垃圾，原来是二楼的人在清扫阳台。

二楼，我的噩梦。

她家的阳台不装护栏，锅碗瓢盆搁在朝外的矮墙上，正处在我家门口的上方，刮风下雨发出咣当咣当的声响，每次进出我都担心被空中坠物砸到。鞋底沾了泥，老太太便就着阳台的墙沿刮泥，泥土直接落在我家门前……

我曾请求她改正。她说："谁让你家住一楼，有本事也住楼上来！"哎，只能怪自己没本事。只是我没想到，在这全国顶尖的学府，竟然还会遇到这种事。

二楼老太太，身体矮胖浑圆，喜欢在阳台养仙人球。仙人球砸落到院中后，我从此在心里叫她仙人球。仙人球力气极大，尽管年过七旬白发苍苍，还能把锤子抡出震雷声。这雷声凌晨五点准时在二楼阳台响起，实在不知她在捶什么。小刘先生告诉我，老太太的先生年轻时就去世了，他是个挺好的知识分子，老太太却没读过什么书。二人当年因组织安排才结合的。得知她早年丧偶，我不免产生同情，听说她"大串联"时做的事，我又觉得可悲。

历史在错综中于此交缠，楼宇沧桑，草木森然。

远方来客

呼喊响起，拂过落叶，连起一片沙沙声、哗哗声。我躺在出租屋的床上，陷在秋天的困倦里。意识的潮水，时而被卷入深海，时而被推向岸边。

秋声辽远，迫近，又辽远，更多的树叶在下落，更密集的呼喊在敲打我的窗户，但与我无关。他们喊的不是我的名字。在这个城市，除了丈夫，没人喊我的名字，也没人知道我的名字。因此，我午休的神经辨别不出声音中的热切。

我只想声音快点停下来，最好自动停下来。声音没有停下来，我从困倦变为烦躁。怎么才能让声音停下呢？我的意识从海浪中跃起，努力识别声音中的信息。我听出了呼声中夹带的"刘"字。噢，他们呼喊的是一个姓刘的人。这个姓刘的人为什么不回应他们呢？他不在家吗？看样子是不在的。既然如此，他们为什么不停下呼喊？

我从床上爬起来，走到窗前，打开窗户，探出脑袋，发现呼喊声来自两位白发老人。他们并排站在一棵桂花树下，头顶是满树的金星，浓郁的桂花香就从金星中散发出来。他们看见我，眼中射出欣喜的光芒，仿佛迷航的船员看见指示方向的灯塔。他们往前跨一步，手朝我的方向比画，兴奋且欢喜地说：“我们找刘 ××，他在家吗？”

他们的模样看上去就像退休教师，装扮优雅，举止得体。男的是白 T 恤、黑西裤、黑皮鞋，头发短而精神。女的是素底蓝花长袖上衣，米色休闲裤，蓝色休闲鞋，齐耳的短发烫得柔软蓬松。白发的年纪，我的社交圈里没有对应上的人。我心想他们铁定弄错了，就说：“我们家没有姓刘的。”

迷惑蒙上他们的眼睛，但他们没有立即放弃，似乎认定了我和他们要找的人存在关联。“我们在保卫处查到他住这儿，× 栋 101，没错。”他们用肯定的语气说道。我再次在脑海中寻找与之关联的人。“住在这儿，姓刘，叫刘 ××……”噢，莫非是老房东的名字。一直以来我们只跟小刘先生联络，房租合同签的也是小刘先生的名字，因此倒不知房子真正的主人之名了。

我把他们请进院子，解释说刘先生很久不住这儿了，房子如今由我们租住着。他们的热切瞬间失落。“他和他儿子住在一起。因为孙子要上小学，他们全家就到小学附近租房子住。”我补充道。

老爷爷说：“我们是大学同学。在清华大学读书时，我们住一个宿舍。毕业后他到 ×× 大学任教，我分配到广州工作。我们毕业后就没见过面了，这次到 H 城办事，就想借此机会见见。我们打车找到学校，然后到保卫处问到他的住址，才找到了这里。”

我听了十分震动，看向他的眼神多了吃惊和敬仰。恍惚间，我感到几十年的历史，就要从他沐浴在午后阳光中的躯体，集中地迸发出来。事后我才知，他和刘先生出生于 20 世纪 30 年代初，于新中国成立之初在清华大学物理系上学，与郭永怀、邓稼先等科学家一起为核弹研发、国防工程做过贡献。

如今，他们都已年届九秩，这次见不到，可能一生都见不到了。对这个年纪的人而言，任何一天都可能是最后一天。

我端出茶桌，沏上热茶。他们不喝茶。“当年……”老爷爷试图讲出一生的故事。“我只知道他在这里教书。我们那个年代没有手机和电子邮箱，毕业后就很难联系上了。”他在感慨，“没退休前，我们用办公室电话联系过，退休后就很多年不联系了。这次来H城，就想顺便见见他。”他再次重申自己的意图。

我说：“听他儿子说，他半年前摔了一跤，走不动了，只能坐轮椅。”“啊……”他的脸色微微一变。“我们就是想见见他。”他的妻子温和地说。

我拨通小刘先生的电话，告诉他有两位老人来拜访他父亲，请他让刘老先生接电话。小刘先生在上班，没能把电话递给他的父亲。我询问他们的住址，小刘先生详细解说如何前往。我把他说的地址和线路图写在纸上交给老人，替他们叫了一辆出租车。

下午三点一刻，他们挥手告别，重新踏上与故人见面的征程。

他们走后，枇杷庭院重归寂静，只有落叶还在飞旋。我先生还没有回来，出租屋里空落落的。

在秋天的空阔中，我突然觉得刘先生和我是有关联的。我吃的柿子是他种的。我脚下的地板是他踩过的。我的先生也像年轻时的他一样。

一年多后，学校网页挂出刘先生的讣告：刘××同志，2020年2月16日逝世，享年九十岁。他在校工作期间，为近代力学系的发展做出了贡献。对他的病逝我们深感惋惜和哀痛。特此告示以表悼念！

选自《广西文学》2022年第1期

旧公路上的阳光

大白鹅的冬天

刘亮程

冬　天

雪地上没有鹅的脚印，以为它在窝里没出来。我提着一壶开水，烫开水盆里的冰，又烫食盆里的苞谷榛子，这是给鹅和猫狗的早餐。

这时听见鹅在前面“鹅鹅”地叫，声音翻过积着厚雪的屋顶落下来。我放下水壶过去，见鹅在松树下没雪的地方站着。雪被茂密的树冠兜住，松枝都压弯了，树冠下落了厚厚一层松针，看上去比别处暖和。

它看着我又叫了两声，嗓门宽阔有力，像在空中打开一扇门。我赶着它去吃食。地上的雪没扫，它好像眼盲了，认不得路，跑到两排松树间的大道上，头顶到院门才知道走错了，又掉转回来。我紧追几步，它扇动翅膀跑起来，一副要飞的样子。我真希望它飞起来，飞得找不见，我们也不用每天操心喂它，它也不会每天受冻。但这冰天雪地的，它能飞到哪里？南飞的天鹅和大雁，早在三个月前就飞走了。那时一行行的雁群飞过书院上空，大白鹅时常仰头朝天上叫，翅膀张开助跑一段想要飞起来。我妈说，白鹅的翅膀该剪了，不然会飞走。

但一直没剪。那时它吃得肥胖，走路都费劲，怎么可能飞走。顶多有飞的愿望吧。如今它已经瘦得剩下一堆羽毛了。它跑起来，翅膀展开，真像要飞起来的样子，却一头撞到雪堆上，整个身体陷在深雪中，张开的翅膀被雪托住。

我把它抱出来，放地上撵它走，看它的红爪子踩在雪里，整个肚子蹚在雪里。我都能感觉到它的脚冷。

到了食盆旁，看见一小堆绿韭菜叶，它使劲啄食起来。那是金子昨天拿过来给鹅的。它卧在雪里吃菜叶，把冻红的脚丫捂在肚子下面。它能暖热自己的脚丫子吗，下面全是冰雪？我给它在地上铺了纸箱板，又铺了松针和树叶，希望它站在上面脚不会太冰。它不领情，固执地卧在纸壳边的冰雪中。

我真担心它过不了冬天。每天一早推开窗户，我最想听见的就是大白鹅的叫声。只要它叫一声，我便放心了。它似乎知道我在这时醒来，它在松树下叫，叫声翻过两栋房子的屋顶和积了厚雪的菜地，传到我耳朵。

寄 养

这是它跟我们生活的第一个冬天。

去年冬天我们把它寄养在老郭家。4 月金子带着我妈从养殖场买了两只小鹅和两只麻鸭，养到 8 月开始下蛋，大白鹅的蛋又大又白，麻鸭蛋和它的名字一样灰皮麻点。那时它们跟鸡圈在一起。鹅整天扬起脖子，“鹅鹅”地撵鸡，哪只不听话就拿嘴啄鸡毛。它们成了鸡群里的老大。两只麻鸭个头比公鸡小，只能灰溜溜地呆着，不和鸡合群，也不跟鹅混。

金子每天去鸡圈好几趟，喂食，添水，收蛋，每次收了鹅蛋鸭蛋，都高兴得跟小孩似的。鸡蛋给厨房，鹅蛋鸭蛋她存起来，排成排摆在篮子里，说要等女儿回来吃。女儿孩子小，刚几个月，说明年回来。结果几个鸭蛋放坏了，鹅蛋放到了下雪前。

天气冷了，我妈回沙湾过冬，我们也回乌鲁木齐住一阵，留下方如泉守院子。养了大半年的鸡鸭鹅就得处理掉。公鸡全宰了（真对不住公鸡），三只母鸡给厨师王嫂家代养。两只鹅和两只鸭子送到村民老郭家代养，说好下的蛋归老郭家，再给两袋子苞谷。到雪消天暖和，给王嫂代养的三只鸡死了两只。喂在老郭家的两只鸭子都死了，鹅死了一只，老郭不好意思，把收的四个鹅蛋和活下的一只鹅一起送了过来。

我们送去时雪白丰满的大白鹅，一个冬天瘦成了鸡，毛黑不溜秋，眼神也呆滞，不知道它在老郭家是咋活过来的。老郭家的鸡有暖圈。所谓暖圈，也就是个小房子，夜晚能挡风而已。不过，老郭家的几十只鸡和我们的鸭鹅挤在一起，每只鸡鸭鹅都是一个小暖袋呢。鹅在它们中间，是一个大暖袋吧，它们依靠着互相取暖。但是那两只麻鸭和一只鹅，还是没有熬过冬天。

回来的大白鹅很快被我们喂得有了生气，5 月份来了一位大学生志愿者，给浑身又黑又脏的鹅洗了一次澡，它又变成了大白鹅。那只母鸡也开始下蛋。鸡和鹅，一个冬天没见，可能都不认识。但它们很快又在一个圈里生活了。

我们重新清理鸡圈，把去年的一层落叶和杂物扫起来烧掉，算给鸡圈消了毒。金子带我妈到养鸡场，买了十几个半大的公鸡母鸡，大白鹅又成了鸡群里的老大，“鹅鹅”地吆着鸡在圈里转。一个夏天和一个秋天，鸡和鹅下的蛋足够我们每天中午西红柿炒鸡蛋拌拉条子，早餐煮鸡蛋，一人一个。每只鸡下的蛋都不一样，金子能从她每天收的鸡蛋里，知道哪只下了哪只没下。十几只母鸡，到半中午下起蛋来，叫声一阵接一阵。金子说，一只母鸡下 15 个蛋就保本了，菜籽沟的土鸡蛋卖到 2 块钱一个。金子买的母鸡 30 元一只。再多下的蛋都是赚的。她这样算账时，忘算了自己每天一早一晚喂鸡的辛苦，忘算了鸡吃掉的几百上千块钱的麦子苞米，也忘算了我们修鸡圈清理鸡圈花的力气。不过，鸡也没给我们算它每天早晨按部就班的三遍打鸣。夏天书院办了几期培训班，有小孩有大人的。大白鹅成了孩子最喜爱的，伸长脖子走在人中间，鹅鹅地叫，像老师喊孩子。

春　天

转眼又到冬天，圈里养肥的鸡又要宰掉（又对不住鸡了）。鹅再不敢往老郭家送。本来要和鸡一起宰了，后来还是留下来。大冬天鸡窝空空的，看着都冷。鸡到另一个世界避寒去了。鹅留下来，它独自承受着满圈满院子的寒冷。靠院墙斜立的两块工程板下面，是金子给鸡和鹅做的下蛋窝。现在一个成了鹅过冬的窝，里面铺了厚厚的麦草。另一个被黄狗星星占了。那个两头通风的窝，其实只比露天稍好一些，能挡住西边来的寒风。

年前几天降温，我们又要回城里过年，大白鹅和猫狗托给王嫂家喂养，她老公每天过来烫一盆粗面，大伙一起吃。猫不用担心，能捉到老鼠。狗也不用操心，它们总能弄到吃的，前年冬天我们回到书院，见牧羊犬月亮在松树下守着大半只羊，肯定是从村民家偷来的。去年书院后面住的老张说，他宰了猪，猪头挂在仓房，想着过年吃，结果没有了，顺着雪地上的印子一直追到我们院墙上的水洞，肯定让我们家大狗叼来吃了。金子说，确实看见月亮吃剩下的半个猪头。我们也不养猪，没法赔一个猪头给老张，只能说句对不住了。这些年几条狗给我们惹了多少事情，月亮大前年把村委会烧锅炉的老王咬了一口，老王几年前打过月亮一棒子，记仇了。金子开车拉老王去县医院打了狂犬病疫苗。今年 7 月小黑和星星在山后的麦茬地咬死了村民的 4 只羊，让我们赔了 6000 块钱。现在我们把院墙上狗能钻出去的洞口都堵住，它们再不能出去惹祸，也不能在夜晚爬到坡顶的草垛上对天吠叫了。

回城前我把秋天菜园里掰的苞谷棒子在鹅常去的松树下放了一堆，又在它的窝边放了一些，鹅会自己啄食苞米粒。只要有足够的吃食，它便能抗住寒冷。在城里我还常打开监控视频，看见猫和狗围在食盆旁，看见大白鹅在雪地上踱步。

年后回来，车开到大门口，月亮星星和小黑都在门里面守着，它们能听出我的汽车声音，当车开到公路拐弯处，离书院大门还有上百米的地方，它们就闻声往大门口跑。我下车开门，三条狗亲热地往身上扑，金子把带来的狗食分给每条狗。

大白鹅站在松树下叫，它瘦了一大圈，见了我们，它张开膀子像要飞过来。两只黄猫不见了，方如泉说猫到别人家混吃的去了，过几天来院子转一趟，可能见我们没回来，就又走了。

我去鹅的窝里看，给它留下的苞谷棒子才吃了一半，地上扔着 4 个鹅蛋壳，我们离开的 20 多天里，它下了 4 个蛋，可能都自己吃了。金子说，鹅不会吃自己的蛋，肯定是星星和小黑偷吃了。我拿着鹅蛋壳，大声审问小黑，鹅蛋是不是你吃了？又审问星星。两个狗都一脸懵懂，装糊涂。我猜想肯定是星星偷吃的。它住在鹅旁边，可能就是盯上了鹅蛋。鹅下一个它吃掉一个，把空蛋壳留给我们。不过也都没亲眼看见，吃就吃了吧。

早晨我烧一壶开水提过去，鹅已经在食盆旁守着。我用开水烫开水盆里的冰，再把冻硬的饲料烫开。鹅的嘴伸进水里，边喝边拿喙戏水。

它吃好了站在墙根，一只脚抬起，过一会儿又换另一只脚。水泥地太冰冷。我给它铺的纸箱板扔在一边，它还是不知道站上去，可能它的蹼已经冻木了。

回书院的第二天一早，大白鹅踱着步从前面过来看我们。我给它撒了些芹菜叶子，它一个月没见绿菜了，低头啄一口，高兴得仰起头来。

中午金子见鹅卧在窝里，她关好圈门，过一阵听见鹅叫，金子说鹅下蛋了，让我赶紧去收。我出门看见星星也朝鹅叫的地方望，小黑也朝那里望。看来都在等鹅下蛋。这让我有点不确定是小黑还是星星在偷吃鹅蛋。我指着星星又指着小黑，狠狠地骂道：再偷吃鹅蛋把你们送人，不要你们了。星星知道我在骂它，夹尾巴躲一边。小黑一脸憨相，我又觉得冤了小黑。

到窝边时，鹅的样子把我逗笑了，它伏在窝里，整个头和脖子贴在草上，一看就知道它在本能地躲藏，不让我看见。我拿专门收蛋的长把木勺拨开它的屁股，它扭转屁股护住蛋。我还是把一只大白蛋舀在木勺里拿了出来。鹅见自己的一个蛋被我收走，眼睛圆圆地瞪着，鹅没有表情，但它肯定有心情。它的心情会跟农人失去一年的收成一样吗？或许它已经习惯自己的蛋被人收走。它回到书院就开始下蛋，已经下了十几个，我们没有留下一个让它孵育出孩子。这样想时竟生出些人的伤心来。鹅会不会伤心呢。

晚上听见鹅在窗外叫，天黑好一阵了，它不去窝里睡觉，在转啥呢？或是它想要给我们说啥。我出去查看，外面很黑，院子里没安灯。白鹅站在雪地朝我望，它的眼睛反着星光。也许是自己的光。我过去摸摸它的脖子，它转过身，沿着菜地边我们踩出的雪路一直走到小柴门旁，回头叫了一声，像是给我打招呼，然后回它的圈里去了。

我冻得浑身发抖，回到暖和的屋子里时，想到鹅也回到它两头透风的工程板下的窝里了。它只能把自己的羽毛当暖屋，把裸露的蹼捂在肚子下面，把喙伸进羽毛里。

我又听到鹅叫。它的叫声在半空中打开一扇门。我从二楼窗口看见它在屋后果园觅食，个别处雪已经化开，露出干黄草地，它不时低头啄食，不知吃到嘴里的是什么。中午我扛铁锨到前面的玻璃房墙根疏通积水，屋顶融化的雪水，积在墙根的水槽里，一半是冰，我拿铁锨敲开一个小水槽，让水往下流。每年都要干这个活，其实不去干，过几日水槽的冰全化开，也自己疏通了。但还是去干，人等不及季节。

转回到餐厅前见鹅在草莓地觅食，以为它在吃露出的绿色草莓叶子，却不是。它在化了一半的雪下面，找见先露出的细草芽，它啄食草芽时把冰粒也一起吃进嘴里，咯嘣咯嘣的响声，像一个孩子在咀嚼糖块。

夏　天

被厚雪覆盖了一冬的院落，在一个早晨突然暴露出来，几件我们以为丢了的农具自己跑出来，它们倒在地上，在雪中睡了一个长冬。天暖得很快。金子在集市上买了五只小鹅，丢给大白鹅带。大白鹅显然喜欢小鹅，但小鹅怕大鹅。毕竟不是自己的亲妈。这些小鹅有亲妈吗？可能没有，它们在孵化场破壳而出，从没被大鹅带过，见了只有害怕。

我妈在院子里用纸箱围了一个小圈，喂草喂水。晚上把小鹅装纸箱拿进屋里。除了怕被猫和狗吃了，天上飞的鹞子也会叼走小鹅。书院这一片至少有七八只鹞子，每日在树梢盘旋，捉鸽子和鸟，经常有鸽子被鹞子吃了，在地上留一摊羽毛。那天我还救下一只鸽子，它被鹞子一翅膀拍打下来，鹞子紧随其后，眼看叼住了，我大喊着跑过去，牧羊犬月亮，还有星星小黑也叫着跑过去。鹞子一侧身飞走了，受伤的鸽子也扑腾着飞到树上。

新买来的小鹅，要先拿去让月亮星星和小黑看，给每条狗说这是我们要养的鹅，不是野生的。狗都懂事，见人和鹅亲近，就知道不能咬它，咬了挨打。

第一只小猫带来时给月亮和星星做了介绍，如今猫和狗成了院子里最亲近的朋友。冬天两只小猫和两只大猫，和小黑一起抱团取暖，小黑每晚卧在门口的地毯上，两只小猫钻进小黑怀里，两只大猫卧在小黑背上，小黑一动不动，搂着它们度过寒冷冬夜。一天早晨金子拉开窗帘，说大白鹅也和小黑挤在一起了。

今年夏天小外孙女知知来到书院，也是先带到几条狗跟前，让它们认识。狗看我们对小知知好，就知道不能对她不好，见小知知过去就远远躲开，生怕不小心碰着小朋友。知知不怕狗和猫，追过去抓。但害怕大鹅，它会追着叼知知。

我们买的五只小鹅活下来三只，如今已经是大鹅了。我妈依旧每天坐着她的电动车牧鹅。它们认下我妈的电动车了，跟着到前面草坪上去吃草，到后面果园去吃草。鹅胆小，只去我妈带它们去过的地方，不敢往远处跑。

那只大白鹅呢，在坡上果园的狗洞里坐窝了。

去年夏天大白鹅坐过一次窝，它占着鸡下蛋的窝，用嘴把自己的羽毛撕下来，垫在窝里。它下了一个蛋，一直捂着。隔天又下了一个。它要把两个蛋孵出小鹅。可是，我们这里的气候凉，小鹅长不大天就冷了，怕过不了冬天。金子把它的蛋收了，它还是坐窝不走。中午金子看见鸭子凑到鹅身边，嘴啄鹅的脖子，在说话。过一会儿，鹅起身走开，鸭子急忙跳到鹅窝里，下了一个小麻蛋。然后鹅便捂着麻鸭的蛋不放。我妈说，鹅和鸡一样的，到了坐窝时节，给个石头蛋都会捂住不放。

金子说，大白鹅去年没抱上小鹅，今年就让它抱一窝吧。我以为她只是说说，我出了趟差回来，没见到大白鹅，问金子，说已经坐窝 12 天了，再有 18 天小鹅就出来了。金子把果园水塘边的狗窝收拾出来，用我们家的 7 个鹅蛋，换了村民家的 7 个蛋。他们家的母鹅有公鹅交配，下的蛋才能孵出小鹅。

我带着小知知趴在门洞看，鹅卧在自己用嘴拢起的一小堆麦草上，眼睛朝外看我们。可能已经忘了我是谁。金子在门口放了一桶水，还满满的。我让知知在鹅窝旁等着，我去菜地薅了一把鹅喜欢吃的野莴笋，扔到它嘴边。它只是叨了两口，又专心孵它的蛋了。我妈说，鹅和鸡一样，孵蛋的时候不吃不喝。

到了小鹅该出壳的那天，金子和厨师去看，只孵出来三只小鹅，其他四只蛋都坏了。小鹅只是啄开了蛋壳，身子还在里面挣扎，金子把其余的蛋壳剥了，这个事本来是大鹅做的，它会拿嘴啄蛋壳，让小鹅快点出来。

出壳的小鹅放在纸壳里，下面垫了棉布，金子还在棉布下放了一只暖宝宝，上面又盖了一层布。小知知第一次看见小鹅从蛋壳出来，我把毛茸茸的小鹅放她手上，她捧着不敢动，不知道该怎么面对这个小生命。三只小鹅在我书房过了一夜，第二天还给了大鹅。

我妈像放牧那三只鹅一样，照顾大鹅和三只小鹅，白天放出来吃草，晚上吆到鸡房。它们一天一个样子地在长，可能小鹅也感到自己出生得有些晚，秋天已经来了，得抓紧时间吃草长身体，尽快长出能御寒的羽毛来。到了冬天，它们要跟大鹅一起，光着脚丫子在冰雪中走，靠自己的羽毛度过寒冷长夜。

大 雪

大雪下了一天一夜。好多树枝被雪压断。昨天还遍地的青草，一夜间被雪埋没。除了大白鹅，其他的鹅都没经过冬天，不知道它们看见这么大的雪，会不会惊慌。雪下得太突然，树都没落叶子，落了一地的苹果没顾上捡拾，几棵桃树和葡萄藤也没顾上埋住。人和草木都没准备好，冬天就来了。

好在三只小鹅已经长到半大，长出了厚厚的绒毛，和先长大的三只鹅一起放在果园。刚放进去时，那三只大鹅追着小鹅跑，可能是想亲热小鹅，大白鹅跟在后面护。没几天它们便亲热如一家了。

我在三楼的书房时常听见鹅的叫声，它们在果园边的绿草地上练习飞翔。我下楼在木栏杆门外探头看，它们展开翅膀，“鹅鹅”高叫着，朝南跑到篱笆墙边，又折头跑回来。跑前面的是三只新长大的鹅，大白鹅和它的三个孩子跟在后面。大白鹅已经三岁了，早已知道自己飞不起来，但还是展开翅膀跟着做飞的动作。两只小鹅似乎相信自己能飞起来，翅膀举得高高，爪子一下一下离开地。见我在木栏门外看，都收住膀子，像是怕我看见它们练习飞翔似的。

我推开栏杆门进去时，鹅全围过来，见我两手空空又停下来。

给鹅喂食是金子的事。她每天早上端半盆麦子喂鹅吃。鹅和鸡的食都是金子在村民家买的。下大雪的前一天，金子听说玉米要涨价，叫上厨师柳荣贵去六队买了七麻袋苞米，又开车到乡上工厂粉碎了，码在库房。到冬天没有骨头可啃的狗和猫，都得吃开水烫的苞米棒子。鹅也吃。但鹅似乎更喜欢吃麦子。或许更喜欢吃草。但草突然被雪埋了。给鹅的麦子每天都剩下一些。或是鹅的嘴没办法将盆里的麦粒吃干净。金子天黑前把鹅吃剩的麦子端回来，她说留下全让老鼠偷吃了。果园北边是苜蓿地，西边山梁后面是麦地，我散步时看见好多老鼠新打的洞。地里没吃的了，老鼠开始往人家里跑。我们院子的两只猫都生了小猫，母猫每天出去捉老鼠来喂小猫。即使这样，也阻不住老鼠往院子跑。去年冬天喂鹅的苞谷棒子，喂肥了两只大老鼠，它们钻在柴垛下面，猫捉不住，晚上出来偷我们喂鹅的食。好久再没看见那两只老鼠，可能被猫捉吃了。也可能过了一个冬天和春天夏天，它们静悄悄地老死了。

说到老，又想起已经三岁的大白鹅，它算是年老了吧。这个冬天尽管有六只鹅陪它一起过，每只鹅都要担受自己的寒冷，肚子下的绒毛只够捂住自己的爪子，怕冻的嘴只能塞进自己的羽毛里。但它们会挤在一起。会有七个嗓门的大叫声，响在阳光明亮的书院上空。至少，它们不会太寂寞。

选自《湘江文艺》2022 年第 4 期

青　刺

杨献平

满山的板栗树，统共没几年，就完全性地遮蔽或者说取代了原先的荒坡，即是我小时放过羊的，堆满乱石，土质坚硬的后山坡，也都绿叶婆娑，三四年树龄板栗树一棵棵开枝散叶，覆满了整个南太行乡野。大致十多年前，板栗树也有，但多是村里先人们栽种和嫁接的，多数大致有水缸那么粗，有的需要两个人合抱。现在，新的板栗树崛起之后，老的板栗树多数在时间中阵亡了，它们的枝干被村人砍了拿回家去，做了柴火，烧饭吃了。

村人说，从前，相邻的邢台县农村多数种植板栗树，一年下来，平均每户能卖到十几万块钱。这在偏僻的南太行乡村，当然是一笔可观的收入。再后来，我们这边的农村也被“封山育林”，一时之间，先前在山坡或者河边低吼的黄牛，以及登山如履平地的黑山羊彻底没了影踪。次年夏天，因牛羊翻来覆去啃食而有些光秃的山坡绿草葳蕤，黄荆的嫩枝条蹿起一人多高，屡屡被羊的牙齿啃得浑身斑白的洋槐树也逃脱了有史以来的灾难，进而嫩枝横生，不断伸向各个方向。

我们家背后的山坡上也是板栗树，是父亲还在世时候，买的树苗种的，嫁接之后，很快就结果了。板栗树春天生叶子，然后开花，花状呈长条形，犹如加长版的毛毛虫，一根根地悬挂在边刃上长着尖刺的叶子中间。板栗树的叶子，犹如刚出生婴儿的手掌，初生颜色暖黄，既而清脆，至秋季，则蓝得发黑。一条条的板栗花，犹如好看的金黄色的门帘，挡住了树叶和树叶之间的某些缝隙。大约十多天后，板栗花枯萎、变短、萎缩，有的直接掉落，有的则会一直待在原处，与新生的浑身长满绿刺的板栗果纠结在一起。

板栗这种果实，大抵是我们南太行所有树种里面最有自我保护意识的，也是最具备抵抗外力侵袭能力的，此外，就是著名的漆树和核桃树。其他的树木，都是较为温和的，也是极其擅长逆来顺受与随遇而安的。就像几千年来的，我们的祖先，一直到父母这一代。树木乃至其他的生灵，大抵也是地域性极强的产物，同时也和当地的人，性情、脾气、观念、意识和文化缝隙有着紧密，甚至相互构成与催发的关系。

每次在春夏秋时节回去，整个南太行的茂密与青翠，总是令人想起“仙境”或者生态极其良好的地方。当然，从生态角度看，矿产资源较少的北方乡村，相对于其附近的大小城市，自然环境的完整度还是相当可观的，当然也是周边大小城市人群周末和节假日寻求放松的、就近的消闲去处和旅游资源。据村人说，这些年来，有不少离退休的城里人，不断地返回到乡村，专门寻找那些带有土炕的旧了的石头房子，租下来居住，至冬天方才返回。因此，多数人家看起来被绿苔和荒草侵袭的老房子大都还在。有的人家，还在老房子前后种植了板栗、苹果、山楂、柿子、核桃、樱桃、杏子、梨、桃等树种，一来不使得空间闲置，二来还可以多一些吃的。要是有人租住的话，也是一道风景，为乡村的田园意味又增加了一层色彩。

站在我家背后的山岭上，环望四野，起伏奔走的各道山冈的阴面和阳面，大都是一片片的板栗树林，即使没有路的后山之中，生硬的岩石之间，也都长着板栗树。其中，村里有一位堂哥，与我父亲年岁差不多，许多年以来，以后山为家，毕十多年之功，硬是将先前犬牙次互、岩石深嵌、碎石成堆的山坡修成了一片大的板栗树林，并且，春夏时节，还在板栗树林中点种了玉米、芝麻、黄豆、花生等农作物，一年下来，板栗树和玉米、豆类等，都能收获几千上万斤，卖几万块钱。这也是一种不错的生活。在这位堂哥身上，我看到的是人定胜天的“奋斗”精神，也觉得，他于荒山野岭之间不间断的农业劳作，也是一种有意思的晚年生活，既劳动锻炼身体，又可以在这几无人迹的山里，获得一份心灵上的安静。

可我挺反对这样的，南太行乡村，几十上百座自然村，家家户户都在栽种板栗树，挖掉原先的黄荆和酸枣树，也将原生的野草驱逐干净了，尽管板栗树一年年长大，根部向着黑暗而坚硬的地下不断扩张，树冠乘着日光和风，吮吸着大地的琼浆，朝着四面八方拓展，也努力接近青天。但自然本是多样性的，板栗树的板栗能卖钱，人们便都偏爱这一种，以至于每一片板栗树林之外，其他树种皆是异类，如洋槐树、楸子树、酸枣树、黄荆等等，一旦接近板栗树，无一不遭到人们的斩草除根式的彻底驱除。早年间，母亲在院子东边种了一些毛竹，不几年时间，这南方普遍的植物，竟然蔓延了整个北方的山冈，其色四季苍翠，成群的细竹根根峭立，以柔软而强大的姿态，为我们家带来了一道别致的风景。有几次，母亲居然把那些竹子砍掉和挖掉了一些，说是要种板栗树。我听说后，坚决制止。说，这多好啊，板栗树很多，可是竹子，在咱们南太行，这还是独一家呢！

母亲这才答应，再也不砍竹子了。每次回去，站在板栗树之外的竹林里，恍然置身于另一个地域，竹叶尖尖，犹如匕首，质地也相对坚硬，相互摩擦的声音，有一种飒飒的清爽之感。我这才觉得，苏东坡“宁可食无肉，不可居无竹”的真正况味。

到了夏天，先前犹如线团的板栗越来越大，浑身的青刺，向着所有来犯之敌，哪怕是狂风，也难以吹到它们的内心。板栗生长的状态，像极了所有哺乳动物的怀孕过程，在胎儿尚未足月之前，任何外界的干扰和可能的伤害都被母亲遮挡了。农历六月和七月初，板栗持续膨大，摘下来，用石头或者锤子砸开，里面的果仁就有些饱满了，表皮正在变黑，内仁洁白而微微泛黄，吃起来清脆，但没有甜味。

果子还没熟，人为地中断它们的发育，有些残忍和暴殄天物的感觉。到农历八月底九月初，风忽然凉下来的时候，大地也跟着降低了自身的温度，整个南太行乡野，瞬间就觉得了时节轮回的那种不容置疑的强大张力。这时候，板栗树的叶子也开始老化，大地停止了对它们的营养供应，板栗树本身，也像是一个鞠躬尽瘁的忠心之人，知道自己的使命差不多完成了，便开始迅速衰败下来。

日光是最好的抚慰，也是最犀利的剥开。不几天时间，原先全身布满铁栅栏的板栗纷纷打开了自己的城门，里面的板栗果仁露出了它们浑圆或者弯月形的身材，并且在不断的日月轮换之中，嫩嫩的皮衣开始变黑，而板栗外壳，也开始张大，萎缩，果实在一夜之间，就代替了板栗树和板栗外衣在天地之间的现实生活。为了防止板栗自己掉下来，人们拿了长杆，提着黄荆编制的各种篮子，站在板栗树下，采摘秋天的果实。如此几天，板栗们便都成了人们的战利品，被放在院子里，然后被剥开，放在日光下晾晒，再或者，直接卖给收购的人，进而被运到更远的地方，一颗颗地进入不同的嘴里和人体。

我从重修于明万历年间的《沙河县志》上看到，明、清两朝，我们南太行的板栗，也是贡品之一。这里的水土适宜，板栗仁儿越放越甜，虽个头不算很大，但饱满度，还是可以的，大的如青李子，小的也有一般瓶盖模样。李时珍《本草纲目》说“咸、温、无毒。主治腰脚无力，小儿口疮、鼻血不止”等。母亲说，这些年，村里板栗种植多的人家，遇到好的行情，一年也可以卖十多万，最少的，差不多三四万。要是果真如此的话，这一带乡村人们的温饱问题算是解决了。可这些年以来，南太行乡村一带的气候也有了明显的变化，一是春夏干旱，秋冬无雪的现象越来越多，甚至连续三四年都是这般，以至于先前的小河已经全部断流，泉水干涸；二是夏天的雷电越来越低，有几次，击穿了处于村子旁边的电线杆，目击者称，当时，电线杆浑身通红，他们打比方说，犹如孙悟空的金箍棒；三是遍地栽种板栗树之后，其周边的荆棘和杂草全部被清除，多数山坡裸露，犹如一块块的癜癣，猛然暴雨之中泥沙随水下奔，水土流失严重。

利弊总是缠绕着世间万物，自然界也不例外。就像板栗外壳遍布的青刺，既是母亲般的保护和防御，也是拒绝其他事物靠近的武器。人们热爱的，只是板栗的经济价值，从而精心地栽种与呵护。

这其实也不公平，爱板栗而弃其他树种，似乎是对生物多样性的人为破坏。

无论何时，人总是功利的，或许，这种功利是集体性的，因为，在物质和货币的社会层面，凡物都在交换，等价或者差价，次或者好。这也不能够怪任何人。每次回到南太行乡村，闲暇时候爬山，去小时候经常去的地方，重温一下童年少年时候的某些心情与情境，无不与板栗树遭逢，几乎每个角落，都静默着大片的板栗树，挂着果子或者果子稀疏，或者满身青葱，或者光秃凋零。即使村子之外数里的明长城遗址，没人居住的，传说张三丰修行过的和尚山上，也充满了极好辨认的板栗树。有一年夏天，傍晚的时候，趁着落日扑上西边山顶的时刻，坐在板栗树下，山风吹来，凉爽得令人有一种神仙的感觉，满树的绿叶之间，以青刺而全身戒备的板栗摇摇曳曳，那种姿势，令人想到美妙的诗歌，而且是那种充满力量的不朽之作。

选自《文学报》2022 年 12 期，原题《秋天的板栗》

乡间的雨

耿　立

雨对乡村说：我来吧！牛的眼窝就湿润了半圈。

春天雨来时，乡村蹙着身子，谦卑着感恩。夜里半截子蜡烛好像跳了一下烛花，也俯下身子。墨水在孩子的草纸上开始有了绿字。雨感觉自己来晚了，有点惭愧。

雨是乡村的血，关乎着乡村的生死，多了不行，少了不行，黏稠了不行。雨与土地周旋过久，那得有多少春秋。吵吵闹闹，分不清他们是否有契约，是否有成年或数月的分手，当然违约的多是雨们。

记得一个春夜，父亲坐在院子里一张耙地的槐木木耙上，无奈地看着满天的星斗抽烟，又是一年春旱，那些时间，母亲和一些农村的老太张罗求雨。她们迈着裹过的小脚围着碾盘扫碾盘，围着井台扫井台，然后跪在碾盘和井台前，祈求上苍，要上苍给个活路，不要收了这一方人。一冬无雪，一春无雨，瘴疫横行，这村死人，那村病殁，整个乡村都是干燥的，手一碰空气，就哔哔地响。

几个春夜，父亲都呆坐在木耙上，忽然有一天，他说了句：要下雨了。当时还是满天的星星，但父亲说，他摸触到了木耙上的潮气。我也摸一下木耙，却感觉还是干燥的，没有异样。天旱得太久了，我担心父亲的烟头把夜点燃了。父亲忧心忡忡，白天一次次到地头，看那些贫血的麦苗，像后娘奶大的孩子，黄巴巴地干瘦，是一片黄锈，锈在大地上。父亲担心口粮，农夫靠天，大自然一使性子，农人就只能承受，咒骂、祈求，自然还是自然。所谓的顺祝它，那是一种无奈。父亲白天脸色凝重，看着东南方，夜里脸色浓重看着西北方。

就在父亲说要下雨的那天夜里，一场暌违已久的暴雨竟然真的来了，就是从东南来的。

那时的乡村是静的，像不再呼吸，就等着那雨。

一会儿，村子的屋顶和槐树的叶子，就被细碎的雨滴打得噼啪作响。

然后音响加大，好像有一条音带，从天上扯下来，从天庭到泥土。树叶有树叶的响，瓦片有瓦片的响，有的是噗噗声，有的是叮当声，有的是滑音，有的是拖腔，也有红脸，也有青衣。

第二天，父亲和我赶到地里，只一晚上，那些昨天白天还干枯得翻白眼的麦子，叶片不再匍匐在土里，已齐齐地踮起了脚，它们在雨水的怂恿下，都把自己的手举起来，每个手心都写着“真解渴”，到处都是醉了雨的麦子，到处都是蓬勃，像服了速效救心丸，开始横着身子，霸道地把畦埂都占满了，还有的胆大，竟然想走到田中的小路。

这个乡村呢，那些曾经祈雨的母亲嫂子姑姑，那些有儿有女、无儿无女的女人，她们一个村子、一个村子集合串联，她们敲着面盆，敲着铁锅，敲着铲子，敲着斧头，七人一组，围着井台，围着池塘，她们拿着扫帚，竹扫帚、苇子扫帚、高粱秆子扫帚、扫地的扫帚、扫面盆扫面案的扫帚，她们扫啊扫。

扫帚在前面扫，铁盆、铲子、斧头在后面敲，以祈雨为结，串起乡村的敬畏。

梆梆梆，咚咚咚，才才才。每一名女性后面，都是一个家族，是这些女性掌管着生殖，掌管着乡村，是这些女性负责与天庭的沟通。她们的每一根毛发，每一个手指，每一个眼皮，还有每一句祷词，都用来与雨联络。

直到最后行走在雨幕里。

雨给了乡村以生气，以润以滋，为旱做润，雨之大德。没有雨水的地方，只能是沙漠和荒芜，虽然雨时有脾气，忽大了或忽小了，给土地和人们以灾难以悲喜，但什么生物没有利弊？福兮祸兮，总是一半天使一半魔鬼，你如何顺遂她，早做打算，摸透她的脾性，不管怎样，人要和雨水、土地纠缠一辈子，这是命定的，雨水可以离开你，你却离不开雨水。

农人就如一粒种，一辈一辈被雨水滋养萌发，爷也好，父也好，子也好，生于斯，死于斯。我心中一直有个疑问，如果问父亲一辈子经历过多少次雨，就像问父亲一生握过多少铁锨的木柄，头戴过多少草帽和斗笠蓑衣。但问他记忆中哪次雨给他留下了悲怆，他可能会把端起的酒盅慢慢放下，痛苦会攒击他的神经。虽然那时我没有记忆，但在我一生中，有那段的年轮，如果把我的记忆横断剖面，应该是那年的秋雨。

那年的秋，傻瓜一样的雨落在鲁西南平原整整四十七天，瓮里没米，灶下无柴，高龄的孕妇母亲待产，我的落生并没有给这个只有两间土屋的农家带来添丁的喜悦，父亲为给做产妇的母亲弄两斤小米温补身子，央求着，委屈着，雨声中，他向生产队里当家的人跪下，当着众乡邻，屈辱地喊出了一声“爹”，但生活的冷漠拒绝了这个农民，秋雨季节里早已没有了雷声，但他喉咙里像是有雷轰鸣，重浊地从肺腑爆出，季节目睹了这雷带来的水，父亲的脸颊黏糊着汹涌的水，夹杂着枯叶泥土，如黄土墙上的漏痕，他不愿再无尊严地活着，他已经把命给了儿子，一瓶药一根绳一眼井即可让我替他活，他想从生活里逃窜，倒净这黄连一样黏稠的胆液，但生活还没折磨够他，命运怎么能放他走，在雨中，在生产队新修的机井旁，他被人从井口拽着大腿救下了，回到家，这个纯种的农民跪在地上，裂开棉裤一样的嘴巴，呜咽着，在自己的两间土屋前毫无尊严地悲怆地哭起来，他爬着，像一只动物，从门口爬向里屋，直到产妇的床前，他男儿的膝盖下并没有黄金，他站不起来。

我知道，我的灵魂一直沤在那年的雨水中和父亲的下跪中。虽然，后来，我喜欢听雨，也许是幼年的雨锻冶了我敏感的神经和听觉。对雨总是从美德的伦理一面看，觉得她给这个世界和人生营造了一种文化肌理和氛围。

雨给人以力，有时又给人以朦胧感，好像为人拉下了一道帘子，遮蔽了隐私。

是雨成就了池塘河流，也成就了湖泊江洋，雨水是免费的，人要学会感恩才行。不是在祈雨的时日，而应该在一定的节气备下香烛醴酒祝词敬礼才好。殷墟出土的甲骨上面有卜辞《四方雨》：“今日雨，其自西来雨，其自东来雨，其自北来雨，其自南来雨。”那时我们的祖先对雨也一定是虔敬的，也像我乡间的母亲们姑姑们嫂子们祈雨时，对着池塘和井口椎心泣血地祷告：

雨从草垛来，雨从池塘来，雨从大路来，雨从东乡来，雨从王庄来。

最后那些女人们哭起来，哀求雨神别把这一方的人收走啊，给这一方的人留一条活路啊。

这个时候，你才体会出这个乡村内里的生的艰困与脆弱，其实这才是“乡愁”，这才是乡村的真实神经，真实的现场，在这些祷词里，你才看出那些平时遮蔽不彰，处于土地暗处故乡暗处的声音，这些声音，是这片泥土的嘶喊。

从此，我再不敢把雨看作乡村的打击乐，雨在屋瓦上扑的一声，那蓝色的瓦，就是乡间的被褥，覆盖着父老，我想把这雨看作这土地的唢呐调，那唢呐的音长，变成了屋檐滴水的滴答，然后是瀑布想填平地上所有的沟壑和深渊。雨在大地上奔跑，挪步，打滑，趺跤，四脚朝天，想使草垛上那些干枯的草再度受孕，变得发青。确实，雨是有某些挑逗性，把乡间的隐秘弄了出来，古人早就挑明了，把交媾之事说成云雨，云雨是天地的交合，是孕育新的生命，云雨后，就是变化就是生长，只要下三天雨，即使只一天，那土地和庄稼就是别样的成色。

我喜欢那些蓑衣穿行在雨中的情景，特别是黑夜，穿着蓑衣，如刺猬，如蝙蝠的外罩，蓑衣对农人来说，是如手足的兄弟，可以披，可以坐卧取暖，用高粱叶子编织的蓑衣，有着庄稼的体温和味道，穿上它在雨里制造了一种特别的氛围。我想到父亲雨夜归来，如一个鸟，在推开门的时候，翅膀收束了。父亲在地里护秋，当时是深秋，外面很冷，父亲进屋，从蓑衣下拿出一个烤地瓜，他说在护秋的窝棚里，几个人为了取暖，弄些酒喝，没有菜肴，就烤地瓜，到下半夜换班，父亲就把一个地瓜捎给我，那时的我也想拥有一件蓑衣，如鸟的翅膀的蓑衣，也能在庵子里烤地瓜，轮到我喝酒，我也会像大人一样，抓着小酒壶晃一晃，然后再仰脖把酒倒进喉咙，那才真的是乐不思蜀的架势，是一种啸傲江湖，是一种杯酒释兵权后解甲归田的安逸，那蓑衣，就权当一副高粱制作的铠甲吧，那是回家的行囊啊。

我知道，在雨中，很多的鸟卧在巢里，等待着把湿透的羽毛晾干。

选自《满族文学》2022 年第 1 期

河曲格物

蒋　蓝

黄河第一弯的鹭鸟

寻着一条木栈道而前，黄河第一弯就在眼前，安静，阔达，一派天真。空气里有淡淡的牦牛粪味，对于藏区而言，这是福至心灵的好兆头。

天空的云或开花或簇拥，棋盘花一般耸立，在暴突与内敛之间，与野菊花、绿绒蒿、贴地杜鹃一起，云又迅疾变成了云河。云河倒映河中，忽而长出怪石，忽而变出愤怒的牛群，悄然间又演变为一头静立的藏獒……

宽广的滩涂上没有树林，云的影子覆盖黄河两岸。事物的阴影总是比本身显得更伟岸，但河道静水深流，毫无波澜。所以我面对一个事物以及印象，总是力求摆脱其阴影，渴望抵达事物本身，这成为一项异常困难的工作。因为对于不少事物而言，阴影就是其必不可少的构成，甚至是其骨骼成分。毫无疑问，影子是云朵的一部分，情同手足，影子还经常可以抵达手足无法触及的高巅和彼岸，影子一直具有马前卒本色。尽管影子知道得太多，有时会泄露出一些秘密。一旦曝光了，秘密就会缄默如初。影子比情侣更可靠，直到有一天，它在河流回流之时，也蜷缩在河流身边，镶出了一道光的蕾丝！

这是世界最大的高原泥炭沼泽湿地草原，近年治理各类沙化草原达 40 万亩，恢复草地、湿地 35 万余亩，河道清淤 95 公里，单是野生鸟类就有 13 目 28 科 137 种。加上特殊的地缘，若尔盖湿地一直是鸟类迁徙之路上的“驿站”。黄河或直或弯在草原上肆意游走，搁走风月，看似随心所欲，实在又暗含天道安排。河曲如带，让我想起了“绿腰”一词。黄昏的大风之下，水浪乍起，一波波颈肩相连，在远处用脊背将天际线拱出了一道镀银的力弧。上百只白鹭起起落落，与河畔飘飞的草叶相互穿插，大有黄金伴碎银共舞的美感。

古蜀时期，生活在这一带的古羌人、吐蕃人，便以鹰凫为图腾。对“凫”的理解不必拘泥，凫在先秦时乃是包括了野鸭在内的水鸟名称，为“凫属”，可知凫也包括了黑颈鹤、白鹳、白鹭、高原鸳鸯、野鸭等在内。然而凫在先秦时又是凤凰的别名。可见凫鹭不仅是实有的寻常水鸟，也是神鸟之别称。

白鹭有很多种，若尔盖湿地分布的多是小白鹭。最为明显的标志，在于它们在繁殖期都会变得出众，除了身上有繁殖羽，它们脑后还会长出一根或两根长长的饰羽，长度可达五六寸，形成了小白鹭的标志性造型，这可以成为白居易诗“何故水边双白鹭，无愁头上亦垂丝”的注脚。仔细观察鹭鸟的飞行姿势，双腿长拖于身后，爪岔开，这与成都金沙遗址出土的“太阳神鸟”的造型完全一致！

黄昏时分，是九曲黄河水面最为恬静的时刻。鸟儿均忙于生计，羽翅把水面豁然打开。从山巅倾泻而来的夕光，开始在丝绸的水面聚集，接着淌金。白鹭忽闪着翅膀栖息下来，水墨画一样的简净淡雅。很多白鹭立在水边长久冥思，成了隐士们的榜样。在它们的身边，没有了穿行千年的扁舟，似乎是一大遗憾。但远处的一束束灯火，逐渐放大了白鹭梦一般的体形。我不但目睹了杜甫的白鹭，也看清了李白的白鹭，而刘禹锡的白鹭与白居易的白鹭彼此交错而飞，在历史的水面撒下了365天的樱花、报春与细雪……

在人迹罕至的水边，刚刚出水的小鹭鸟白得发亮，蜷一足，栖立于泥滩上，所谓“独钓江涛”，就显示了它们的狡黠。游鱼与鹭鸟，在沉默中成了一组吊诡的命题，鹭鸟与游鱼就仿佛彼此守望的银锭。在夏季，白鹭的体羽几乎是白云凝聚而成，双翅却带一点微黄，如同从一团白铁里抽出来的利刃。大多数水鸟的尾脂腺能分泌油脂，它们把油脂涂在羽毛上来防水。鸬鹚缺少尾脂腺，它们的羽毛防水性差，身体很容易被水浸湿，不能长时间地潜水。白鹭之翼极为狭长，脚上有蹼，后弓明显，翼面在腕处折屈，善鼓翼欲飞，喜欢在水域低空以短距离滑翔。在每次入水被浸透以后，它们要站在岸边晒太阳，待羽毛晾干之后，才回到水下。

当地有一个说法，说有黑颈鹤的地方就是环境好的地方。每年 3 月黑颈鹤就会回若尔盖繁衍生息，11 月底前再飞去温暖的地方。这一带尽管拥有上千只黑颈鹤，成为摄影家们镜头追逐的主要目标，但起起落落的白鹭，用众声喧哗的方式，奋力宣告了它们的实力。

深秋时节，黄河第一弯的鹭鸟自然要南迁，临走之际，它们仍然在逆风里打开精瘦的身体，仿佛“骑帚飞行”的神话。在河边，我看到它们飞上几十个来回也一无所获，也许饥饿刺激了它们斗争到底的欲望，就像一架韧性十足的反潜机，终于在力竭之际命中了水下的猎物……

而更多的时候，我见到的鹭鸟，往往都收刀敛卦曲着脖子，金鸡独立，仿佛一把休息的弯刀，这种策略拯救了它们的性命。周围是自由的风，流动的水，高敞的天空，无边落木萧萧下，它们被某种大限系住了脖颈。白鹭懒得抬头，梦在水里融化，宛如破水的刀。但刀在水里，就像被水折断了一般。白鹭不但构成了一个湿地的生态之梦，更让我发现，自由与自在，均在振翮与收翅之间悄然收纳。

高原多雨，突然遇雨是常事，我只能在河边加快脚步。雨落在额头上，雨落在脸颊上，会由此发现让自己最能感怀的记忆，一般而言均是湿润的。高原是雨淋在身上，还有一股旷野的暗香。在一个汁液四溅、四季花木扶疏的大湿地，置身于白鹭的叫喊声里，在白鹭的蓑羽与白翅搅动的气流之间，总有四起的蒙蒙雾气自历史深处滚滚吹来……

遥想杜甫当年在成都泛舟摩诃池，就写下《晚秋陪严郑公摩诃池泛舟》:“湍驶风醒酒，船回雾起堤。高城秋自落，杂树晚相迷。坐触鸳鸯起，巢倾翡翠低。莫须惊白鹭，为伴宿清溪。”诗音低徊，犹如自己对自己的影子喃喃自语。而有“小东坡”之誉的宋代眉州诗人唐庚，其诗学苏轼，遭际也与苏轼有些相似。贬居惠州期间他写有《白鹭》一诗，他从白鹭里看到的却是重重危机:“说与门前白鹭群，也宜从此断知闻。诸君有意除钩党，甲乙推求恐到君。”所谓相由心生，景由心造，果然！

一回头，见到几只白鹭飞到了黄昏的高处，羽毛反射着倒映于水的亮光，看上去像一朵朵暗花。

乌鸦的聚会

郎木寺是一个地名，它包括甘南藏族自治州碌曲县下辖的郎木寺镇和四川省若尔盖县红星乡下辖的郎木寺村。白龙江从郎木寺穿过，同时它也是甘肃省和四川省的界河。但郎木寺的街头，确有四川、甘肃的省界，立一小块不起眼的说明牌，省界就是道路上两种不同的水泥路面：旧的地面段属于甘肃，新一点的地面段属于四川。一脚跨两省，此话不虚。在白龙江边的一个三岔路口，我见到一大群乌鸦和喜鹊，相安无事。体形特别大、鼻孔里明显长着毛的是渡鸦，身上黑灰相间的是达乌里寒鸦，还有体形比较正常的小嘴乌鸦，称得上是鸦科鸟类大聚会了。人们称的“鹊”其实不过是长尾巴的乌鸦而已。

从山脚的白龙江到郎木寺大峡谷一线乌鸦很多，从海拔 2500 米到 3000 多米，成了乌鸦的领地。据村民说，它们张大了翅膀也可以变老鹰。我记得去年冬季来的时候，早晨推开堵门的积雪而出，全是大雾，突然一阵大风把云吹开，看见了密密麻麻的雪山，雪并不厚，与高挺、黝黑的杉树相映衬，宛如国画里披麻皴的笔触。一群乌鸦嘎嘎叫嚷而过，很快，大雾又群起，笼罩了全部山水。这是我看到过的最壮观的藏地冬景。

乌鸦群飞，一如思想的哗变，将云气扰乱，但云气很快又停息于冷杉之上。我没有见过一只黑鸦独飞的场景。

乌鸦是聪明的，它们一般聚集在寺庙附近，那一带的乌鸦体形都比较大。凡是听见乌鸦交错而起的长鸣，肯定有寺庙隐身于林涛之间。比如在大峡谷的一个修道山洞附近，那里乌鸦叫得很得意。而乌鸦再次飞临，距离白龙江的源头也不远了。而山腰之上，则成了乌鸦麇集之地。

这些乌鸦早成为经堂、村民堂屋的常客，出入为常，毫无诧异。

可以发现，这一带往往是鸦噪于前，寺院钟鸣于后，奏出一章古意苍茫的高地晨曲。待晨光尽现，乌鸦们也陆陆续续飞往四面八方，飞向附近的乡村，分兵活动，它们仗着势众，经常超低空飞行，甚至擦头而过，翅膀扇起一阵风，“呼呼”掠过，所谓“乌云罩顶”，老百姓避之不及。偶尔会屙屎在行人头上或肩上！有时几只、十几只乌鸦飞落田头，尾随在农民犁田的犁耙后面，追逐啄食着新翻起的良田里的各种昆虫。到了黄昏时分，有些乌鸦会停驻于牦牛背上……

律藏中说：“比丘日升起，乌鸦出叫声，农夫耕田地，猩猩皆啼哭，是故当精勤。”太阳升起是指佛出现于世间；乌鸦出叫声是指讲经说法的上师善知识宣说正法；农夫耕田地表示具有福德的施主涌现；猩猩皆啼哭之类为上人不欢。

有一个牵马的人说，这里偶尔有雪鸦出没。其实，雪鸦、白乌是非常珍稀的鸟类变异现象。山里人说要百年才会出一只，能够看见的人都是有福气的人。想着想着，突然一只灰白色的飞影从我眼前划过，是不是一只白乌鸦呢?！它干叫着，倏地在空中融化……也许是我眼花了。

我不反对一个人渴望成为雄鹰之辈。只是觉得乌鸦就是自己的榜样。只是不要像大峡谷里的白头乌鸦那样。要黑，黑成一块炭，并且拒绝燃烧。

在一个十分缺乏甘露的过往岁月，我既不需百般辛勤、花费资财，也无须患得患失，当能够将乌鸦的聒噪化为一道白龙江飞泻而下的水声，就不枉乌鸦的苦鸣了。

选自《当代人》2022 年第 5 期

菜籽沟笔记

刘予儿

一、这时

白杨树干顶到天角的枯叶咔嚓咔嚓响着，干瘦干瘦的。在冷风中，咬着一种声调，在房檐和天空之间传送着，不高不低。从一棵树到下一棵树，从一幢院子到另一幢院子，绕过地上的路——路和天空一样没用——将村庄的檩子、横梁、墙壁打透了。一根纫进心脏的弦子，还在抖着痛。斗大的月亮在那后面，亮得不像是真的，仿佛隔着海水。晃来晃去。

二、夜色变大了

夜色中，那些在白日里显得伟岸的事物，全都变得不起眼了。博格达峰也显得如一顶旧僧帽。夜晚原来比白昼要大。白天是一件紧窄的袄，裹挟了太多的人和事物。看什么都大，都了不得。而黑夜是缩形衣，因为模糊了所有事物的边界，所以什么都显得小了，什么都不要紧了。

荒原就是一块冰凉的烙铁，劳作暂时离开了那里。连土里的小虫子和一切微小的生物都要睡着了。山也变得小了，变成了枕边的桌儿。村庄也变小了，变得脆弱和神秘，仿佛一个含糊的梦。梦里，含着婴儿噙着母亲乳头的呓语。村子里每一声的响动，都如洪涛巨浪，要把村庄掀翻了。夜再犁一遍。把那些枯枝败叶犁去，把那些陈年往事也抹进同一片土中，为死亡腾开道路，为又一次新生腾开道路。

三、松枝被松鸦叫断了

那天，我听到松鸦一只只飞过，急叫着，在太阳光下。樟子松的松枝上落满了前夜下的雪。松鸦从远处的山林中飞来，飞得很低，叫得也很低。其中一只掠着松枝飞过，咔嚓一声，最上头的一枝松枝斜斜地折断了。于是，它无辜地飞走了。我知道，松树的枝条不是被雪压断的，而是被松鸦叫断的，她一点一点被叫声压弯下来，最后一只松鸦的叫声终于像一棵稻草，把她压断了。我保留着这个秘密。干净的雪闪着银光，还在倒下的松枝上头。

四、住在村口的第一户人家

我一直都想走到沟口，沟口的梁上坡下，散散地住着一两户人家。他们是进入菜籽沟村的首户。沟口的路朝北面敞开，从那里可以到达乡里、镇里、县里和大都市里。我们每次进村，都要经过那几户不知姓名的人家。春天，那片原野最早被春风吹遍，秋天那里的麦子最先被割倒，露出被太阳晒黄的土崖。但我从没有走到那里，走到无名的第一户人家的院落前，问问他们的收成和境况。有几次，我搭毛驴车、皮卡车，甚至走到了只剩一截路的地方，但终究没有到达。夏天，许多游客涌进沟里，大巴车小汽车一直通到沟沟岔岔的最深处，通到天山松林连片的地方，把住在最后面人家的鸡羊买走。但没有一个人停在村口，没有一个人走近那无名的第一户人家。世上最短的路往往是最长的，可能你一生也走不到。有时，我去村里别的人家，会朝那个方向望一眼，白天，车声和来往的人马声，像尘土一样落在他们的房墙和院子里。夜里，沉重的黑从那里淌进村庄的梦中。在那沟口上，有着最荒凉的岁月。

五、落在雪之外的声音

每当又落一场雪，看院子的老爷子就会哎上一声，然后拿起推雪扫雪的工具，走到院子里，先把通向大门场院里的雪扫干净，再把一条条走向各个房间的路清扫出来。

山前的雪其实是不冷的，尤其是出太阳的时候。山上泛着蓝紫色的瓷光，近处沙雪的每一粒缝隙里都闪着太阳的梦，偷懒的人就打着呵欠，走到银闪闪的雪里去。

一场雪就改变了世界。道路被雪一截截地吞进去，路上的踪迹也被一截截吞没了，雪轻而易举就抹去了历史。

那些埋在雪中的记忆却更加静穆了。它等着各个人去认领。

世界被雪反刍，又重新吐出来。但一些声音却远远地落在了雪之外。扫雪的声音响起在房门外，总是不知道昨夜又落了一场雪。雪是在梦里落下来的。没有声音，却漫山遍野。于是早晨，在山里落雪的时候，早饭前，或者早饭后，我们也陆续加入扫雪的声音中去。这是从孩子起就有的声音记忆，并没有什么特殊之处。

可是，那天早晨，从各个小径上响起的扫雪声，突然就停止了。雪铲推雪的声音，和铁锨铲雪的声音，甚至夹杂着的短促的剁冰声都消失了，溜走了，仿佛被突然打断，退回到各个房门后面。退回到纸一样的天空后面。老爷子通常在扫过一会儿雪后，就会将皮袄解开，披在肩膀上。阳光开始在房顶和树梢上一闪一闪，像一只松鼠般跳跃着，直到落在台阶的低处。阴影的额头徘徊在那里。于是，他索性脱去了皮袄，搭在树杈或台阶上，摸出一支烟来，口鼻中呵着热气，活动一下酸痛的膀子。扫这么大的院子，实在有些难为这把年岁，该歇一歇了。

扫雪声的停止，好像在提醒什么。我听到，世界又悬在雪中不动了，但这已经不是一个被完全包裹的世界了。院子里的黑狗有点慌乱地吠了一两声，雪统一了形象，而声音破坏了形象。拧开水管子时哗哗的水声，是来自界线以外的声音。半夜暖气管中喧响着的热水循环的声音，总让我觉得特别安心。尤其那时心中有所思念。而内心的声音只有这样的大雪才能听清。

灵魂的声音是否也被一场雪埋没了，落在别处？在扫雪声中断后，我坐在屋里，伸长耳朵，听着落在大雪之外的声音，一粒一粒从干净的天空中落回来。

雪让我们外部的声音停止了侵略。

我蹚过雪地，走过雪中的小径。像住在寂寞地方的牧人拍打毡子那样，把棉衣脱下在雪地上捶打着。我不希望这个世界那么快被重新吐出来。雪野现在是一面空镜子，张开的狗嘴映在上面，一两株枯草的倒影，和我孤独的长长的影子，都映在上面。原来是旱田的山陵上，白皑皑的，一棵榆树下面拥着吞吃残叶的一群羊的影子，雪没有办法将它们也反刍进去。那只老羊望几眼人，继续咀嚼着。而羊群中新生的小羊，则久久地望着我，好像我是另一场陌生的雪。

十二、刘爷爷

吃饭时，101岁的刘爷爷，穿着大红的元宝褂子坐在他常坐的位置：面向窗口的一把带垫子的靠背椅上。那是家里的上座。他慢慢地喝着米粥，我们间或说着几句话，也没有听到他发出的声音。老爷爷面前是一小碟他喜欢吃的带鱼，另有一小碗卤鸡肉。去夏晾干的野菜包成的丸子大的包子，盛在盘子里。刘爷爷搛起一块带鱼，细细地咬下边上的肉，一旁的孙女说：爷爷小心刺。老爷爷不抬眼睛，两边的耳朵也像元宝山。我还没有喝完一碗粥，爷爷面前的小瓷碟里，已剩下一架干干净净的鱼骨。我惭愧，吃鱼都没有老爷爷吃得那样干净。爷爷手里始终捏一面纸巾，饭吃过，碗边桌上连一粒饭渣子也不见。问到少年时与大小姐的情事，有失分寸的话一句也不说。旁边耳背的七十来岁的儿子大声提醒：是瓜子脸，乌油油的大辫子哦。老爷爷只是眯眯地笑，一边摇着头，仿佛顽皮的少年。

老爷爷一辈子清淡自律，豁达待人。如是干净到老。

我趴在他耳边问他那些往事，老爷爷总是半闭着眼，但那些名字，被极轻极珍重地说出……那个人，就像是活了。那一桩桩的往事，循着他的嗓子在摸索回去。那里，有旧宅子，有一匹老骡子，有七月的冰达坂，有沉重麦穗上弯下去的田野。动荡，隐去又浮现。每个声音都嗡嗡响在空气里，从从前的日子中来。我说我要回去了，老爷爷才正式地看了我一眼。是啊，对眼前真切的现实，他已经有了障眼法。像撇去热汤上的沫子，真滋味要慢慢儿地品。那一双老眼，一点也不浑浊，只是仿佛起雾的湖水。我分明感到，老爷爷在隔着一百年的时光看着我。

十六、进入秋天

午后走入林中，在阳坡上停留，发现万物都在为进入秋天做着准备。草匍匐一夏，倒伏在山中，细雨唰唰洒落上面，油脂样的光亮渐渐离开表面，承受着凉风的摩挲。枯瑟何尝不是一种美。离开大道，在小路上停留。靠山的树木更深地抓紧山体，一口气深深吸进树根，紧束身体，然后恣肆如夜晚的波浪，将死亡仔细纳在那肃穆的颜色中，等待着一次新绿。

灰羽的大鸟滑翔着飞过田野，再高一点越过树梢，最后落在农人旧院落的山墙上。听听电线里的音波，捎两句闲话给云下的那一截天空。

虫子都睡着了，在深黑的土壤里，做一个美梦。不在花朵上叫暑。驴站在墙根，把草坡上高亢的鸣叫往回收一些，早早落些霜，经霜的驴叫会更洪亮。万物都在收敛自己。我和万物一起进入秋天，这样的时候，忍不住会流下泪来。我的邻人说要做一架木轮车，专拉麦草、豆草。秋天，只剩下空空的麦秆戳向天空。秋天要腾空一些东西，做一个更长的梦。

十七、种风景的人

种出风景的人无暇欣赏风景。他们看着摄影家用镜头摄走了麦田、油菜田、豌豆田还不相信这样的美景，真的是经他们粗糙的双手种出的。

他们看画家待在某处，随时光流逝，猎取色彩。把自家歪斜的老屋，自己那头匿在山梁后吃草的任性的小黑驴，画在画布上。感觉有什么东西被无端拿走了。

诗人来了，说他们的耕作是天人合一的咏叹。说麦子是一个个断章，残句。音乐家还没有来，他们会掠走麦田上的风，夺走麦芒的光。

越来越多的人拐进这里，探问消息。田野被撑开了，道路变窄了，收获变成了与他们无关的事。只有夜晚，沿黑色麦田行走的夜晚是他们的，收割后刺痛双眼的麦茬是他们的。他们在大地上劬劳功烈，诗意却总在别处。他们与牧人和羊群一般，同样与土地签订了契约关系，但更多时候，只是土地的佣工，而非土地的主人。但大地上的麦香却永远不会中断。

十九、三月的篱笆

我在篱笆上黑黑地长出一双眼睛来，我的眼睛里满是伤痕。可是，我看得见流云，看得见云上的蓝天，我让清风拂过眼眶，让夜星亮进我的瞳仁里。我快活地大叫，快活地流血，快活地开出木头花。那些三月的嫩芽遍布我的身体。

我在风里一遍遍战栗，头顶上映下一只只过路鸟斗大的影子。我的双脚不移动，我扎根之处便是我的故乡。但我的眼睛已经走遍了世上的路，看进了最深的大地，天空。

二十一、又一场春雨

雨终于落了下来，像是忍久了的眼泪。檐下的雨流成一注，想起“如是我闻，如是我闻……”之语。打落在玻璃房顶上的雨，一点一滴碎开风尘。入污泥而无污。一只大山雀哑哑地叫了一声，从我面前的一个矮枝上弹跳飞去。它在找一处更佳的遮雨处，在夜晚来临前。

每一棵松针尖上都挑着闪闪发亮的露珠，它们是等待发射的箭，射向时间的深处。那里幽暗无比却合成一切。

在厨房做饭时，雨越来越密，像是被风吹毛了，失去了词语和记忆。词语于是落在各处。在篱笆上、在空中、在倒伏之草叶中，成为事物的影子。雨模糊一切影子，一切被唤起的影子都在雨中走动。人的心被雨淋湿，于是沉默着扒拉碗中的饭，沉默地看着窗外，长时间不说一句话。就听耳中的声音。雨，成了天地间最大的声音。村路上不见一个人，连狗都躲回窝里。

猫窝在窗台上，猫眼半乜。似睡非睡。主人随手丢下一块面片，猫懒懒看一眼，脊骨塌软着，从窗台跳下，再不出声吃下。

一场雨让一切安静。我看到白昼撤退，那囚住我们的一些热闹撤退，人间的词语浩浩荡荡，向后退去，连影子也没有留下。

二十四、浆果似的村庄

田园的运化正分根拨叶，不断灌入到一颗颗浆果之中，形成内在的小小的风暴。

经过一座长满果园的村庄，整个村子如同一座孕育多年的浆果之核。作物不知是否年年翻培新土。这里的土也许早就被种熟了。变成了另一种土。杏树果树榆树荫盖住了屋顶，一户户人家嵌进暗香冷玉中。夹持其间是不断的大片的葵花地，迎着凡·高向日葵的油彩质感。玉米地长得一人多高，白杨树苗圃在夏天里生着淡淡的烟雾。七月的田野没有饕餮的哀愁，人和作物都在向前去，是不会弯折的锋刃。

在如此的盛夏，想到林则徐的悲愤：天山万笏耸琼瑶，导我西行伴寂寥。我与灵山相对笑，满头晴雪共难消。相视一笑是永恒的哲学。稼穑成熟，年年如此，它绕过了理想的寂寥。

那个比他来得更早的盛唐诗人骆宾王，想法却是另一个方向。在一千多年前的某天，他骑马打天山的脚下经过，记下自己的心情：忽上天山路，依然想物华。云疑上苑叶，雪似御沟花。他们为人流和山脊开出两条道路。而一种更冷静的审美只属于自然。

也许，走向人群和走向一座山，是早就注定的事。

二十九、梦到菜籽沟

醒来就记住了那个梦。

走着走着，出来几个怪汉子，脸上坑坑洼洼贴着胶条。我不敢出声，只牢牢记得镇街上饭馆女老板说的话，顺着这条路一直往前，莫走偏，就能到月亮地，水磨沟？左右不出这片地方。

我跟着那伙人往前走，好像知道他们也去那里。可是不一会儿，这些人就闪进一条泥巷里，不见了。我踩着雪，拼命沿着最后一点模糊的影子，往前跑。两边的墙都立起来，天是一块瓦泥冻在上面。终于跑出去，前面却是一片矮屋子。门都紧闭着。东一撇西一撇，草都长硬了。我只好往前走。不知道有没有偏了方向，心里着急。山眼见要黑，菜籽沟仍然在无边的荒野里。

又一次梦到菜籽沟。又至将晚。还是急急地在路上赶。下了乡里的车，被一大片桃花林遮住。菜籽沟从来没有桃树的，可是那深色调的粉红不是杏花的粉白，更不是苹果花的晶莹清脆的白，分明是深深浅浅的桃红啊。

我不可能再等一晚，身上又尴尬地没了钱。于是就想在夜色到来前，回到村子里。依稀看见一个邻村的大嫂在桃树林里，便问她，菜籽沟还有多远？回答，没多远，二十分钟路吧。心里稳了一稳神，就拼命跑起来。跑一阵儿，出现了两条岔路，远远地见她把手指指向右边的一条，就消失在桃树林里。我心里庆幸，没有走岔路。

在林中小径连跑带走，眼见桃花昏暗起来。心里着急，这时，路却变得更陡了。上了一条坡梁，梁边上露出一面土院墙。像泡在水里。陡坡上却站着几个人，原来是串亲戚，现在也要趁晚赶回自己村庄的几个婆姨。模糊看见一个圆胖身子蹬着土往下走，一个枯瘦的奶奶却手拄拐杖站在最后。我想看清是不是常打招呼的王家奶奶，却不是。她就在我的身边，几乎是滑下坡去。岁月已经啄去了她身上的多余的血肉，却变得筋骨结实，甚至重返天真了。

她在夜晚浮出的身架线条，多么像桃树枝伸出的艳泽而有韧性的线条。它们托住云雾一般的桃花，那里有无数的道路，无数的可能。

这梦中的譬喻，是这个夜晚唯一清晰的事物。可是，就在此时，月色已经升上来了。

三十、替春天飞翔

风像吹开湖水，吹开花瓣那样，轻抚着我的眼睑和面颊。坐在石板小径弯向北山坡的一面，顺手带来的蒲团放在地上，身后小径分叉通向柴门。而湖蓝色的木门则掩闭着通往山顶的最后一段路。那山顶固守着一种结束。因而成为原点。

离开时，还在担心地想，那蒲团会不会爬满小虫，那是一种有橘红和大红色外壳的小甲虫，它们正在繁忙地交配，或者被一伙蚂蚁家族当成新的制高点，眺望周围的动向。它们看不清一百米外的村路，但却能接收到由风传来的各种讯息、炊烟，动物的足迹和从小四轮上掉落的粪便。

我闭上眼睛，晒着这一日中，这一春中充足的阳光。晒到我的裤管都发烫了。冬天积攒下的寒气和湿气正慢慢溜走。我像草木一般复苏。

有别于灰鸽子的一种小鸟，在我面前的榆树丛中飞起，它扑动翅膀的声音犹如一发连射的子弹。但只要它开口鸣叫，便能听出那声音的沧桑。一只像流浪歌手般的老嗓子。那棵老榆树上还落着几只山雀，也许还有一只乌鸫。它们像树一样风尘仆仆，却在尘土间睁着精灵的眼睛，观察着这凡间。沟里的榆树要比杏树、果树、野蔷薇丛慢些返青。它们粗糙的树皮落上了太多的尘土雨水、小虫腐朽的窠臼、枯枝和光阴的记忆。这些都深入一棵树的悲欢，直到无情。

村庄已经进入了春播期。东面山坡上传来播种机突突突的声音，一听就是上足了机油。山田已经耙过了，这些20世纪就开进村庄的机械，用它们的轮带牢牢地抓住大地，一遍遍从土地上碾压而过。机械的重量全在底部，头颅却空虚着，那里不需要思考。只要上足机油，开动马达就好。因而，它们才能像极少休息的兽类那样，紧紧地咬住土地，完成犁地、播种、收割、粉碎等生产环节。人们实在没有精力再去用有温度和耐心的手，去照料一块土地了。他们对土地最大的回馈便是养育后代，将尸骨埋进这里。

人们向土地索取，土地也消耗着他们。蝴蝶刮起飓风，从我的鼻尖上逃脱。那是一只黄黑花纹的铁斑蝴蝶。从去年秋天开始，山崖两边的草就向地下长，枯萎的根部一点一点缩回大地和荒野中。曾经开得茂盛的鼠尾草、野菊花、勿忘我和马刺盖，全都向大地深处回缩，露在外面的枯枝败叶，如霜凝立，好像失语一般。直到它们回返得足够远，在幽暗处，获得来年的能量。

我看见的一枝黄蒿子，先是经过羊群的气息，才面向天空。它们全都在替春天飞翔。

节选自《山花》2022年第2期

雪梨花

马　平

冬天快到来时，我想到了雪梨花。

城市上空的铅云越压越低，街边的树木正在向地上堆积落叶，让我蓦然想起了家乡的梨园，这个时节雪梨早已下树，掉光了叶子的枝条已经没有了抽打的力气。雪梨树开花还得等来年春上，或许是我又在盼望下一场雪的缘故，眼前有一树雪梨花乍然绽放，让整条街都灿然一亮。

我的家乡盛产雪梨，因细肉如雪而得名，一直被奉为果中上品。春天，县上组织了一个文学笔会，邀请作家去赴雪梨花的盛宴。家乡人不用雪梨树的果实而用花朵来款待客人，这让我有了一点骄傲。我混迹于作家的队伍，刚刚踏进熟悉而又陌生的梨园，就有雪梨花拍拍我的肩摸摸我的脸，说："噢，你来了！"

我的脚步当即就乱了。

隔了几十年，雪梨花还是认识我的，我就是化装成装模作样的赏花者她也认识。我本来想谢绝那个笔会，但大概受了什么高雅之心的鼓动，结果还是回去了。或者，我以为那是一个机会，正好可以用来和自己的某些记忆做一个了断。

"噢，你来了！"

我刚刚抬起来的头，突然就犯晕了。

我刚刚吸入花香的鼻子，立即就发酸了。

我记忆深处的那些小嘴，又要和我斗气了。

小时候，雪梨花开了，一片一片雪白静悄悄浮起来，常常让我眼前生出一团一团漆黑。雪梨树同样是在春天开花而不结果，那满坡满地的白晃晃，那满心满肺的白晃晃，一刻也不耽误地做了青黄不接的一个信号。雪梨花张开了小嘴，庄稼人就张开了大嘴。那个时节，既没有什么粮食可以收割，也没有什么水果可以采摘，要是没有余粮，庄稼人吃了上顿没下顿就成了常事。所以，我记忆里的梨园一泛白，我就像刚刚进入春天就又重返冬天，衣衫单薄难抵霜染雪侵，浑身不免一阵阵发抖。

还有，那个时节，桃花也开了，油菜花也开了，面对一片粉红一片金黄，我的心照样会一阵阵发紧，我的头照样会一阵阵犯晕。我从小就知道，那不是花的海洋，而是花的警报。饥饿又一次来袭，已经发出五颜六色的呼啸。

“青黄不接”，两种对立的颜色相拼的这个词，在现实中展开的景象反倒是姹紫嫣红。这个词，在当年到了乡下，却又等同于愁云密布，等同于饿狼四伏，等同于吐清口水，等同于喝西北风。而雪梨花，也等同于豌豆花胡豆花丝瓜花南瓜花，甚至等同于苦菜花。我曾经向大人问过一个问题，有没有什么花可以吃？答案同样是一个反问，有没有什么石头可以吃？所以，在我童年的记忆里，无论什么颜色的花，都摆脱不了一个“灰”，或者一个“冷”。换句话说，在饥饿难耐的日子里，无论什么颜色的花，多看一眼都费力气。

尽管如此，雪梨花却依然是一个例外。

没错，雪梨花是洁白无瑕的，更是单纯无辜的。春天到了，村姑和小媳妇进了梨园，都会让阳光里的花枝映衬了脸庞，让花瓣上的露珠滋润了肌肤，让露气里的香气净化了俗气。要是有蜜蜂在花间唱着催眠曲，嗡嗡嗡，随便靠在哪一棵雪梨树身上，都可以做一个好梦。蜜蜂原本是梨园的主角，它们在雄花和雌花之间进进出出，交换爱情的花粉，并以此做铺垫，为一场丰收酝酿甜蜜。现实却是，农药的毒雾弥漫开来，已经让它们消失在了噩梦里。所以，雪梨花一张开嘴，就先齐声齐气发出一个警报，她们需要爱情，好像比饿着肚子的人们需要粮食更十万火急。

庄稼人尝到了农药的甜头，也吃够了农药的苦头，只好自己爬上雪梨树扮演蜜蜂。当然，他们更主要的是出任科技的使者。他们在脖子上挂一个盛了花粉的小瓶，然后用小小的棉球蘸了那弱弱的花粉，在每朵雪梨花张开的嘴里点上一点。那花粉，我至今不知道如何采撷而来，就像我并不清楚，一件作品的画龙点睛，那样的意义如何采撷而来一样。

我不知道，还有哪一种花，享受过雪梨花这样的优待。

小孩子上树轻巧，下手灵巧，好像比大人更适合做那个农活。我那时候自然还不懂得什么爱情，把给雪梨花人工授粉当成了喂饭。一小撮花粉就可以喂饱一个梨园，让我觉得不可思议。每一朵雪梨花都张着同样的嘴，露着同样的牙，我很快就看厌了她们那共同的吃相。我已经饿得两眼发黑，她们却饭来张口，居然还要我给她们喂饭。我骑在雪梨树的枝杈上，好像听见了她们的嘲笑声。怒从心上起，恶向胆边生，接下来，我故意让沾满花粉的棉球跳过一张一张小嘴，或者故意给某一张小嘴连喂几次。我不是让她们像我一样空着肚子，就是让她们撑个半死。结果是，我小小年纪就惹了众怒，一阵微风拂过，雪梨树挥舞着枝条抽打过来，我哗啦啦掉下地，手里攥着折断了的花枝……

春天的文学笔会没有让我看到人工授粉，也没有让我听到多少蜜蜂的哼唱。我倒是看见笔友们纷纷张开大嘴，听见他们吟诵起了赞美诗。我不能大煞风景，抛出一片饥饿的惨白，去抵消一片爱情的明艳。我就像一只归来的蜜蜂，不知道该在哪一梢花枝上停落。雪梨花不断向我打开怀抱，那些绕不开的花枝，轻轻抽打到了我的身上。我终于停了下来，小心揽住一枝或者几枝，拍下了几张照片。

“噢，我来了！”我听见自己轻声说。

几十年过去，我终于从一个饲花者变成了一个赏花者。

我走出春天的梨园，身上好像有了总也抖不掉的花粉。那满耳朵的嗡嗡嗡，我也拿不准那是蜜蜂的声音，还是人的声音。因此，我一直不能安静下来，为两段时光进行一个嫁接，为两段记忆举行一个磋商。直到过了一个夏天和一个秋天，冬天快到来时，雪梨花突然在都市里照亮了我，让我感受到了寒意，也让我感受到了芳香。

选自《广州文艺》2022 年第 6 期

无人区手记

马　行

长白梁的石头老了

地老天荒，海枯石烂，这并不是多么遥远多么艰难的事，而是就在身边就在脚下、就那么轻而易举的事。勘探队进入的青海西长白梁无人区，很多很多年前曾是一片大海。可现在，大海早就跑了，连影子都没了，只剩下大大小小的石头。在长白梁无人区的山顶上，我脚板落下的时候，只要稍微有点儿重，脚板下的石头定会哗啦啦地破碎。停住脚步，我用手掌轻轻拍了拍一块石头，石头当即就裂开了。其实，单看上去，那些石头是特别坚硬的，通体漆黑如墨汁，棱角锋利得如刀如剑，可事实上，他们已不再有硬度和力量，已弱不禁风、脆弱至极。

地质年代上的长白梁无人区石头，原本也不是如此枯烂，而是坚如铁，硬如钢。可现在，一切都变了，一切都不再是原来的模样，一切的硬度和力度均已消解。而山顶上的我，就像一头大象闯进了瓷器店。走了没几步，我就不得不放慢脚步，也不得不把脚板轻抬轻放，我真的不忍心听万年石头稀里哗啦破碎的声音。

长白梁无人区的石头，为什么会这样？答案只有一个，那就是因为荒凉，因为亘古不变的荒凉。放眼望去，整个长白梁，荒凉得没有一棵草，即使最耐干旱的戈壁植物骆驼刺也没有。并且，淡水没有，咸水也没有。我曾蹲在地上，试着寻找微小的虫蚁，却没有找到。即使是沙漠蜥蜴，比如塔克拉玛干沙漠腹地常见的那种沙漠蜥蜴，也没有。而我们勘探队，可能是自地球上有人类活动以来，唯一涉足并踏遍这长白梁无人区的。

正是因为这极端的荒凉，火星一样的荒凉，才使得所有的石头均按照亿万年前造山运动时的形态，一天天地保留、延续下来。

人类喜欢说孤独，可这长白梁无人区的石头们，却告诉了我另一种孤独：亿万年来，情定青海西，痴守长白梁，不曾见草木动物，也不曾见任何人。以至于当我爬上山顶，走到他们近前时，他们选择了一种舍生取义、杀身成仁的“语言”——开裂，张口，破碎。是的，这其实是石头们在说话，在告诉我什么，这里面也许就有石头们对人类的诉说、忠告，可我听不懂，一句也听不懂。

在长白梁无人区，我是这样想的，假如这儿不是生命禁区，而是有若干草木，那么，天长日久，草木会加速石头的分裂、变形。若是有动物，比如黄羊比如野兔比如狼群，动物们会在石头上踩来踏去，会将松脆的石头踩踏成土成泥的。可长白梁无人区，偏偏什么都没有，它除了石头，还是石头，除了荒凉，还是荒凉。甚至，风也不够大，如果能有罗布泊荒漠中那样的大风，如果能有克拉玛依乌尔禾那样的大风，这些风化的石头肯定会被吹散、吹走。

正因如此，这些石头才有了今天。其实，这些石头也是一路经过幼儿期、童年期、少年期、青年期、中年期，直至今天的。现在看来，他们除了少部分还在中年期，大部分已垂垂老矣，进入暮年。

唉，谁能告诉我，他们为什么要生在长白梁无人区，他们到底是谁，他们的前生又是谁？他们在山顶上等啊等，又是在等谁……我总以为地老天荒、海枯石烂是多么久远的事，可现在，在时间和命运面前，地老天荒、海枯石烂已太寻常，太容易。

在时间和命运面前，石头们老了，终于败下阵来。也许，他们并不是败，而是选择了放下，放下曾经的沧海，放下坚硬，放下执着。所以，现在的他们尽管依然有着石头的外形，心却不再是石头，而是尘与泥，虚与空。

再有千年或万年，石头们，也许一如得道的高僧，连石头的外形也不需要了。那时，如果有人再来这儿，看到的也许只有泥土，只有泥土之上生发的草木花朵，而飞鸟和走兽也肯定会来此安家。那时的人类，也许不会知道：长白梁曾是一片生命禁区。

而现在的情形是，大海已经远去，众石头已经老了，我们勘探队来了。

接下来，我们勘探队又在长白梁无人区停留了十多天。别看那些山是些低山，爬上山顶只需三五分钟，可我即使多绕几步路，也不愿从山顶上走。如果不得不从山顶走过，也会尽量踮起脚，尽量不惊扰、不踏伤他们。——因为我已经相信，人类的前生，也曾是一块块石头。

柯坪山地无人区的小鸟

柯坪山的腹地，是方圆数百里的无人区。那天，我们在柯坪山腹地的一个山谷中行进。

勘探队副队长吴庆恩走在最前，我距离吴庆恩有一两米，最后面，是安全员张成平和爆炸组长陈存利。整个山谷，几乎没有植被，偶尔可见的，是零零星星的枯干的野枸杞枝。

走着走着，野枸杞枝中突然飞起一只小鸟。黄绿色，个头比麻雀大一点儿。可是，小鸟飞了没有几米，又突然钻野枸杞枝中去了。这可真是个奇迹，我们都进入山谷十多天了，还从没遇到过鸟兽。

走在前面的吴庆恩说，依我看，这野枸杞枝中肯定有鸟窝，如果没有鸟窝，也会有鸟蛋或更小的鸟。这么说着，吴庆恩已向野枸杞枝靠近了不少。或许野枸杞枝中真的有鸟窝，或许小鸟要保护自己的蛋或孩子，突然间，小鸟又冲了出来。

就在这时，但见一只鹰，追了上去。吴庆恩看了，才知小鸟害怕的不是他，而是鹰。另一个可能是，小鸟发现鹰来了，为了保护自己的蛋或孩子，才特意不顾危险地飞出来，想把鹰引开。鹰不算大，应该是只雏鹰。眼看鹰就要追上了，小鸟突然折回来，向着我们飞。鹰还在追，小鸟急了，径直往张成平的工衣帽子里钻，张成平担心小鸟把鹰引到自己头上，吓得抱头蹲了下来。小鸟又往吴庆恩披着的工衣里钻。

那一刻，走投无路的小鸟，只能把我们当成它的庇护神、大救星。可是，随着吴庆恩的急忙一躲，小鸟再次扑空，只好又腾空飞起。这时，鹰开始截击，眼看就要追上的时候，小鸟开始改变策略，不再求助于我们，而是在空中快速盘旋。

小鸟盘旋，鹰也盘旋。——飞翔，应该是快乐的，但这小鸟的飞翔，却与快乐无关，只有恐惧，只有极度的紧张。突然间，小鸟一个俯冲，钻到了山岩窄小的缝隙中。

我们走过去看，看到缝隙中的小鸟正可怜巴巴地望着我们。显然，小鸟希望我们能够帮它逃过这一劫。此时，我回过头，看见鹰正站在附近的石头上。鹰想冲过来，却又忌惮我们都守在小鸟一旁，只能远远地望着。

小鸟察觉到我们在保护它，对它好，也就又有了胆量。过了一小会儿，小鸟突然放弃缝隙，一振翅，又飞了起来。

不一会儿，小鸟就没了踪影。这让我松了一口气，我想，这小鸟终于飞离了鹰的包围圈。

再转身去望，那鹰也不知什么时候飞走了。

我们沿着山谷继续向前。这柯坪山的山谷无人区，南北走向数百里，不见丁点儿人类文明的印记，更不见村庄和人家。万千年来，唯一能来这儿的，可能就是我们勘探队员了。只是我不知，在小鸟的眼中，也包括那只鹰的眼中，我们是什么，是它们自卵生以来头一次见到的人？还是会行走的庞然大物？

半个多小时后，我们还在走。一转身，发现鹰又来了。难道，小鸟没有把鹰甩掉？

我正这样想呢，只见小鸟扑打着翅膀，远远地向我们飞来。

这鹰，可真够执着，居然穷追不舍——这是鹰对小鸟展开的追捕与剿杀。

鹰若不胜，可能就要挨饿，甚至是饿死。小鸟若败，将成为鹰的口中餐。眼看着鹰就要追上小鸟了，我快速上前几步，向鹰挥动我的红工衣。

那一刻的小鸟，就像我的一个小小的可以飞翔的梦。我不想小鸟被鹰吃掉，并不仅仅是为了保护弱者，也是不想让自己飞翔的梦，在空中毁灭。

其实那鹰，也挺孤单的。它毕竟不是狡猾的老鹰，还只是个雏鹰，没有多少捕食经验。它那神情，看上去有点儿不解。它应该很生气，很不快乐：自己都好几天没吃东西了，好不容易找到一只小鸟，却就是吃不到。

这时，张成平也挥起双手，向鹰大吼。又是挥手又是大吼，还真把鹰吓住了，鹰转过身，飞走了。

再看小鸟，已又累又疲惫，正在我们身边，用红红的小嘴儿慢慢整理着羽毛。至此，我才有机会仔细观看这只小鸟：尾巴黄绿色，背部有些草绿，颈部略灰，真是漂亮至极。只是，那两只小眼睛，依然闪着一丝丝惊恐。我走到它近前，它居然一动不动。我伸手，轻轻抚摸着它的羽毛，它也不躲闪。

小鸟会不会饿了呢？吴庆恩问身边的陈存利，背包中可有馒头。陈存利摇摇头，说只有一块馕。边说着，边从背包中把馕取出，掰下一个角，拿给小鸟。可那小鸟，只是看了一眼，却不吃。这时，张成平走过来，把水壶中的水，倒了一点儿在手心上。张成平把手心递到小鸟嘴边，小鸟低头喝了几口。

当时，不知怎的，我们几个人，都挺感慨。张成平的眼睛红红的，泪水似乎就要流下来。我拿出手机，想给小鸟拍张照片，小鸟却倏的一下，飞了。望着它远去，我居然特别伤感，才发觉，它与我们的相遇其实并不是偶然，而有一种说不清道不明的必然。

小鸟越飞越高，越飞越远。小鸟啊，似乎从我身边带走了什么……

罗布泊小狗

从哈罗公路（哈密—罗布泊镇）西边的黄熊滩戈壁西行 30 公里，可见方圆百里的红星戈壁。再从红星戈壁向南直行约60公里，即是罗北勘探区的一条29公里长的测线。

测线所在地，简洁至极。地面上，只有两类物体，一是油亮的土黄色扁平石头，一是干硬的土。除此之外，啥也没有。即使一根枯枝、一片草叶、一只小鸟，也没有。

可大约10公里外，竟有一个直插云天的钻井架。这让我疑惑：怎么会有钻井架呢？按勘探流程来说，不应该啊！我们刚刚进入这片探区，还没搞明白地下的油气构造呢，这钻井架怎么就上来了。

直到有一天，我靠近了钻井架，看到钻井架顶端的“XJ地矿”字样，才明白：这钻井架原来是地矿系统的，与石油钻探无关。

司机老韩停住越野车，我和同行的勘探队党支部书记老杨走进了钻井架旁边的生活区。那是十几栋铁皮房子，从北东南三面围成的一个小院。西面是敞开的，没有门，也没有看守者。也是，在连鸟都飞不进来的罗布泊无人区，门锁和看守者，是没有什么存在意义的。至于我们勘探队的闯入和到来，其实是极其偶然的。

小院东边，20米外，是个食堂。有两个炊事员正在做饭。炊事员听见动静，抬头看了我们一眼，就低下头，继续干活了。在他们眼中，我们仿佛不是外来者，仿佛只是一阵风。

生活区正中，扯了一条铁丝，上面晾着摊开的红工衣。老杨笑着说，这工衣，居然跟我们勘探队的工衣完全一个样。正说着，一只小狗摇着尾巴来了。

小狗距离我的裤脚也就一米的时候，不再向前。然后，我们走，它就走，我们停，它就停。

我想赶它走。因为我不喜欢狗，一直都不喜欢。就算一只小狗，也不喜欢。我挥起手，撵它。我冲着它踢小石子吓它。可它就是不走。老杨说，它或许看到我们也穿着红工衣，就把我们当作这儿的人了。

小狗跟着跟着，突然改变了与我们的距离，不再是相隔一两米，而是半米也不到了。我再次赶它。可它看我挥起手，居然翻身打起滚来。我手一停，它就停止翻身打滚。我再挥手，它就再次翻身打滚。每次打滚，都把自己最软弱的腹肚袒露给我。显然，它在讨好，不仅把自己会打滚的本领展示给我看，也在告诉我，它的信任和喜欢。可我毕竟不喜欢狗。任它怎么表现，我就是不理它。它急了，突然跑到了我前面，将两条前腿悬空，后腿撑地，倒退着走。

又过了几分钟，当我和老杨要离开生活区的时候，它依然跟着我们。只是，它不再变着法子表演或展示什么给我们看了。

那天的戈壁滩似乎比平时更大了，大得无边无沿，而它，就像戈壁滩的一截小尾巴。

路过一座沙丘的时候，它终于停了下来。它站在沙丘上，一动不动地望着我们，那样子和表情，很不舍。

我以为它不会再跟着我们了，可不一会儿，却发现它又跟了上来。它低垂着尾巴，默默地跟着。并且，不再与我们靠得太近，保持着大概 20 米的距离。那样子，就像一个受了很大委屈、却又无可奈何的小孩子。

我们来到了越野车前。它见我们停下，它也停了下来。越野车发动了，透过驾驶室后窗玻璃，我看到它正很专注、很无奈、很绝望地望着我们。而就在那一刻，我发现它其实还是挺乖，挺讨人喜欢。我就想，也许，它是真的不想让我们走，想让我们像它一样，留在那儿；也许，它之所以一路跟着我们，是厌倦了生活区的生活，想让我们把它带走，带出戈壁滩；也许，它还有别的什么想法。

在生活区，在罗北勘探区，它可能是唯一的狗。可能是除钻井工人和勘探队工人之外，唯一的生灵。当然，也可能是地球上的一只最孤独小狗。

……这样想着，我眼睛一热，突然有点儿湿，我想对司机老韩说，停下车，再去看看那只迟迟不愿离开的小狗。可紧接着，我又想，算了吧。

越野车行驶了百米左右的时候，我突然听见它“汪——”地叫了一声。那叫声听上去仿佛不是狗在叫，而是罗布泊在叫。那声音极压抑、极突兀。

越野车都驶得很远了，它才掉转方向，开始往生活区那边走。——那生活区，是它的家吗？

看上去，它是那么孤单，孤单得就像一块被风吹动的小小戈壁石……

选自《文学港》2021年第11期

城西闲笔

文　河

新　春

隔年相见，春风如晤；昨夜微雨，柳色初新。

这是十天前随手写下的句子，如今，柳树的芽已经好大了，柳色简直比花色还短暂。最初的柳色就像草色，近看似有若无，远看则呈现出明净的绿意。再过几天，柳芽变成柳叶，柳色也就变成柳荫了。但春天还是新的。

春天的早晨，天地清静，好像有什么事情要发生，其实又没有什么事情发生。曙色初动，天地如新。春天的蔬食，头刀韭，菜花梗，刚冒尖的春笋；俄罗斯人吃醋渍樱桃，日本人则吃樱花。立春日，古人摆春桌，坐春椅，饮春酒，食春饼。秋阴漠漠，使人沉闷，春阴漠漠，则使人沉思，春阴即便很浓，也给人一种清透之感；秋雨凄冷，世界一片萧瑟，春雨呢，日本俳句女诗人千代尼说，春雨里所有的东西都美起来。

日本作家德富芦花说，春天会让人产生一种“近乎撒娇的悲哀”。我们的古典诗词里，也有一个频繁出现的词，“春愁”，它经常还会被“惆怅”这个词代替。《诗经》里也说，女心伤悲。春日迟迟，那女子心里莫名其妙就有某种说不出的幸福，又伴随着一丝说不出的辛酸和委屈，春风如醉，花草如梦，这一切这么美，明明都是真的，却偏偏又像是假的。那一刻，她更真实地意识到了她自己。阳光中的远山远水，有那么一丝微茫和迷离，她想在心底喊一声谁，又不知道喊谁，她只感到在这个世上，应该有那么一个和自己很亲很亲的人。春天是女性化的，感性的，像一匹绣满花纹的丝绸，铺展在一江碧水里，华丽得让人有一丝隐隐的不安。

春心也不单指男女之思，它其实是一种一触即发的诗心。李商隐有个哀感顽艳的句子，“望帝春心托杜鹃”。而又有哪个诗人没有一颗善感的春心呢？伟大的诗人都是永恒的，他大于他的时代，他甚至不属于任何一个时代，因为他活在所有的时代。在不同的时代，也许他只不过换了一个名字而已。他在一个时代叫屈原，在另一个时代也许就叫李白或杜甫，他甚至可以成倍数地增长。他就像一条蜿蜒流淌的河流，迢迢不断，这条河流继续流下去，又变成了苏东坡。说到苏东坡，我就一下子想到他写的词句，“休对故人思故国，且将新火试新茶”。新火试新茶，多么隽永清新的自然之味啊。这种闲情雅致只能来自一颗从容淡定又丰富善感的春心。

前天去一个村子里看望一位农家老人，老人八十多岁了，除了有点耳背，身体很好。她在一个小小的院落里住着，独自生活，在她的厨房窗户上，我注意到，挂着一盏过去年代常用的旧马灯。我立即想到一个词，春灯。大门旁有两棵小桃树，枝条上缀满花蕾。老人说，去年只有一棵结了桃子，今年这么多花骨朵，看来两棵都会结了。

村子里时时传来斑鸠的叫声。古人把这种春天鸣叫的鸟儿叫春鸠。真雅。春天的早晨，春鸠最喜欢鸣叫，还有很多鸟儿也喜欢在春天的早晨鸣叫。

关于河流

虽是平原地带，我生活过的村庄曾经也有很多小河的。儿时我家住在村子后面，房子东边和北边被一条小河绕着。房子北边的水较深，东边的则很浅，有时干涸着，我从来没有被阻隔的感觉，经常从河这边跑到河那边。夏天，雨水多，河里才会积水，水位差不多能漫到岸边。记得有一次，母亲给对岸的邻居送一个花皮大西瓜，她把大西瓜放在木盆里，用竹竿一推，木盆晃晃悠悠，就漂到对岸去了。邻居大婶笑呵呵抱起西瓜，也用竹竿一推，木盆又漂了回来。

这个时候，我就不能随意跑到河那边了。要想过去，就必须通过正儿八经的大路。

十多岁时，我家搬到村子南边，门前也有一条小河。印象深的是河边有几棵大桐树，桐荫郁郁，邻居小颂姐常和母亲坐在树下做针线活，脸颊红红的，带着羞涩的微笑，低声和母亲商谈她的婚事。她出嫁的那天，我还有点失落，心想，这么好看的人，怎么就嫁走了呢。前年，她大嫂因车祸去世，我开车带父母回老家吊唁，见到了她。我们好多年没见面，彼此都认不出来了。她现在跟着儿子在外地生活，帮着照看小孙子。村子里还有一些人，他们就像村里的小河，注定不能流到大江大海的。这是命。他们一辈子就在村子里活着，波澜不兴，然后，死去。

后来父亲在一个叫双庙的小乡镇工作，我随他在那儿生活过两年，那个乡镇旁边有条河，叫黑茨河。冬天，河面灰蒙蒙的，有天下午，我从一座桥上走过，看到水边泊着几条空荡荡的小船，远远望去，给人一种空寂的感觉。这种感觉，我至今还能想起。我的记忆力不好，很多事情，往往记不清具体的细节，只能记住这些事情当时给我带来的感觉。比如，我读一本小说，很快就会忘记它的故事情节，但很多年后，却能记起当时阅读它的一些内心感受。

我到县城生活，家住城西，不远处就是沙颍河。每天晚饭后，我喜欢到河堤散步。青少年时代，我以为这一生我能走很远很远，能走很多很多条道路，只要一直走下去，在某条道路的尽头，我一定会遇见我想遇见的人，或遇见我想遇见的风景，甚至遇见永恒。后来才慢慢发现，人生中看似最遥远的抵达，实际上往往也不过就是那么短短几步之处。道路的尽头也许一无所有。我们所能拥有的，只是过程。但就像太阳每天都是新的，我可以把一条路，反复地走，走成无数条路。在一个周而复始的宇宙整体轮回里，一切孤立的个体存在，都不过是一次寂静的闪烁。然而，我们都在这个整体之中，是整个循环不息的璀璨光带的一个构成部分。从这个意义上讲，我们的生命又是无限丰富的。在河边散步，夜色里，河水有一种异样的宁静，人的心里也很安静。就算夏天汛期到来，河水上涨，滔滔涌流，只要我想静，也照样可以静。河水流啊流，但它流它的。水流我不流。不知不觉，我已经在颍水之滨生活了二十多年，岁月悠悠，书剑俱老。我的笔名叫文河，这个直白的名字就像一个括号，这里面括住的东西，就是我的生活。

我喜欢河流，但不喜欢大海。诗人茨维塔耶娃在给帕斯捷尔纳克的信中，也说自己不喜欢大海，她说海那么大，一眼看不到边，却不能在上面行走。耶稣曾在海上行走过，但那是神力。在我的生活中，没有神力，也不需要神力。我不喜欢太大的东西，太大的东西往往显得神秘。真水无香，至味必淡，我喜欢普通和平凡。容易看清楚的事物，其实更耐人寻味。

在河边，你有很多办法可以到对岸去，也能够轻易从对岸回来。

声　音

我不懂音乐，对我来说，音乐就是很多好听的声音。

喜欢大自然的声音，风声、雨声、鸟啼、虫鸣。风有情绪和性格，温柔起来，梦一样轻轻拂过，悄无声息，只是类似于一种微茫的感受。有的声音我们是听不到的，但它又是声音，比如，自在飞花轻似梦，它还是有声音的，一种声音的感觉。风声再大一些，是吹拂，有了声响。更大一些，是呼啸，触处皆响。风吹大叶杨，哗——哗——繁密却又空洞，空洞导致寂寥；风吹深秋的丝瓜架，枯藤和老叶摇动，沙——沙——是金属与金属相摩擦的声音，又是生锈的金属；儿时的深夜，风吹茅草屋顶，呼——呼——仿佛不是吹，而是波浪一样向着一个未知的地方翻滚。风声带有玄思色彩，雨声则感性多了。雨滴打在芭蕉叶上、梧桐叶上，啪嗒、啪嗒、啪嗒。节奏再慢一些，啪，啪，啪。记得某部电影里的一个镜头，深碧的湖心，落了一大滴雨，“咚——”孤零零的一个声响，清脆、圆润、简洁。湖水荡了荡，又荡了荡，天地都受到了惊扰，但湖水旋即又恢复了平静。是永远的平静。

风声雨声，说到底，也都是听者自己的心声。那么，鸟啼和虫鸣呢？家乡鸣声最婉转的鸟儿算是黄莺和画眉了，黄莺春来秋去，初夏绿荫清嘉，雏莺初试啼声，带着几分娇憨，诗词里说到这种声音，会用一个“嫩”字来形容，莺声嫩。画眉是留鸟，暮春的黎明和傍晚叫得最欢。麻雀和燕子，声音细碎，不成腔，更不成调，啾啾，啾啾，唧唧，唧唧。乌鸦只是感慨，啊，啊。真是心有千千结，一辈子都积郁难舒啊。两年前，在一个叫宫营的小村庄，残雪未尽，夕阳一片明黄，天地肃穆、清远，到处都静悄悄的，古老的静，历史和岁月深处残留的锈迹斑斑的静。枣树桑树楝树的枝条，小枝静得尖细，粗枝静得遒劲，原来静与静也是不同的，但仿佛都不可以碰触，摸一摸就能刺破手指。就在这种无边的寂静中，从村子边缘的树林里，却传来了几声花斑鸠的鸣叫声。这几声鸠鸣，听了让人心里一软，几乎要流下泪来。

不说鸟鸣了，说说虫鸣吧。春天的虫鸣清新，虫声新透绿窗纱，是自然的声息进入了生活的内部。盛夏的田野，黄昏雨后，夕阳乍现，虫鸣如织、如沸。到了秋天，虫鸣仍然繁密，嘈嘈切切。天气慢慢凉了，虫声也越来越稀了。大月亮下，顺着河坝散步，坝边的草开始变黄了，草丛里会零零星星响起虫鸣，一粒一粒的，像银子，又像玻璃珠子打碎了，随意抛撒在人心里的某个地方，亮闪闪的，有着尖尖的棱角，不过就算划一下，也不疼，就是有点凉。

真羡慕那些能吹拉弹唱的人，我是什么乐器都不会演奏。我父亲做过乡村小学教师，儿时，记得我家堂屋墙壁上挂有一支竹笛，却没见父亲吹过它。我有时拿在手里，横吹竖吹，只能吹出一个短促的声音，“呜”。有一次，父亲的一个同事来我家，取下吹了一支什么曲子。我听着很好听，印象深刻，也因此记住了那个老师的名字，他叫丁友珍。我吹过柳笛，春天的杨柳，折一枝，做支柳笛，柳笛无腔，信口而吹，呜里呜噜，有种释放和表达的快乐。寂寞的童年，还是有很多快乐的时光的，不知道为什么快乐，只是快乐，所以也是真正的快乐。

二十世纪九十年代初，听古筝曲《寒鸦戏水》，听的是卡带，小录音机，音质并不好。乡村少年，孤陋寡闻，听古筝而并不了解古筝，只是听，单纯地听，听那种跳脱典雅的声音。寒鸦数点，飞飞落落，夕阳映在水波中，潋滟波光明丽闪烁。然而，终究天很冷，夕阳快要落了，终究是一个充满凉意的世界……听着听着，天也真的黑了。压水井池子旁边的那棵月季，还在深秋里开着花朵。

我是一个对于时间的流逝特别敏感的人，三十岁出头，就强烈感觉到自己的青春已经结束了，生命中有些东西在一点点逝去，从手指缝里水一样不断渗漏，想要抓住，又怎么也抓不住。有个初春的下午，阴天，独自坐在书房，在电脑上听阿炳的《二泉映月》。那千回百转的调子，像一根线，牵扯不断的线，看不到线头，也看不到线尾，好像长过千山万水，长过世上所有的道路。这根声音的线在心尖上绕来绕去，绕来绕去，让人淹然欲化。想听又不敢多听，不敢多听又想再听一听，春阴漠漠，欲雨而未雨，最后我还是未敢多听，走出了书房。

唢呐、锣鼓，有着民间世俗的热闹。古琴寂涩，石磬则超然物外。

冬至前后，住在一个小村里。夜长，天亮得晚，早晨起来，在院子里站站，清霜满地，看月亮挂在一棵大杨树稀疏的枝杈上。天空中也带着浓浓的霜意，冷肃、幽深，光景清绝，又让人感到一丝凄清。这个时候，忽然就听到墙头上响起一声高亢的鸡啼。东方红霞隐隐，天地一下子就亮堂了。

选自《安徽文学》2022 年第 6 期

不见山水

高玉宝

那里是一座山。

童年的山一直生长，越长越高。似乎，的确应该一直这么生长在某个空间里。

那时的山上长着各色的树，还有灌木与藤蔓、杂草。草里有蟋蟀和蛇虫。天空很蓝，云朵很低。到山上去，就像来到了天上，任谁站在山石上，都忍不住要大喊几声，山谷间就不断回荡着你的声音，既遥远又陌生，根本不像是你自己的声音。或许，这是最早的孤独。尽管云朵就在身边，风也在身边，世界就在你的眼前，忽然，不知从何方飘来的歌声也在身边，山风吹动松针，发着呜呜的响声。往往这些响声带着强烈的节奏感，紧一阵，慢一阵，远一些，近一些。造物的指挥棒是不存在的，这些大风发着自己的声音。

盛夏，是孩子们的盛夏。浅亮的溪水中有小的鱼虾，沙子很细，随着水流不断翻滚，在阳光下发着闪烁的光泽。溪水的声音也清脆，各种声音都有，只有听过山里小溪流动声音的人才能真正懂得。山上的溪水洁净，口渴了，可以直接用手捧着溪水喝。女孩子很小就讲究，要用山上的树叶当杯子——橡树叶、蓖麻叶都很大，把叶子卷起来，用叶子接了溪水，慢慢仰着脸喝水。阳光从树叶间漏下来，洒在孩子们的脸上，洒在树枝上跳着的松鼠身上，洒在藏在树叶深处的山鸟身上。

那是很久以前的事情。

很久以前，人们从屠夫那里割了肉，也用橡树叶或者蓖麻叶子裹着，用麻绳捆好，提着回家。蓖麻叶子有种难以形容的味道，但是很少吃肉的人们并不在乎。在微山湖地区，人们则用荷叶，这对山里人来说，既神奇又稀罕，山里的人们很少见到荷花，只在鲜艳的年画里看到过荷花的身影，胖孩子手里抱着大得出奇的鲤鱼，站在荷叶上，这是童子的一个形象，寓意连年有余。那时家里的墙上总会贴一些这样的画:《西厢记》里的崔莺莺、张生与红娘;《吕布和貂蝉》里都是貌美如花的人物，让人不敢直视。如果他们真的从画中走下来，走入这样的群山当中，大概这样的山水也会让他们感叹。

那时的山下总有一个不大不小的水库，夹在两座山的中间，青绿的水很静。据说，夜晚大鱼会跃出水面，发出很大的声音。清晨的水库很美，水面浮着薄雾，山上花花绿绿的色彩倒映在水中，半山坡上的白房子也倒映在水中。山间静得出奇，好像几千年一直静着，静得从来没有发生过任何故事地走过来——历史在这样的情景中仿佛停滞。站在水边，才发现，如果这个世界没有诗的存在，真是白白浪费了这样的美景。

如果没有诗，就不会有这样的水。当然，如果没有诗，这样的水也根本不会存在。那时的画笔单纯得直接而生动，大片的绿和大片的蓝，稻子在山坳里散发着香气，野蜂和红蜻蜓占据了天空，蛛网在某处微微晃动。

我没有这样的画笔，画不出当年。我想到了那片山水，那永远是用笔很难描绘的山水。我曾多次尝试用我手中的画笔将那些山水请到画纸上，结果，我发现，那些水是看不见的，那些山也会藏匿在水墨的晕染里。哦，或许除了诗，再也无法用其他语言表达我心中的山水了。这些山水，我想会伴随我一生了。在未知的角落里，在未知的空间里，童年的山水依然鲜活着。

特别是梦里，总会再次遇到这样的山，这样的水。如果我依然沿着年少的梦走下去，我也许会成为一名乡村教师。早上很早就从家里出门，推着自行车走出村子，穿过白杨林，走上小路，慢慢走到坡顶，我才骑上自行车，风一样冲下山坡。路过水库，我会将车停下，看着微风将树叶吹到水中，大片金黄的叶子浮在水面上，就像一片片字迹未干的书页。我和学生们一起写一写这样的山，一直写到雪花将整座山都覆盖，北方的大雪会将水面藏于冰雪之下。神秘的大鱼会游向大海，在入海口处产下鲜红的鱼子。

作为乡村教师，也许，我也会领着学生们在水边坐一坐，看看半山坡上的云朵，听一听树梢掠过的风声，我和学生们一起读一本关于远方的书。这样的事情很久以前已经发生。雨季，河水猛涨，我和孩子们会乘船而来，唱着一首刚学会的歌，划过河水。在另一座山的半坡上，就是我们的学校，蓝色的栅栏，白色的墙，院子在高处，一些山上的水从学校的旁边流下来，汇入河水中。

这些事情都存在过，不光只是我的梦，还有那么多是我的真实经历。

山村的夜晚更让人着迷。没有月色的夜是黑的，大山将星光也遮住，只有点燃一种叫松明的火把，发出松香的火把照亮了夜空，猫的眼睛在黑暗的角落发着蓝光，马在院子里吃草，青草的香气弥漫在夜色里，这是每一个在山村的夜晚讲故事的时刻。故事的主角，来源于千年前的记载，也来源于未来的梦。火把缓慢地燃烧，星空广阔。童年，在时间的夹缝中穿行，像喝得微醺之时的状态。

美酒。那时的人们会到山上去采集一种浆果。收割了庄稼的田野散发着泥土的芬芳。一些果子在树上发酵，空气里飘着酒香——每到秋天，一种深红的浆果便会成熟。村里的女人背着柳条筐上山去，一颗一颗将这些果子采回来，然后，在溪水里清洗干净，在院子里晒半天，表面的水分蒸发后，这些浆果便被泡到酒桶里。烈酒是北方人的喜爱，泡了浆果的烈酒更让北方的夜晚披上了梦幻的色彩。这种暗红颜色的美酒只有那座小山村独有。几层大山，几条江河，将小村里的酒香包裹得严严实实。外乡人走到这里，喝了他们的美酒，久久不能忘却，诗意就爬上心头。夜里如果落了雪，在炉火上煮了这样的酒，思乡心切的外乡人，会落下泪水。

落雪之前，有人带着工具上山，发现田鼠挖的洞口就兴奋起来。田鼠的洞室让人惊讶，那是它们的宫殿，神秘得让人激动。人们一边挖土，一边小心地将泥土堆向一边，以免掩埋了田鼠的洞穴，直到挖出柔软的干草，那是田鼠的起居室，另一侧则是它的粮仓。黑土地上的田鼠不缺粮食，成堆的豆类、谷物被田鼠分开存放，它们冬天的生活安逸富足，隔几天便会换换口味。人们将鼠洞里的粮食全部带走，路上又会担心田鼠如何过冬。想想它们在寒风中觅食，冻得瑟瑟发抖，人们的内心开始忧伤。

上了发条的木座钟在夜晚格外欢快，它不知疲倦地、嘀嘀嗒嗒地将时间一秒一秒跑掉。像关在马棚里的夜马，哪怕是站着，也要不停踏步行走。钟表，每数一秒，都让人感知到生命匆匆。匆匆得让人不想睡去。火炕是夜里的主题，温暖得像阳光晒在脸上。那座木座钟从古老的丝绸之路过来，骆驼和马将它驮来，穿过沙漠和草原，像一个沉默的旅者。陌生国度的人用钢锉一个齿轮一个齿轮地打磨出了时间的概念，黄铜钥匙是用来上弦的，一圈，一圈，表针修长，在表盘上告知了时间本身的虚无与锋利。

钟表的制造者不会知道，他生产的座钟会流到这样的山、这样的水、这样的山村里。

这样的小山村里饲养着来自草原的骏马，它们奔跑在青石板的马路上，发出得意的踢踏之声。新钉上的马掌铁被磨得雪亮，声音也随之清脆异常。将马蹄抱在怀里，给马蹄钉马掌铁的匠人在河边安了家，自己建造的木桥随即便有了些诗意，木桥上挂着割过的马蹄圈，这些角质层在雾气里闪闪发光，马的脚步也积累了时间的含义，和对远方的思念。

除了钉马掌，马掌铁匠整日在打铁，直到将一块锈迹斑驳的铁块敲制得寒光流动。这弯月般的铁环将被钉进马的脚掌，清脆的马蹄声钉了马掌才有了灵魂。

有时，铁匠也打制刀具，风箱拉得狠，火候更加难以把握。他的铁锤像某种乐器，叮当响过，柔软的铁具就带了坚硬的火气，经了炉火的铁器，像少年成长的一个过程……柔软的铁，像某种可以食用的糖果，铁匠的铁锤敲下，星火四溅，夜色中这幅画面让人更加着迷。

选自《青年文学》2022 年第 2 期

旧公路上的阳光

赵　原

一、野兔之死

猎野兔是乡下懒人的娱乐，经常是唯一的消遣活动……野兔的敌人为数众多，侥幸逃脱的概率微乎其微，它的敌人很少让它享受大自然留给它的屈指可数的几天。

（布封《野兔》）

初夏的时候，黄花蒿渐渐起来了。田野和树林子里，有一种律动，让所有的生物都受到了感染，包括人。那就是运动和娱乐的欲望。这种欲望如此简单而强烈，像火苗在脚底和掌心跳跃，让我无法待在床上，或者坐在村路边的小酒店里，对着落日品尝一杯淡酒。

我和我兄弟约好，到一块我们还从来没有涉足过的林子里去打野兔。我去得早了。通常，在上弦月还没有升起的时候，我会找一个隐蔽的地方坐下来，擦擦猎枪，或者吸一支烟，等待夜幕降临。

但是那天，我去得太早了。

我把一块旧绒布摊开在草地上，取出机油、棉花和铁钎，擦了两次猎枪，把猎枪管都擦热了。而我兄弟还没有来。我等得有些不耐烦了，就往长着长草的地方走。

初夏的黄花蒿有一点淡淡的药味儿，白色的狼尾蒿却散发着辛辣的气息，在幽寂的林子里，很浓烈地浮动着。走了一会儿，就出汗了。我扯下一大把羊蹄草的花蕾放进嘴里，一股清凉的汁液立刻沁遍了全身。天气是越来越热了，这种伞形科植物像喜阴的牲口一样，会把自己越藏越紧密的。而穿鱼柳和双瓣的虎刺总是长在显而易见的地方，如果你砍开它们的根，就会流出深黄色的树液——好像这些多刺植物的血型和大地是一样的。

翻过了一个山坳，我喘息得更厉害了，喉咙里的杂音也越来越响。作为一个有经验的猎兔人，我知道，如果不保持足够的体力，就甭想熬过一个长长的夜。歇一会儿吧！我对自己说。日子还长着呢！

我靠着一棵大树坐下来。这是一棵很有些年头儿的老树，我不能肯定它是楝科还是无患子科的植物。我坐在它的浓荫下，很舒服地点燃了一根烟。淡淡的烟雾顺着树干上升、上升，然后，一下子就被繁密的树冠吞掉了。林子里有很多这样的老树，它们隐秘地生长、撒播种子、衰老，像大地伸出的手。它们什么也不是，就是一棵老树。就像一个猎兔人，他什么也不是。不是骑着摩托车来的穿职业装的中年人，不是管辖着几十里山地的村主任，也不是念骂虫咒的老婆子，就是一个不声不响的猎兔人。我抬头向高处看，那里的树枝上还歇着一只鸟，一只很小的猫头鹰。它的猎物可不是野兔，而是那些在树林里飞来飞去、羽状触须特别发达的蛾子。它看见我了。这不祥之鸟轻轻地挥了挥翅膀，就像一片阴影似的无声地滑到林子另一边去了。

林子深处还有很多鸟，杜鹃、交嘴雀、草莺、纹燕、石斑、山鹬、鹰和乌鸫。它们在这片林子里忙碌着。它们鲜为人知的生活在一个猎兔人看来，几乎无迹可寻。它们就在附近，可是我看不见它们。我说，我看不见你们……我冲着林子深处大声喊道。除了我自己的声音，像风一样拨开树叶，没有谁回应我。杜鹃、交嘴雀、草莺、纹燕、石斑、山鹬、鹰和乌鸫，它们都没有回应我。我伸了伸有点酸疼的腿。我想我兄弟大概不会来了。他可是个没有怪癖的好猎手。暗淡的夕光从对面的崖顶上一点点下降、下降。不久，夜色就会完全覆盖这块林地，猎物们都会跑出来的。但是他不会来了。我说。我兄弟，他可是个好猎手。我取下头上的矿灯帽，拧开灯头，一块圆圆的光斑就落在斑斓的草色上了。

我想起我妈妈当年教我的：月光下，野兔出来了，你用灯照住它，然后开火……

哦，是的，我现在就是这么干的。虽然狩猎的季节一年一年地在这块山地上沉寂下来，可是，我一直都是这么干的。我妈妈说得对，这个世上不会没有矿灯帽和手电筒，不会没有野兔，也不会没有打兔子的猎枪。但是，猎兔人却在一年年地老去，死掉。终有一天，林子会完全寂静下来。就像有人说过的那样：

> ……大地突然变了：人们不再需要他。
>
> 他成了寒酸和神经错乱的人；
>
> 他开始饮酒以鼓起勇气去谋杀；
>
> 或者在办公室里偷窃，
>
> 变成了法律和秩序的赞颂者，
>
> 并且以整个的心憎恨生活。
>
> （奥登《在战争时期》）

是的，终有一天，我们都会完全沉寂下来。是我们不再需要自己了吗？或者“成了寒酸和神经错乱的人”？我抓起衣襟，仔细地擦起了灯头。“饮酒”“偷窃”“憎恨生活”，我想起这些有趣的事情，忍不住在心里悄悄地笑起来。

一阵风吹过来，草木无声地摇曳着，林子里升起了一股寒意。暮色像被水化开了的湿雾一样，随着白昼的退去，从远处向这边漫延。我摁掉烟头，站起来，这时，我突然听到前面的草丛中，隐隐约约地，传来几声不易察觉的轻响。我低下身子。哦，是那种机警的、蹄爪抓动地面的、不易察觉的轻响。有猎物过来了！我抓起猎枪，屏住呼吸，注视着前面那丛茂盛的蒿草。仅仅过了片刻，一双又长又大的、灰色的耳朵就出现在我的视线中了。

哦，野兔！是一只野兔！我说，那可是一只少见的大家伙！虽然我还没有看见它，但是我能肯定。瞧那像驴耳一样壮硕的耳尖上，还长着一撮长长的白毛——它一定又健壮又敏捷又狡猾，跑起来像闪电一样快，甚至连闪电也追不上它。我俯下身子。我想它会再靠近一点的。哦，白毛，过来吧！不要让我等得焦急！过来吧！我说，过来吧！你这可恶的家伙，不要让我失去耐心！

我几乎都有点透不过气了。

是的，它过来了。白毛。它过来了。它可真够小心的。哦，关于白毛，还有一个传说，许多人都耳熟能详。一个真实的故事，许多人都听我讲述过。有的人还不止听过一次，然后他们又讲给另外的人听。讲给坐在路边抽烟的秃顶的人听，讲给念骂虫咒的老婆子听，讲给偷牛贼听，讲给管辖着几十里山地的村主任听，讲给骑着摩托车来的穿职业装的中年人听。他，他们，讲啊，讲啊，那个故事，就像长了翅膀一样……

我小心翼翼地举起猎枪。就像我妈妈当年教我的那样：举起猎枪，瞄准，开火……那个广为人知的故事，就这样中断了。那些讲故事的人，从此就哑掉了……

我放出一群狂吠的猎狗，
野兔蹦蹦跳跳逃入树林；
她发狂的样子，
让我的心突然一下子缩紧，
我想起丧失了的野性，
还有以后，从这里扫走的血迹。
于是在树林中我久久独立，
因为野兔之死心绪低沉。

（叶芝《野兔之死》）

可是，谁知道呢？也许这就是我想说的。为什么？我又慢慢地放下了猎枪。

我感到疑惑和迷茫。我放下猎枪，目光越过那双不停晃动着的大耳轮，看到了前面又深又密的林子。风在林子上空轻柔地吹拂着。寂静，像一块黑暗的珍宝，使大地松弛、幽微，显出深远的无言之美。“谁在这时孤独，他就会永远孤独。”

唉！我轻轻吐了一口气。也许这真是一只活过了七个年头、繁衍了无数子孙的老兔子呢！那个故事是怎么讲的？我想不起来了……

我说了一句得意的话，
说那无力地合起的眼睛，
说那一堆子血肉模糊……

（叶芝《野兔之死》）

瞧吧，现在，不管是谁在天底下呼吸、思想，或者酗酒、磨刀，可是我要说，我慢慢地，放下了猎枪。我知道这是一片魔林，你只要把猎枪放到地上，眨眼间它就会无影无踪，就像被树怪们吞掉了一样。我放下猎枪。也许根本就没有什么故事。我说，根本就没有什么故事。没有怜悯。没有同情。没有畏惧。没有人知道，一只长着一撮白毛、活过了七个年头的老兔子，和一个胡思乱想的猎兔人。它和他，也许从来都不曾存在过。

我放下猎枪。也许一只活得太久的老兔子有时候就是一个人，或者说，像是一个人。我放下猎枪。我可不是一个嗜血的家伙。我知道，作为一个猎人，能够在举猎枪之际终止杀戮，是山林对他终生的培养和训练，也是一个猎手必须具有的品质。

我打算从这里走开了。我知道很多人都面临过真正的、哪怕是最微不足道的畏惧和选择。这需要勇气，和一点自尊。我打算从这里走开了。可是，那长耳老翁显然没有我想得这么多。借着一丛黄花蒿的遮掩，它丝毫没有意识到一个猎人就在附近。也许它确实已经老了，感觉迟钝了，或者是独享一大片新鲜的蒿草，使它过分地松懈了。它甚至还发出了一连串的“啧啧”声。哦，这骄奢的老兔子，我明白了，它在呼唤一只雌兔呢！来吧！小东西！来吧！我在寻找你！它说。它不停地说。它肯定让一只雌兔又惊又怕了。哦！这骄奢的老兔子！

天色一层层暗下来，草木的阴影和气息在林子里散开、弥漫，这片山林就像一块毡子似的飘起来了。我看到在远处的树冠上，第一缕星光渐渐移近，虫豸们在喃喃低语，山林像是一个巨大的倾听者，我在它的耳蜗里，被风轻飘飘地裹挟着……

秋天的阳光里

公路上

男孩

双手举起的

不是花

不是灯

而是一头死去的野兔

汽车驶过

寒冷的大路上

挡风玻璃

后面

是漫不经心的面孔

是铁的

眼瞳

敌意的

耳朵

……

（巴勃罗·聂鲁达《写给野兔和男孩的颂歌》）

我在寂静中久久伫立，就像一个失聪的人。我想起了很遥远的事情。想起了我妈妈，她有一只用啄木鸟的嘴做的簪子，丢失在一次打猎的途中，后来她就死掉了；想起了村路上晃动的空荡荡的裤管，和洒在石头上的太阳的光斑；想起了那个酒店老板，他的可笑的假牙，总是泡在一杯烧酒里；我还想起了那个放牛的姑娘，她的温暖的胸脯，她在山梁上一点点融化的身影……这笨拙生活的记忆让我感到幸福、虚软和一阵阵的沮丧。最后我想起了在冬日的磨坊和水轮机让人难受的吱呀声中，我是怎样像一个懒虫一样，跟一伙晒太阳的老人躺在稻草里，看见他们肮脏的胡子上，洒满了阳光的金粉……

我呆呆地站了很久。林子让夜色照得发出了蓝幽幽的光。我突然感到有些莫名的伤感，身子软得像一堆泡在水里的泥坯。而那只兔子还在那里。它的叫声越来越响。来吧！小东西！来吧！我在这里……它说。它不停地说。它渐渐让我心烦了。

我说，我真的感到有些心烦了。我是一个猎人，一个猎兔人，我在这里，既然这笨拙的生活已经紧紧抓住了我，难道我还能咬着一根牙签，出现在另一个地方吗？好吧！我说，让我来结束这一切吧！

好吧！我大声说。也许从来就没有什么故事和传说。

那天晚上，我扛着猎枪，在林子里不停地走。清晨的时候，我遇上了带着一头黑山羊的小学校长……

二、旧公路上的阳光

对于一段被废弃的旧公路，我不知道应该怎样描述它。我不会对它说：跑起来吧！猎豹！我甚至不知道，它曾经穿越了怎样的风景和种种让人难以置信的事情，以及它无法言说的沦落，等等。虽然，在某些时候看来，知道这些是很有必要的，假如你执意要在这段旧公路上停留、说话，或者做点什么。

事实上很少有人会对一条旧公路啰唆什么，除非他是一个疯子。凡·高画过一条著名的旧公路，在修道院或者疗养院的墙外。但是凡·高也画过向日葵和其他的东西。这说明不了什么。列宾也画过一条旧公路。一辆运草车在那里，石头或其他的什么东西使它停下来了。那条路很长，麦田外阴沉的天空预示着一个严酷时代的到来。列宾压抑的画笔似乎还不够表达心情。至于卢梭散步和沉思过的那条路，它只会使我对植物学产生警惕。如果思想毫无乐趣可言，我宁愿先守护好我的愚昧和对虚假时尚的爱好。

当然，也很少有人像我这样，无所事事，除了“闲谈和豪迈”（奥登语），只剩下胡思乱想。我在这段旧公路上走走停停有好几年了。每天都是这样。我骑着自行车，或者说，某种心情像一辆旧自行车，驮着我，来到这里。也许仅仅是为了打发时间，为了“无所事事”。也许什么都不为。每一天都是这样。走走停停，游游逛逛。每一天都是对前一天的返回。前一天也总是“无所事事”的。我觉得事情的真相也许就在这里：我喜欢“无所事事”。我喜欢站在一条旧公路上，做一个无所事事的人，做一个胡思乱想的人。

太阳很暖和。太阳照在路上。太阳的手，抚慰着大地万物。和那些“有所事”的人相比，我并没有少晒一点太阳。我认为这就是事情的真相。

我在这条旧公路上走。我推着我的旧自行车。我用我的两只脚，它用它的两个轮子。我们无所事事地走，看到了很多东西。石头、树、枯草、癞蛤蟆、废电池、破鞋、圆珠笔芯、塑料袋、烟盒、萝卜、竹根、水牛、黄牛、旧轮胎、纸箱、书报、猪毛、玻璃、酒瓶子、瓶盖、避孕套、花布、老鼠、死老鼠、蛇、麦苗、铁丝、木框、瓷片、打火机、破水箱、铃铛、羊角、电线、屎、铜镜框、玩具、理发推子、计算器、表带、帽檐、烂白菜、狗、中学课本、带着石灰块的半截砖头、输液管、口琴、止血钳等。我看到了很多东西。这些东西好像天生就该在那里，就是那样。“鱼作为鱼而游泳 / 桃作为桃而结果。”（奥登《在战争时期》）我停下来。我不会把这些东西想象成一个热闹的庆典。我不会移动它们。我站在路上，站在风中。难闻的气味一阵一阵地飘过来。我知道如果我再停留一分钟，我的自行车马上就会生锈，停留三分钟，狄更斯小说中的那些鬼魂附体的人，就会从草根下钻出来。

但是我没有走开。我只是后退了一步、两步。然后我看到了远一点的地方，那边有几棵高大的杨树，已经落光了叶子，银灰色的树皮泛着点点白光。这条路在那里，拐了一个弯，缓缓消失在一个山坡的后面。山坡上开满了耀眼的黄花。再近一点，我看到有一座垮塌了的建筑物，一面残墙斜倒在一大堆石头上。原来是屋舍的地方，长满了茂盛的野草。很显然，曾经有人在那里住过。一个人，或者一家人。出于某种不可探知的原因，那个人，或者那家人，离开了，再也没有回来。事情大概就是这样的。

就是这样，没有什么值得惊讶和探究。这条路从一片荒废了的地方穿过，和它有关的事物不会比我描述过的更多。我用笔画下了这一切。这样做是很有意思的。所有的东西都不是喧闹的，所有的东西都放弃了动作、语言、意义、方向、行为和功用。只有形态，放松的，消极的，不再回答、解释、使用、待命、给予、拿取、收紧、预设和构成了。这条路也仅仅只是一条路，一种从公共交通中解放出来了的路的形态。它从前是什么样子的，它出现在这里，曾经把怎样的人和事，收税人、骗子、盗贼、村主任、老头子、旅行者、歌星、行为艺术家、僧徒、商贩、私奔的情侣，等等，连接在一起。它的起点在哪里？一条河，一座旧桥，一群群灰头灰脑的、可疑的人物？或者一个被大片光秃秃的丘陵环围的城镇？也即是那种琐碎而让人倍感无奈的“生活的地方”？可是转过身，我又感到这一切都是无关紧要的。重要的是，你看到了什么，它就是什么。我转过身，走开，一次次地走开。那些连绵不绝的山丘，萧索的草木，覆照大地的明亮的天空，似乎在不断地向远处荡开，荡开……

有一天下午，我背着画板离开了路。我走了四十多分钟，在一道坡坎下，一条小溪流出现在我面前。浑浊的小溪，水流得很急。我在溪边坐下，打开画板，但是我的心里充满了疑虑。我突然发现我不在这里了。也就是说，我打开画板，突然意识不到自己了。天边有一些云彩，云朵上洒满了颗粒粗大的阳光。

云朵在慢慢移动。我感到身体中有一股暖流在游移。有一些细小的粉尘落在手掌上。溪对面的草丛中，长着一棵孤单的麦子，细长的麦芒微微弯曲。一定有什么原因，使它生长在这里。一定有一种力量，使它区别于更多的植物，并且成就了它的孤单。我感到身体中的那股暖流，流到了某个不明的地方，身体好像轻了许多。空洞的光线从事物们的体表上一点点暗下去了，但我还是坐在那儿，直到太阳落山。

还有一次，我在路上闲逛的时候，遇上了一个兵。看样子是一个入伍不久的新兵，稚气未脱的脸上，还挂着一些迷茫。我和他交谈了一会儿。我很想了解一些我不知道的事情，或者请他抽一支烟。但是他似乎对我没有什么兴趣。在交谈中，他连续三次向我很神气地行军礼，而我只能报以暧昧的微笑。一个无所事事的人和一个兵的故事，就这样索然无趣地结束了。我看着他朝另一个方向越走越远。我坐在路边，衰弱的野草正在把一个狂热的秋天引向我的脚下。

“转过身，我感到这一切都无关紧要。”是这样的。一切都是无关紧要的，都是短暂的。我骑着我的自行车，就像骑着某种心情。无聊的快乐就像风一样，吹拂着身体。我感到我就要飞起来了。在转弯的地方，在下坡的地方，在那几棵杨树落光了叶子的地方，加速度和空气动力学使我离开了地面，很短暂。然后我就驶进村子里了。

孤独的小村子，诗歌中居住着蟋蟀和鬼的小村子。有一些孩子坐在屋檐下，有几块干牛粪被碾碎在村路上，有几根电线松松垮垮地晃荡在屋顶之间，有一间无人光顾的理发店，贴着明星头像的窗户迎着村路敞开着，有两个很老的男人，穿着不大合体的旧制服，在村路上闲逛。他们走得很慢，他们已经老得对什么东西都不在乎了。不在乎地球，不在乎电线，不在乎理发师和明星，也不在乎鬼和神灵。他们已经老得不能再老了。他们已经老得让自己都感到不耐烦了。而同样老的女人却让人感到不可思议。她们成群结队地到处乱跑，看戏、喝酒、打麻将、聊天、吵闹，甚至偷东西。老女人的活力有时候是非常惊人的。

我曾经认识过一个老女人，她年轻的时候爱上了一个村干部，她跟他结了婚，生了四个孩子。可是在她将近六十岁的时候，突然发现自己又爱上了另外一个人，她被这晚年的爱情吓坏了，从此变成了一个愤怒的巫师。她对自己的老而疯狂无力自圆其说，因而不再相信几十年的人生经验和她的乡土学问了。现在她仍然悲愤得要命地活在她的干瘪的身体里。对于生活，对于爱情，她绝望到了只剩下喘气的力气。

这个小村子和这段废弃的旧公路把许多东西都毫不含糊地分开了。对于几公里外的那条新建成的交通要道来说，它们是世界的另一极，一种真正的下放、解散、松懈和自在。时间久了，我相信我和它们之间也产生了某种联系。

问题是我厌烦做人
问题是我走进裁缝铺和电影院
憔悴　不露声色　如同毡制的天鹅
漂浮在生生灭灭的水面
理发馆的气味让我想放声大哭。
我只想休息　就像石块和毛毡
只要不见机关　单位　公园
不见商品　眼镜　电梯就行
问题是我厌烦我的脚和指甲
厌烦我的头发　身影和一切。
问题是我厌烦做人。
尽管如此　如果能用一朵剪下的百合
去恐吓一个公证员　或者揪耳朵
让一个修女毙命　那一定滑稽有趣
如果手持一把寒光的匕首逛街

一路呐喊到冻死　那一定美妙无比

（巴勃罗·聂鲁达《在附近走走》）

是的，站在或走在一段废弃的旧公路上的感觉，真的美妙无比。

选自《福建文学》2022年第2期

银白之册

麦 阁

一

此时是一个人的旅途。自己是自己的伴侣。你坐在行驶的火车上，风景不断在眼里变化，因为你在前行。你带着自己去到远方旅行。你并不是没有内心问题，然而同样，没有人能够帮你解决。出行。这两个字仿佛是你的一个出口，定期或不定期离开原地去向远方，已然在不知不觉中成为无声而有效的治愈之一。

二

小酒馆的灯光刺眼，从外面看进去，大多都是三个一群五个一队的年轻人，围坐在一张张桌边。各色的酒，透明烟灰缸里的香烟灰，繁复而又生动的语言，沉默抑或仰头的欢笑，都是陌生的，隔着距离。时间已向凌晨，却不见有人要离开。就好像，每一个人所想要的，会随着即将到来的新黎明而一起降临。

三

我想念那里的一簇野马兰花。

而在那个时候，月光照耀，河流寂静，我曾默默对自己这样说：这不是我想要长久生活的地方。

四

大约十来平方米的空间，朝西一排是三个模样一式的书柜。倚窗的桌上，放着电脑、书、茶杯，一只从西藏带回来的瓷碗，印有火焰图案，碗壁很薄，顺着光线可以看见另一面的花纹。我有时用这只瓷碗来放几只喜爱的银镯。

一张单人沙发在侧旁放着，上面盖着颜色鲜艳的印花布，那是我在多年前一次旅行时，从广西阳朔的西街购得。一间小小的书房，集成一册书的所有文字，大部分在这里完成——在这张原木书桌上，在这台电脑前，在听得到窗外鸟叫的四季中。

五

写作是为了在寂寞的时光中，倾听自己。

每次开始坐下来写时，都能听得见周围的寂静与自己的呼吸，我清晰感到自己内心有一种“有强度的安静”。我想，这是否是我写作前的心理准备？写作需要凝聚心神。

六

窗帘在微微的晨风中飘摆，房间四壁似乎也散发出某种声响，在光线中回荡。这是我的房间——窗外有两棵银杏的房间。

古老的白色蘑菇吸顶灯，稳妥地安在天花板上，除了中间有一个小黑点，其余四面都很白。猜想可能是一只不小心钻进去的小虫儿。

七

或许文学和爱情一样，都美好而又无用。是啊，你说这爱情有什么用呢。然而对于一些人来说，没有文学的人生，就是不美好的人生，就像生命里没有爱情。

八

在日常生活中，我不太懂得那些虚假的人际应酬，讨厌逢场作戏，也没有急功近利的写作野心与成名成家的欲望，我从不要求自己做到八面玲珑，写是因为自己喜欢，感觉有话要说。

写下一些文字时，我要求自己努力少受一些陈词滥调的影响，向内索求，尽最大努力表达好自己，让自己的内心气质最大限度在纸上呈现。书写的过程，让我更多辨认自己，感悟更多事物。

九

比写作更让我热爱的，是生活。

清晨的来临，夜晚的消逝，丰盛或简单的饮食，喜爱的服饰，一次又一次长途或短途的旅行，一杯水，梦，睡眠，电影，阅读，思考，四季来临，昼夜更替……光影交错中，灵魂动荡，思想需要一个舞台，写作因此不会枯竭。

十

早晨阳光下的湖水，银光闪烁。风微微吹着，闪烁的湖水荡漾涟漪，与几片落下的柳树叶儿轻轻耳语。树在湖水中的倒影，因为风，有适度的变形，它们在晃漾中的弯曲，有着幻化的美，难舍难分的美，光与影融为一体的美。

十一

曾经的村庄田地，如今沧海桑田。塘溪被拆已是十多年前的事了。母亲哥哥现在住的安置房，是火柴盒般统一的新建小区，楼层之高，让楼与楼之间的道路犹如狭谷。如果不下楼，母亲在一些时间里就如一只鸟儿，停歇在房子的窗口，呆呆看光景。

十二

十一岁那年，父亲刚满四十岁，他在一场病中忽然离世。因为这个原因，致使我从学校出来，迫于生计，迫于母亲“需要”，我多次辍学，最终成了一个失学者……生活与命运，有时就是硬生生地叫人接受。不能怨，也不知道到底该去怨谁。

生命必须承受的重与痛……如身藏一处暗疾，无可恢复。

有过这样遭遇的人，在精神与情感上，想必会有更深沉的某种体悟。

十三

家乡那个湖边的村庄彻底消失了，一切，早已不见了原来的模样。

昔日乡村田地上建造起来的居住小区，仍有此起彼伏的蛙鸣。细听，似乎是只要有泥土的地方，就有蛙在鸣叫。蛙声的“壮观”，让我有一种真实的久违了的激动与喜悦——这熟识的、亲切的声音中，那些青草童年的日子，似乎重新返回。

我被这成片的蛙声激醒，再次辨认到了那些旧迹——我整个童年少年，带着稻禾与苜蓿浓郁气味的往昔旧迹……

十四

那一晚，和曹悦童从昭通回成都，为了看更多的沿途风景，我们选择坐大巴由滇入川，先到宜宾。夜晚前抵达，住宿的酒店就靠近金沙江，在合江门附近。

岷江边，一些段落灯光璀璨，有些晃眼。岷江在这里汇入金沙江，就开始称作长江，所以，我们到达的宜宾，是长江开始的地方。

夜色里去看“合江门”景点。那里是岷江、金沙江、长江三江汇合处，是宜宾的一个大码头，三江汇合，地貌独特。夜色中人已经很少，站在那里，可以隐约看见对面的宜宾白塔。水面缓缓，平静流淌。岷江，金沙江，它们刚柔相济在合江门相遇，合流成为举世闻名的长江。由此，宜宾拥有了“万里长江第一城”的称誉。

我们到得晚，只一会儿，时间已滑向深夜，只在“看一眼”后就匆匆离开。

我奇怪的是——那个夜晚的合江门，以及那里的薄雾与灯光，还有弥漫着的苍茫与寂寥，竟莫名地长时间印刻在我心头，此刻想起，依然清晰如初。

十五

我仍然深记着一个地方的那些细节，如此入微。那一处低地里，四月成片的金黄油菜花，像一个梦境，在发出低低的嗡嗡之声，她们持续不断地沉醉着，一直到时间让她们结出细长的青绿豆荚。夜晚来临，月光从高处落下来，与河流交融。那段必经的石板路，一块块青石板上的各种花纹与线条，变幻莫测又气象万千。左手边的小河流里，白天能够看到各种鱼儿游动跳跃，夜色中，那里有星光的倒影。

我也深记那里的冬天。有点脏的玻璃窗户上，凝结早晨的霜花，然后又在太阳升起前渐渐融化消失。白萝卜长在河岸的泥土里，探出半个身子，碧绿萝卜菜的菜叶花边，活泼又美丽。还有青砖地上的那一口井，冬天时它向上冒出热气。井旁的梨树，在四月总是一树繁花，一阵忽然的春风中，粉白花瓣纷纷飘零，停落在深色的井台上，我清晰地感觉到那些花瓣的弱小与柔软……花朵落尽，夏天就来了，发亮的井水在无声中已经变得清凉。而夏日里细碎的露珠挂在草叶或荷叶上，那是我看到最亮的星星……

上述的这些，它们都曾经真实存在于同一个地方——在我的故乡，江苏宜兴东门外，东氿边的新塘。如今那里是著名的万达广场，我很担心，一些时间过去，还有多少人会记得或知晓，那里曾经有广阔的原野，原野之上，曾有我“悬挂的村庄”。

十六

我个人感觉，写诗的快意与艰难，都来自对语言的驾驭。就好比杂技演员在空中走钢丝，多往左一点不行，多往右一点也不行，你就得找到那个最准确的重心，找到平衡，才能抵达成功。写一首诗也是一次冒险，你因为热爱而毅然决然，你在自己选定的孤绝中勇敢、一往情深，你用全部的身心去寻找那些谜一样的词语，诱惑无垠，在你要通往那首诗的羊肠小道上，不，不，那就是一根钢丝，你屏气凝神、竭尽全力，你所有的呼吸与努力都朝向它……最终，从一首诗的此岸出发，你终于，抵达了彼岸，一首诗，它呈现了自己的面目。你阅读着，在那些被你召唤而来的词语之间，你读到了自己温热的内心，读到了事物之间看不见但又确实存在的相互维系，这种感知，让你满心欢喜又感动。在一首满意的诗面前，你感觉自己，又一次成功了。

十七

一到深秋，天空显得高远，失去水分的各种树叶，在阳光下闪闪发亮，它们先后从不同的树上掉下来，沙沙作响，仿佛它们是最讲究细节的物质，带着无数不言的疼痛。深秋的落叶，是能够激起我痛感神经的物质。它们——这些树叶——也是由时间凝结成的重要物证——在初春到入冬之间。

十八

前些天看一个片子《一声一世》。与尺八有关。片子的调子低沉，安静，节制而又有张力，做得相当投入与专业。镜头光影的交错，让人感叹自然与春秋四季，是我喜欢的格调。

尺八——神秘竹音的曼妙与诞生，系挂了那些陌生人故事与灵魂的乐器。它需要使用它的人，用灵魂来吹奏，所发之音才能动人心魂。时间的深情与无情，生命的无常与无奈，人心的恻隐与悲悯，岁月的幽深与绵长，人的精神世界的追求与执拗，似乎它都知道，那些幽微，它都能抵达并一一表现出来。那些声音是抚摸、安慰与照亮。所有段落与画面反映的内容与指向，都让人沉迷。

这部纪录片从头至尾让人投入。

这一刻，从心里冒出来的句子是：但是一切都很圆满的话是不能诞生作品的，品尝痛苦对创作是很重要的。

由此也使我想起阅读中曾看到的这样两句话：只有生病了的蚌，才能长出七彩的珍珠；只有伤痕累累的生命，才能创造出有分量的作品。

陌生的人或者人群，因为一些声音的传递，竟也可以是那样亲切，没有隔阂。一支竹子表达的世界、生命、爱、生死、欢欣、希望与悲痛，还有虚与实、空与灵……我没有办法阻止我的心灵受它影响。

我由此记住了一个人的名字——佐藤康夫。因为他真实具备了作为一个艺术家本身的感染力。听他吹《夜明》，仿佛真的听到了那一音之间的永恒存在，时间有了呼吸与回声；我听见了世间的空旷、呜咽与忍耐。而一切又都转瞬即逝。

我有一种清晰感觉：我更深地看到了时间。我发现我的眼睛微微湿润。

十九

秋天收割过的田野有一种静美。犹如一位母亲，诞下了她的孩子。她富足又荒芜，幸福又伤感。

一列火车，依着这样的无尽旷野疾速飞驰。铁轨在车身下无限延长，像电影的镜头。植物、河流、土丘、山脉、房屋，一切都在疾速而行。

远行的火车。光线忽明忽暗的某节车厢。哦，远方，远方是如此令人着迷。所有未曾到来的东西都在那里吗？

火车驶过夜晚的城镇和村庄，有一些灯光便斜斜、快速地掠过我身体。后来，月亮升上了窗口。

火车奔跑，月亮在飞。飞起来的月亮，多银亮多美好啊。这时的我，感到自己内心无比宁静。旷野上飞奔的火车与月亮，一个自己，除此，世界再无其他……

二十

早期的生活。还记得一些停电的夜晚，一支蜡烛，因为风的摇曳，将一滴蜡油掉在手指上的忽然灼痛。

户外吹过的风，把木质窗户上的玻璃震得砰砰作响。

选自《满族文学》2022 年第 5 期

住在鸟的旁边

项丽敏

谷雨听鸟

近午突然落起雨来。

雨也不大。落雨的时候我在阳台读一本书的后记，刚读完雨就停了。阳台外的香樟树经雨一润，绿得发亮。

片刻，雨又断断续续地落下。雨声之外，斑鸠“咕咕”的鸣叫此起彼伏。

这雨落得很是时候。今日谷雨，“清明要明，谷雨要雨”，小时候就听村里老人这么说。

香樟树开花了。香樟树换叶子是清明前后的事，半个月过去，新叶成荫，碎花如米。

香樟花的香是沉静的，眷眷无穷，加重了暮春的气息。

昨夜醒来时听到鹰鹃的叫声。去年听到鹰鹃啼也是谷雨前夜。鸟雀就是自然的时钟，每种鸟的鸣叫都有它的时序，既不早到，也不延迟。草木的花期也是如此，每种花的开放也有它的时序，应时而开，应时而落，让人感到安稳。

夜里鸣叫的鸟很少，鹰鹃算是一种。鹰鹃是杜鹃科，噪鹃也是杜鹃科，噪鹃夜里也会鸣叫。有阵子我分不清它们谁是谁，就把它们统称为子规——古时候的文人就是这么称呼的。有的地方把鹰鹃叫作贵贵阳，这是拟音的叫法。以鸟的鸣叫声来给鸟命名，是人类通常的方式，比如我们村就把斑鸠叫作咕咕鸟。

分不清鹰鹃和噪鹃，是因为它们的叫声里都有孤寂与不甘，尤其夜里听，孤寂与不甘被夜晚的宁静放大，使人在梦里也不由得裹紧被子，唯恐被这声音攫去了魂魄。

到了谷雨，春天的鸟儿差不多到齐了，双双对对忙着筑巢育雏的事。

中午落雨的那刻，听着远处斑鸠的鸣叫，心里一动：我卧室窗台上的“斑鸠之家”现在是什么状况？幼鸟出壳了没有？心念一起，就按捺不住好奇心，搬出椅子，站上去，踮脚，隔着阳台窗户窥探情况（阳台与卧室的窗户相邻）。啊哈，斑鸠窝里卧着两只幼鸟，抬头望着我，毫无惧色。看那模样，估摸着幼鸟已有八九天的鸟龄了。

昨天发现阳台外的红叶李树上也有鸟在筑巢，嘴里衔着长长的芭茅，飞进去，很快又钻出来。红叶李的叶子已很茂密，颜色转成朱红，一个鸟巢藏在里面，以我的视角看过去，是毫无破绽的。

去年就有鸟在这棵红叶李树上筑巢，等我发现鸟巢已是晚秋，树叶落得差不多了。那个碗状的鸟巢卡在枝丫中间，整个冬天都在，稳稳当当，下雪的时候，雪堆进鸟巢，高出鸟巢一大截，太阳出来，照得鸟巢闪闪发光，使我生出幻觉，觉得从巢里会飞出银白色的雪鸟来。

是什么鸟在这树上筑的巢，并且是在旧巢的位置上？应该还是去年的旧主，或者是去年在这巢里出生的鸟。我是近视眼，就算戴了眼镜，也不能分辨出那是什么鸟。那鸟的体形太小了，飞来飞去也是静悄悄的，不发出声音，无法从鸣叫声里辨认。于是，我拿出相机，等鸟衔着筑巢的枝叶飞过来时拍下，看个清楚。

是白腰文鸟。当它再次回到自己的新家（也许是老家），安放好筑巢的枝叶，站在树枝上小憩的片刻，我拍下了它。想起来了，去年初夏，红叶李果子成熟时，曾看见一溜文鸟站在果树最低的枝丫上，大约有五六只，你挤我，我挤你，站立不稳，嘴里发出稚嫩的鸣叫，一看就是才出巢的雏鸟。

每天被鸟鸣唤醒，坐在阳台上就能听见从近郊传来的野鸟之歌，沉浸其间，我知道这并不是每个人都能享受的悠闲。而我能够在春去春又来的时光里与鸟为邻，这就是命运的眷顾，是大自然赠予的最好生活。

在乌鸫晨唱里醒来

夜里下雨，凌晨雨声渐歇。在乌鸫的晨唱里醒来，天还没亮。

都说早起的鸟儿有虫吃，乌鸫就是那只早起的鸟。乌鸫早起不只为吃虫，还为唱歌，从三月到五月，醒来听到的第一声鸟鸣要么是斑鸠的，要么是乌鸫的，叫声之近，之清晰，仿佛它们就守在窗外，用多变的曲调提供着叫醒服务。

随着昼日变长，天亮时间的提前，乌鸫晨唱的时间也跟着提前，起初是六点半，然后是六点、五点半，再然后，也就是现在，五点不到就它就开嗓了。这可是下雨天啊乌鸫先生，下雨天就是让人睡懒觉的，你不能消停一会儿吗?

乌鸫晨唱是从书房那边传来。书房窗子拐角有个乌鸫巢穴，去年这个时候垒在那里。为了不影响乌鸫在窗台养育后代，去年的春末夏初，有半个多月我没有打开那扇窗，也没有进到书房里去。乌鸫太敏感了，别看它平日在草地悠然踱步，用眼角漫不经心地瞅你，即使你走得很近也不飞走，到了育雏季，一点点动静都会惊吓到它，尖叫着从巢里飞开。

乌鸫感到不安全时会弃巢，离家出走，哪怕巢里已有快出壳的幼雏。不止乌鸫这样，很多鸟都如此，感觉到巢里有陌生气味就会警惕起来。

也有心大的鸟，斑鸠就是。住在我卧室窗台上的珠颈斑鸠，只在刚开始筑巢时对室内主人持着戒心，过了几天，感觉到我并无驱逐它们的意思，就很自在地进出窗台了，对我开窗通风的举动也不在意。当然它们也懂得规矩，不做越界的事，不从敞开的窗子飞进屋里。

去年直到入夏，才敢推开窗玻璃，抬头看那个保温桶形的乌鸫巢，静悄悄，没动静，心想，乌鸫幼雏已经出巢了吧。爬上窗子，看巢内情形，天啦，居然有两只雏鸟的遗骸在里面。

戴上手套，将雏鸟遗骸清理出去。想将巢也移除掉，犹豫片刻，还是保留下它。巢是枯草、苔藓和黄泥三种材料垒起来的，厚实牢固，卡在窗栏之间，很稳当。

这巢里究竟发生了什么变故，不得而知。那只空空的乌鸫巢后来就留在窗子上，每次开窗，会抬头看一眼，仿佛那是一处时间的遗址。为什么要留着这只空鸟巢？是希望来年春天仍有乌鸫来巢里吧。乌鸫会嫌弃它们的旧巢吗？尤其这旧巢还发生过育雏失败的事。

十天前，从窗下经过，也不知是哪根神经被触动，抬头望向那只旧巢，就见一对乌鸫从里面飞出。乌鸫是来探测情况的，但愿它们不嫌弃，就算巢有点破旧，修修补补也是好的，总比重新选址筑巢来得便利。

这段日子我没有开过书房窗子，偶尔进书房也是踮着脚，怕惊扰了那对乌鸫。乌鸫进入育雏期就会安静下来，不再轻易发出声音——那会暴露巢穴的位置，成为掠食者的目标，一旦亲鸟出巢觅食，隐藏在侧的掠食者就会伺机将巢里的幼雏掳走，将其变成一顿美餐。

如果哪天早上，叫醒我的不再是乌鸫，有可能它已经进入父亲的角色，安安静静，又时刻保持警惕，在近处守护着巢，偶尔飞离片刻，回来时嘴里会含着食物，喂进孵蛋的雌鸟嘴里。

电线杆、稻田与鸟儿

日常散步的路边有片稻田，稻田里竖着一溜电线杆。对稻田摄影爱好者来说，这些电线杆可真是戳眼睛。

搬到这里居住的头两年，我就是个疯狂的稻田摄影爱好者。从夏初的育秧季到秋后的收割季，每日晨昏，只要不下暴雨，准会走到稻田旁边，举起手里的相机，选角度取景。只是无论怎么取景，都避不开稻田里的电线杆与电线，横一道竖一道，实在煞风景。

拍摄稻田时，时常会有鸟儿闯入镜头，落在电线上，逗号一样蹲着（有时是双引号），无论晨昏，一律面朝稻田，凝神专注的模样像是思考什么，又像心无旁骛观赏着稻田风光。当它们突然起身，扑向稻田，又以极快的速度飞起，嘴里衔着昆虫返回到电线上，这才明白，原来鸟儿选择这个高度和视角，是为了更清晰地搜寻稻田里的猎物。

对鸟儿来说，有一片稻田在眼皮底下，就意味着有食之不尽的美味，而电线杆和电线就为它们提供了歇脚俯瞰的便利。

喜欢蹲电线的鸟有珠颈斑鸠、乌鸫、棕背伯劳和椋鸟。这其中又以珠颈斑鸠为甚，一年到头都能在电线上见到它们的身影，冬天也不例外，像村里的老人蹲在墙根的太阳地里，有一种无所事事的悠闲。

也有一种鸟，只在特定季节出现在稻田上空的电线上。第一次看见它时并不认得，以为是乌鸫，不怪我眼拙，只因这种鸟和乌鸫有着共同的穿衣爱好，只穿黑色长外套——从头到尾一黑到底。稍加留神，就看出了这只鸟与乌鸫的区别，这只鸟穿的可不是普通黑外套，而是黑中泛蓝且有暗金属光泽的鱼尾裙，裙摆向上微卷，裁剪颇为洋气。

在黑色系的鸟里，这只鸟可算黑得纯粹，就连嘴喙也是黑色的，脚爪也是黑色的。这是什么鸟呢？正当我困惑不解时，碰巧就在一位鸟类爱好者的微博里看见了图片，图片上注明了这种鸟的名字：黑卷尾。图片是这位鸟类爱好者头天拍摄的，他的居住地在杭州，离我居住的黄山不远，两地气候接近，栖居的鸟类大致相同。在他的微博里，我认识了很多本地也能看见的鸟。

感谢这位先生，让我认识的鸟邻里又多了一个名字。黑卷尾，可真是名副其实，再也没有比这更恰当的名字了，“黑”是它的颜色，“卷尾”是它区别于其他鸟的特征。

黑卷尾是春末出现的，当一对黑卷尾相随着飞过河流上空，飞进对岸的林子，林子里很快就传出争斗的声音，一阵粗嘎刺耳的鸣叫过后，要么飞出一只红嘴蓝鹊，要么飞出一只棕背伯劳，带着战败者的神情离开了林子。

黑卷尾这是在为自己争夺地盘呢。它们来得迟，要想占领地盘就得把之前的领地占据者赶走，这需要一股子不畏对手的狠劲，也需要挑战者的实力。黑卷尾两者兼备，因为它选择的对手——红嘴蓝鹊和棕背伯劳都不是好惹的鸟，敢与之为敌就已经是勇者了。

黑卷尾的出现总是伴随着打斗的场面，要么与林子里别的鸟打，要么与自己的同类打，边打边飞，嘴里发出聒噪的声音，与它们的着装打扮真是不符。要知道它们穿的可是鱼尾裙啊，只有举止端庄才配得上这样的衣品。

黑卷尾蹲在电线上的时候就安静多了，一安静，也就有了优雅的气质，长长的卷尾拖在身后，有型有款。

黑卷尾捕食的姿态也很别致，笔直落下去，在稻田里画一个 U 形弧线，又笔直飞升上来，落在原来的位置。当电线上同时落着几只鸟，就像是一条河岸线上蹲坐着几位垂钓者，彼此保持适当的距离，互不干扰，全神贯注于钓竿的另一端。这个时候，鸟儿们之间已没有了敌意，它们的注意力不在对方，而在稻田。它们脚下紧抓着的电线就是它们共同的“生命线”。

站在鸟儿的立场，就不再厌恶那些立在稻田里的电线杆了。愿电线杆能长久立在这里，如同稻田和鸟儿的卫兵。愿它们成为乡村的风景，而不被钢筋水泥的建筑代替。

选自《天涯》2022 年第 2 期

黄 河

夏海涛

水是有生命的。这个星球上流动的水，最终流向大海，在海里重新升腾挥发，形成新的生命的循环。万川归海，这是所有流水不得不面对的宿命。

九曲十八弯的黄河也不例外，它是从山东省的东营市没入大海的，那里是黄河的归宿。

——题记

一

一条河，一条奔涌的大河，它是大自然的一分子。

一条河，叫黄河，从一条自然的河流，走入我们中国人的精神世界，走进我们的历史人文词典，进入基因和血脉的暗流，成为我们生命的一部分……

我曾经三次来到东营市黄河入海口，三次来，都没有写下文字。而这次，我静下来，回味我与黄河的三次相遇。

那是 2010 年的春天。陪同几位作家，我们向东道主提出了一个要求：看看黄河，感受黄河入海、河海交汇的瞬间。

“君不见，黄河之水天上来，奔流到海不复回。”“白日依山尽，黄河入海流。”“黄河东入海，何时复西归。”……古人的诗句像泉水一样涌出，令人浮想联翩。然而，古人们都是站在诗意的高度看河、看海，写出自己的感觉，而我们这次是“沿黄河入海”，随黄河水涌向大海。

阳历五月初，正是黄河的枯水期，黄河开始变得瘦弱，但是游船依然按时出发。在当地诗人的带领下，我们一行四人登上了游船。

风迎面吹了过来，你分不清这是海风还是河风。在海河交汇的地方，所谓的边界是模糊的，流动的水没有边缘。

想象一下几位作家初次漂在黄河上的感觉吧。我们的船以每小时 40 公里的速度前进着，迎面而来的风实在太大，好像一块大布紧紧地裹在我们的脸上。我们不得不侧面而坐，以避开扑上来的风。

我们的船在水面上飞着，溅起的黄色浪花射向远处。随波逐流的感觉油然而生。黄河像一把射出的黄色箭镞，沿着水的方向直插蔚蓝色的海洋。据说在航拍的时候，人们可以清晰地看到这个“一箭中的”的壮丽场面。

在距离大海还有几公里的时候，游船因为吃水问题而不能前行，我们只得抱憾而归。

返航的时候，船依然高速行驶，我手持照相机，站在船尾甲板上，不停地拍摄溅起的浪花，突然，飞驰的游船一个急刹，我手握相机仰面摔倒，由于惯性太大，在甲板上滑行了十几米。那一瞬间，魂飞八极，时间仿佛返回了洪荒。

原来刚才两船相错的时候，船长的舵向外稍微打了一下，瘦长的河道水位很浅，碰到了底下的泥沙，相当于来了一个急刹车，坐在位子上还稳当，唯独我双手持着相机且背对船头，上演了一场惊险大片。船到码头，满船的游客拥向了出口。我转身再次来到甲板上，对着滚滚东逝的黄河跪下：感谢！感谢！

二

第二次去黄河入海口，为的是芦花飞雪的奇妙。

在黄河入海口，水携带巨量泥沙涌向大海，从海拔 5000 米的高度一路扑将下来，河与水相互成全。河护卫着水，九曲十八弯，冲破时间的藩篱，书写着圆润屈就和波涛汹涌；而同时，浑浊的水也身先士卒，用柔韧的刀子划开河床，切割出艺术家的审美和出人意料的鬼斧神工。他们一路相互依偎，抻开一条水做的彩带，流过之处，打湿了生命的萌芽。

当黄河水冲进大平原，即将进入入海口和海水争夺空间，沉积下大面积泥沙，新的陆地——万亩盐碱滩诞生了，湿地上叫作海蓬子的草率先蓬勃，它们吸取盐分，改变地质，每年秋季，一簇簇海蓬子幻化红色，当红色的海蓬子燃遍海滩，芦苇和荻子一并生存——荒芜的土地有了生命的迹象。

芦苇和荻子，成为新生土地上最强生命力的象征。

秋天逝去冬天来临，黄河滩涂上，成千上万的候鸟途经此地，或栖息，或觅食，黄河水投下它们的倒影，由南向北，由北向南，迁徙，迁徙，生命在召唤。

这时候，与候鸟一起飞翔的，就是漫天的芦花了！如果说黄河也有成熟的时候，那么芦花飞雪，就是其中最有意义的片段。

风吹起，飞雪一样的芦花，是黄河开出的秋之花。

夕照余晖下，沿河一块块收拾得干净的玉米地，一架装满玉米的驴车似一副剪纸。

黄河东流，夕阳向西，大地上一片静寂安详。

三

第三次看黄河，五月槐花笔会，天南地北的文友相聚寻找十万亩槐林，以及散落四周的诗情和画意。

在入海口，有一个奇妙的地名“一棵树”。用一棵树来命名地名，显示了树在黄河入海口特殊的重要性。

盐碱滩涂，一望无际的白茫茫，一切都显得那么寂寥。

一棵树的出现，让旷野变得有了内涵，有了生命的期待。

我们来的时候，那棵树已经死掉，在原先地方重又种下一棵。

在这块新生的土地上，生命就是奇迹。由于盐碱，每种一棵树，都要换掉树下一米见方的泥土。当树苗壮成大树，当我们为之庆幸的时候，生命也往往遭遇暗算：发达的根系会穿过换掉的土层而进入到盐碱泥土，生命就会戛然而止。

不生长是死，生长得太旺盛，竟然也是死！若生，只能在这样的夹缝中生存，这是黄河的馈赠还是无奈？

十万亩槐林，当每年春天槐花盛开的时候，就有了欢呼的理由，这样的狂欢，在这块贫瘠的土地上不为过分。

当我们为这个盛大的节日赶来，黄河边上的槐花林却和我们开了一个玩笑：槐花早早开过，他们用满树的绿叶迎接我们的到来……

大地上到处都有槐花盛开，唯有黄河滩上的刺槐林，有着复杂的含义。

黄河是母性之河，她孕育中华文明。

黄河是生命之河，携万霆之势，呼啸而下直扑大海，书写生生不息。

节选自《鹿鸣》2022 年第 1 期

编后记

2022 年精短散文选本，就要付梓。

我们选编作品的时间依据，和前面几年的选本一致。2022 年选本，收入从 2021 年 10 月到 2022 年 9 月发表的作品，2021 年双月刊期刊，选入了第 5 期和第 6 期的作品。

根据全部所选作品内容，我们划分了三大类，分别为：历史文化类别，情感类别，自然地理（或生态、自然）类别。

简短篇幅中，我们期待尽量做到，饱有丰富、多样的题材，开阔、丰满的表达。

“年年岁岁花相似，岁岁年年人不同”，让我们在阅读中相遇。

编后赘述，以此说明编者综意，是为记。

编　者

2022 年 10 月 6 日

2022年选系列封面绘图画家介绍

文瑶 1996年就读于广西艺术学院美术系油画专业。现为广西艺术学院美术学院副院长，副教授，硕士研究生导师。中国美术家协会会员，广西美术家协会理事，广西青年美术家协会常务副主席，漓江画派促进会理事。

《雨后》 文瑶 100 cm × 80 cm 2018 年

文瑶画作短评

文瑶的画有野兽主义的气度，也有印象主义的灵动。大块的坚定运笔，有味道的经营布局，再加时不时的一些小点缀，使文瑶的画透出自己的独有韵味，画面效果既有装饰趣味又不缺油画的厚重。

……文瑶的语汇里还有着贴近他性情的逗乐与调侃式的把玩心态，他总是不按常规地强化出对象的某种特殊的形貌状态，无论是画人物或者风景，他的处理总会有一些让人眼睛一亮的闪光点出现。这样的能力来源于他对现实对象的独特体察与概括性的整体把握，尊重事实而又能跳出常理的束缚。

——黄菁（广西艺术学院教授）